南方新经济小说书系

危机

华尔街绝情

陈思进　雪城小玲◎著

SPM 南方出版传媒 花城出版社

中国·广州

图书在版编目（ＣＩＰ）数据

危机：绝情华尔街 / 陈思进，雪城小玲著. -- 广
州：花城出版社，2018.8
（南方新经济小说书系）
ISBN 978-7-5360-8716-3

Ⅰ．①危… Ⅱ．①陈… ②雪… Ⅲ．①长篇小说一中
国一当代 Ⅳ．①I247.5

中国版本图书馆CIP数据核字(2018)第174131号

出 版 人：詹秀敏
策划编辑：林宋瑜
责任编辑：揭莉琳　林　菁　刘玮婷
技术编辑：凌春梅
封面设计：刘红刚

书　　名	危机：绝情华尔街
	WEIJI：JUEQING HUAERJIE
出版发行	花城出版社
	（广州市环市东路水荫路11号）
经　　销	全国新华书店
印　　刷	佛山市浩文彩色印刷有限公司
	（广东省佛山市南海区狮山科技工业园A区）
开　　本	787毫米×1092毫米　16开
印　　张	13.75　1插页
字　　数	210,000字
版　　次	2018年8月第1版　2018年8月第1次印刷
定　　价	52.00元

如发现印装质量问题，请直接与印刷厂联系调换。

购书热线：020－37604658　37602954
花城出版社网站：http://www.fcph.com.cn

主要人物关系

韩昭阳　　袁婕的丈夫，百润集团董事长兼CEO韩元清的大儿子。他与宿敌莫里森·葛朗特的恩怨，可以用国恨家仇来形容。

韩小阳　　韩昭阳的弟弟，百润集团董事长兼CEO韩元清的小儿子。

萧　燕　　韩昭阳的大学同学，华银集团董事长兼CEO周海军的邻居。赴美国留学期间嫁给了陆达龙，后离婚。

周海军　　韩昭阳的好友，华银集团董事长兼CEO，与萧燕的哥哥萧军是发小。

袁　婕　　韩昭阳的太太。

狄龙·克罗德　　原菲勒证券衍生产品部销售，莫里森·葛朗特的得意干将，因为销售"香草兰"——一种高杠杆的金融产品惹出大祸，被莫里森当作替罪羊牺牲掉。到了香港，又被莫里森纳入麾下为其卖命。

莫里森·葛朗特　　原菲勒证券衍生产品部经理，巴莱证券全球财富管理及亚太区执行总裁。全球金融危机来临前夕，当巴莱面临资金匮乏的危难时刻，他赶在公司倒闭之前，跳槽塞斯证券，轻而易举地获得高管职位。

陆达龙　　萧燕的前夫，莫里森·葛朗特在巴莱证券的手下干将，进军大陆市场的"洋买办"。

目　录

前情提要

身为富二代的留学毕业生韩昭阳为了和自己心爱的女孩在一起，毅然放弃了"企业接班人"的身份，来到美国留学。在纽约大学取得双学位后，为了追逐自己的梦想，选择在竞争激烈的华尔街争取一席之地。经过层层选拔，他终于挤进了世界顶级金融企业——菲勒证券，成为这个华尔街大投行的底层实习人员。

昭阳始终坚信是金子总会发光。凭借着勤恳的求知、求学的态度，他从一个愣头愣脑的实习生升为菲勒证券副总裁；凭借着自己的努力，成为华尔街一颗耀眼的新星。

在纽约，昭阳和一直爱慕着他的老同学萧燕不期而遇。她早他几年留学美国，并也进入了华尔街。因为一些缘由，委身嫁给了韩昭阳的死对头陆达龙。陆达龙是一个阴险狡诈之人，使用华尔街投行惯用的手段使得韩昭阳的家族企业陷入困境。

虽然韩昭阳曾经在留学之际与父亲结下了很深的矛盾，但是面对家族企业濒临倒闭之时，他还是动用国外积累的人脉准备打败陆达龙。

然而，这场维权之战还未展开，一个巨大的阴谋却浮出了水面，一个关于企业象征的百年龙锭的秘密就此拉开了帷幕。

同时，萧燕看清了陆达龙和华尔街的真面目，离婚并离开华尔街，受邀进入香港电视台，成了节目主持人，不断揭露华尔街的内幕。

最终，经过一番激烈的你死我活的争斗，韩昭阳在道高一丈的运作之下，解脱了华尔街的圈套，保护了家族的利益。

随即，韩昭阳受邀加入中国央企集团，带着一家从纽约来到了香港……

楔　子

在台风登陆、电闪雷鸣、大雨滂沱的深夜，极有可能发生交通事故。凤凰电视台的主持人萧燕下了节目，刚卸完妆，两个同伴便像往常那样，邀请她坐上他们的小车，一起结伴回家。殊不知，一场难以置信的灾难，即将降临到他们的头上。

当萧燕乘坐的车子刚从电视台大楼开出来，突然，一辆大货车开着刺眼的远光灯，对准了小车。

萧燕同事的眼睛受到强光刺激睁不开，便本能地闭上眼睛，嘴里嘟哝道："这人有病啊，远光灯对准我，这不是——"

她的话还未说完，大货车便像一匹脱缰的野马，失控地撞向小车。顷刻间，惨祸发生了。

大货车横扫小车的驾驶室，萧燕坐在后座，巨大的冲击力把她从后车窗抛出车外，整个人腾空飞起，总有十五米远，又重重地坠地。萧燕的两位同伴一个在驾座，一个在副驾上，当即就没有了生命体征。

此时，货车司机迅速打开车门，下了车。此人高大魁梧，身穿一套蓝色制服，头戴一顶蓝色棒球帽，超大的口罩遮住了大半个脸，只露出一双眼睛。他眼见小车内毫无动静，用戴着黑色手套的手压了一下帽檐，然后倒退几步，迅速消失在茫茫的夜色中。

第一章　昭阳临危受命

韩昭阳走在香港中环，步履匆匆，满怀心事。他无视鳞次栉比的高楼大厦，无暇顾及擦肩而过的路人，思绪跟着脚步飞快地转动，一刻也不曾停留。少顷，他停在路口的红绿灯柱旁，等候绿灯，脑海里却想着昨天，在赤鱲角香港国际机场，周海军满脸忧虑地向他求助。

"昭阳，我遇着大麻烦了，我需要你来华银。不过你刚到香港，你看小巍都打哈欠了，时差闹的。我那点破事儿，咱们改天再详谈。"

他听了一愣。

海军是华银集团的老总。华银是中国排名前十的企业集团，在全球各地拥有多家子公司，涉猎了不同的行业。海军手头工作这么多，每天忙得不可开交，今天袁婕没来接机，反倒是海军亲自驾车来机场，他就有预感，海军有重要的事情跟他商量，所以立刻询问道："什么事啊？你跟我还见外呢？"

海军也不再客套，手一挥说："那好，咱们上车说去。"

他们推着行李车步出机场，朝着海军的停车位走去。十二月的香港阳光灿烂，风和日丽，气温适中，比起纽约要舒服多了。昭阳脱掉皮外套，放在行李车上，又帮儿子小巍褪下滑雪衫，从裤袋里掏出纸巾，擦了擦儿子额上的汗。

海军见了笑道："你觉得热吗？这样的好天气，香港可不多见。等过了圣诞节你试试，就连床上的被子都是潮湿的，真受不了！"

"是吗？上海黄梅天也挺潮湿的，我倒是不介意。"他是想尽快听海军说正事儿，所以就没有多说话。一旁的小巍很乖巧，像个小大人似的，他妈妈没来接机，也不吵不闹。

倒是海军突然想起了袁婕，递上手机说："我的车就在前面，赶紧给你太太去个电话，她该着急了。"

他接过手机，刚拨完号，小巍便拉住他的手，在一旁直嚷嚷道："妈咪，妈咪，我要跟妈咪说话。"

他跟袁婕报了平安，无奈地把手机递给儿子。

海军笑着打趣儿说："你的天敌在跟你抢老婆了。"

"咳，谁说不是呢？还是你好呀，有个女儿心疼你。"

"哎呀，现在的孩子——咱俩彼此彼此……"

他们说笑着，不一会儿，便来到了停车位。他和海军安置四件行李的时候，小巍爬上后座，一面跟袁婕说着话，一面扣上安全带。等他坐进了副驾，海军在驾座上微笑道："行，咱们出发了。"

车徐徐地向前移动，一上高速公路，他忍不住地问道："海军，到底是什么事儿呀？你说吧。"

海军两眼盯着前方，缓缓地说道："我知道，你这次来香港，是不想再干了。大隐隐于市嘛！但是……"说罢，突然顿住，侧身看了他一眼。

他却很专注，等着倾听海军的下文。

大概是因为他没接茬，海军继续说道："本来我不想打扰你，去年收到你的'急件'电邮，我正忙着一笔大生意，凑巧萧燕遭遇车祸，咳，事情都赶到一块儿了——"

那是金融海啸爆发前夕，萧燕的前夫陆达龙在巴莱证券担任要职，凭着与海军和萧燕的关系，把"有毒"的三A债券推销给华银。那时他在巴莱证券的固定收益部，专门负责研究债券模型，相当清楚三A债券背后隐藏的猫腻，便赶紧给海军发了一封"急件"。幸亏海军听从他的建议，及时把三A

债券全部脱手，这才避免了巨大的亏损。

眼下，他心里最牵挂的是萧燕。车祸发生后，肇事司机趁着大暴雨弃车逃逸，现场几乎没有留下犯罪证据，案子还尚未破解。但直觉告诉他，这起恶性车祸是蓄意的，目标就是萧燕。她并不赞同海军购买三A债券，阻挡了别人的财路，也可能为此遭遇毒手。

他刚想开口发问，被小巍的惊叫声给打断了："妈咪，妈咪，前面有座大桥，好大呀。"

他回头打了个手势，示意儿子小点声。

海军似乎猜着他的心思，挺了挺腰，握紧方向盘说："你放心，萧燕的病情已明显好转，明天咱俩去医院看她。不过华银的麻烦，得靠你来解决了，你是这方面的专家，我只信任你。"

他听萧燕已脱离危险，心定了，便将破案一事藏在心里，等着海军说下去。

海军脸色凝重，语气低沉地说道："华龙购买的石油期货，捅娄子了。"

他看着海军，诧异地问道："华龙？石油期货？"

海军苦笑了一下，估计他不知道华龙的情况，立刻介绍说："华银集团的前身是中华信托，二十世纪九十年代收购了香港上市公司银丰发展。你知道，华银在纽约和伦敦都有分公司，主要负责海外投资兼并。华龙——"

他一听就明白了，便打断海军的话："对不起，我插一句。你说的华龙，是不是华龙航空啊？"

这下轮到海军吃惊了："没错，你怎么知道的？"

"你们购买三A债券的时候，我做过功课。华银集团在香港业务繁多，有华龙航空、华山电讯、华联新能源、华丰置地等。因为国际油价上涨，华龙日子不好过了，这才购买石油期货合约。"他深知，经营航空公司最大的挑战，莫过于原油价格的上下波动。油价上涨，公司亏损，因为成本增加了；油价下跌，公司赢利，因为成本下降。

海军原本紧皱的眉头，马上松开了："真是响鼓不用重锤，一点就明（鸣）。"

他的表情却变得凝重起来。石油期货是华尔街最典型的金融衍生产品，它的毒害和威力犹如"大规模杀伤性武器"。他的老东家菲勒和巴莱证券，就是被擂倒在金融衍生产品上的。现在他面临的关键问题，是怎样让海军了解真实情况，而这又不是一两句话，就能够讲清楚的。

他沉默了。

海军感受到了凝重的气氛，为了使谈话轻松一些，他话锋一转，微笑道："昭阳，这事已经在那儿了，现在着急也没有用，今天咱们不谈了，你先回家休息。"

他顺势应承道："行。明天我先去看萧燕。"

海军立刻附和道："要不这样吧，今天你好好休息，待会儿我有个会议，明天我来接你，咱一块儿去看萧燕。"

"谢谢你！听袁婕说这套公寓，还是你帮忙找的呢。"

"千万别谢我。我是存着私心的。从北角渣华道，坐地铁到中环只有几站路，华银的办公地点就在中环。这儿呢你暂时住着，有点委屈了你，我慢慢给你腾地方。"

海军的话都说到这个份上，他似乎没有回旋的余地，只能应承下来答应去华银。不过他没有当场表态。毕竟，这违背了他来香港的初衷，必须跟袁婕商量之后再决定。

或许是内心深处，他喜欢接受挑战，还不甘心退居二线。所以当他踏进家门，放下行李，只是匆匆地和袁婕打了声招呼，便坐进客厅的沙发，打开手提电脑。

他急着给西蒙写信。在纽约的时候，他和西蒙都是汤姆·克雷格的得力干将，曾在同一个"突击队"设计数学模型，可以说是配合默契的战友。金融海啸爆发后，西蒙去了欧洲，像战地记者那样冲向第一线，调查金融海啸对欧洲的影响，如果他决定去华银帮助海军，西蒙就是他最好的搭档。所以他抱歉地对袁婕说："亲爱的，对不起，我写个电邮马上就好。"

袁婕知道他的脾气，心里搁不住事儿，便笑道："好吧，我先让小巍去洗澡。"说罢，带着孩子去了卫生间。

他闭目思考了一会儿。如果没有这场金融海啸，华尔街发明的金融衍生产品，可以说是举世无双的。美国的金融体系和实力，不知羡煞多少国家，纷纷效仿美国发展金融业。因为华尔街无与伦比的金融巫师，能够化腐朽为神奇，把包装完美的"有毒"三A债券，卖给世界各国的金融机构，包括中国最有实力的华银集团，因此而引发大灾难。

这样一想，他敲打起键盘，这样写道：

……目前国际经济形势发生了巨变，全球各大股市正处于高位调整阶段，欧元兑美元、英镑兑美元的汇率相当不稳定，市场大环境暗流涌动。我原来决定不再涉足金融界，所以才搬到香港居住，打算像你一样潜心写作。看来我的计划可能要做调整。写作需要第一手资料，我们都不喜欢金融衍生产品，投行作为"卖出方"销售衍生产品的行径，我已经充分体验过了。但是，与银行做衍生产品交易的"购买方"，也就是企业和投资者，他们为什么非要交易衍生产品呢？现在我有机会去寻找答案。如果你有兴趣的话，随时欢迎你加入。

保持联络，互通信息。

韩

夜晚，袁婕给小巍讲完睡前故事，走出卧房来到客厅，他才有时间征求她的意见："海军希望我去华银，你是怎么看的？"

袁婕好像知道他的心思似的，微笑着说："Follow your heart！无论你做什么决定，我都支持你。"说着，紧挨着他坐了下来。

他拉起袁婕的手，感慨地说道："自从我去美国留学，经常走在十字路口，需要面对两难的选择。不过娶你做老婆，是我这辈子最好的选择！"

袁婕微笑道："你呀，嘴巴像抹了蜜似的甜。我也会抱怨的哦。你看，这儿的房子比纽约小多了，厨房就这么点大，卫生间两个人进去，就转不开身了。我们也没有书房，书桌只能放在卧房里。"

袁婕的话不无道理。他们在纽约的公寓可谓设施齐全，有游泳池、健身房、游戏室、桑拿房、台球室，比香港的居住环境好多了。不过袁婕很会布置房间，地方再小，也能够"螺蛳壳里做道场"，处处显得温馨舒适。尤其是他们的主卧房，衣柜顶天立地占据了整个墙面，床架子上方，莫奈的一幅暖色调风景画，与卧房的家具颜色刚好吻合，在床头灯温润的光线照射下，整个房间看上去简洁而温馨。一张书桌紧靠窗子，从窗口望出去，可以看到高低错落的高楼大厦，层层叠叠，密密地挤在一起，似乎永远都看不到尽头。袁婕巧妙利用浅色的窗帘，遮挡住窗外密密麻麻的"水泥森林"。

他心里很清楚，袁婕之所以租一套小公寓，是想减轻他的压力，好让他在没有负担的状态下，做他想做的事情。如果他们没有孩子，他会坦然接受袁婕的心意，但是现在情况不同了，小巍会慢慢地长大，这个过程需要花费很多金钱，香港的物价又比纽约昂贵，没有雄厚的财力是不行的。他决定修改之前的计划。他去上班赚钱，袁婕留在家里照顾小巍，这样一来，既帮助了海军，在赚钱的同时，又能获得第一手写作资料。他内心的天平，倾向了接受海军的聘约。

他对袁婕说了自己的想法："海军遇到大麻烦，我不能袖手旁观。我想去华银集团。小巍还小，需要我们专心照顾，到时候就只能麻烦你了。你觉得怎么样？"

"我同意。像海军这样身居高位的人，不到万不得已，是不会开口求人的。你坐了一天的飞机，肯定累坏了，明天还要去医院，早点睡吧。"

"那好，我先去洗澡。"

袁婕一听他要洗澡，连忙去卧房，把他的换洗内衣拿到卫生间，打开水龙头，给他放洗澡水。

其实他心里有太多的牵挂，很想开口问袁婕，萧燕的父母来过香港吗？她的案子进展情况怎样了？香港警务处接下来有什么打算？他这样想着，便跟在袁婕的身后，因为卫生间太小，就只能站在门口，看着她忙碌。

袁婕似乎感觉到了，他在想心事，等调好水温后，站起来说道："亲爱的，明天我就不去医院了，我想陪小巍出去逛逛，让他熟悉一下周围的环境。你别担心，萧燕不需要陪夜了，她恢复得很好。车祸的情况海军比我更清楚，一直是他跟警务处打交道的，明天你和海军多聊聊。"

第二天一大早，他正吃着袁婕煮的黑米粥，海军来电话："昭阳，对不起，我八点有个紧急会议，你只能坐地铁来中环了，从我这儿出发去医院吧。”

“行。几点？在什么地方等你？”

“你坐港岛线在中环下车，走G出口，出来就是置地广场。九点整，在约克大厦门口。”

“行，我上次来香港，去过你那儿。没问题，我们一会儿见。”放下话筒，他对袁婕说，“亲爱的，海军不能来了，我得去中环等他。”

结果去中环的这一路上，他因为想着心事，坐过了站，幸好一看时间还早，便索性走出站头，匆匆忙忙地赶往置地广场。这时，身旁的红绿灯柱发出“滴滴滴”的声音，那是提醒盲人过马路的提示音，也把他从回忆中拉回现实。

九点整，昭阳准时等在约克大厦门口。不久，海军开着车，徐徐地停在他面前。他与海军寒暄之后，打开车门坐上副驾，车子朝医院方向开去。

“海军，萧燕的案子，警察是怎么定案的？”昭阳忍不住问道。

海军看着前方，深吸一口气，向他娓娓讲起车祸当晚的情况：“你也知道，萧燕出事的那天晚上，台风登陆香港，暴雨磅礴，路况相当差。虽然陆达龙交给我的录音笔，里头的有些谈话内容，给警方提供了谋杀的依据。但他们也提出了质疑，在能见度这么差的情况下，肇事司机怎么肯定萧燕就在车里？”

昭阳迫不及待地问：“结果呢？”

“也恰恰是因为天气恶劣，萧燕另一个同事的丈夫，在电视台外面的车内，坐等他的妻子下班，他看见了恐怖的一幕。当萧燕他们的车子刚开出大楼，对面的一辆货车突然打亮刺眼的车灯，失控似的撞向小车，然后快速逃逸了现场。萧燕被甩出车外，同车的两个同事当场死亡。也因为有了目击证人，警方才把这起事故作为谋杀，立案介入调查。”

海军说罢，叹了一口气，右拳捶了一下方向盘，无奈地说道：“没办法。警方说了，肇事司机没抓着，那个谈话录音不足为据。”

昭阳挺直身子，显得有些不安地问：“怎么？难道他们不追究，就这么草率结案了？”

海军直视前方，默默地点点头。

昭阳急了："这不是还有证人吗？陆达龙可以作证的呀。"

海军摇着头说："不行啊。警方跟我说，在那个谈话录音里，莫里森没有说要杀萧燕。他们不能仅凭一句'凤凰电视台'，就定性为谋杀，必须找到确凿证据。"

昭阳不作声了，内心却极不平静，甚至有些愤怒。他分明知道，萧燕的车祸案子，莫里森就是幕后黑手，眼下由于缺乏证据无法起诉，把莫里森捉拿归案，心里的那口闷气，就只能压在心底。他实在是不甘心。

海军此时的心情，也犹如乌云密布，天低云暗。今天早上，他突然召开紧急会议，就是为了那笔石油期货合约，犹如湿手沾上了干面粉，想甩都甩不掉。他自忖，坐上集团总经理这个位子，并不是因为自己有多么出类拔萃，尽管他确实拥有这个实力，但不管怎样也是走了一些捷径的。他心里很清楚，在大多数政治体制中，身居高位者多半都是走捷径的，包括美国政府的内阁官员在内，除了本人必须具备优秀的资质，人际关系是走上仕途不可或缺的重要因素。不过拥有今天这样的权力，他并不觉得心虚，自觉对得起赋予他这一权力的人。

然而作为大型国企的老总，原本是不该出现这种纰漏的。他不能容忍自己犯错误，尤其无法容忍下属欺骗他，更不情愿因为这起事件，而失去所有。假如时间可以倒流，他希望能回到一个月之前。

那天早上，华龙航空总裁沈丁向他递上一份报告，内容是购买原油期货合约。他望着办公桌上的报告，陷入了沉思。这是华龙因应油价上涨制定的对策，目的是为了降低风险。可是以往的经验告诉他，企业降低风险的机会极其有限，特别是经营与大宗商品沾边的生意，那是以美元来结算的，即便企业真的盈利了，也必须以美元不贬值为前提。如此一来，货币贬值简直就像上帝一样，令企业的盈亏完全不在掌控之中。

在金融风暴爆发之前，为了抵御美元贬值，他说服董事会购买了巴莱的三A债券，差一点酿成了大祸。幸亏昭阳的及时提醒，他果断下令抛售全部债券，才使集团避免了重大亏损。这种由金融衍生品带来的风险，他是领教过的。

因此，沈丁的申请报告放在他的办公桌上，已经有好几天了，他迟迟没有在报告上签字。他需要时间来做决策。

沈丁却沉不住气，从香港飞到北京，下了飞机直奔他的办公室，似有兴师问罪的架势："我说周海军，现在原油期货多少钱一桶，你知道吗？已经突破每桶100美元，创下历史最高纪录了。你再不签字，华龙就要喝西北风了。不，准确地说是破产。"

他当然知道华龙的困境，如果一味听任油价上涨，不及时采取措施的话，华龙明摆着要承担巨额亏损。当前华尔街各大投行都唱多石油，年内油价冲上每桶140美元，甚至200美元的言论，充满了财经报刊的头条版面。面对铺天盖地错综复杂的信息，他要去伪存真，做出正确的决策，不然就会在与对手的竞争中，输给别的做出正确决策的人。

但是做出正确的决策又谈何容易，因为他能看出每种决策背后的不利因素。然而他毕竟雄心勃勃，总能比那些天赋不怎么高的人，明白做出明智决策的时机，使下属相信他的决策是正确的，并毫无疑虑地去执行他的决策。

所以当沈丁直视着他，等待他的决策时，他果断地说："行，我决定了，你去谈吧，以最好的价格签下合约。"

然而从签约的结果来看，他这个"果断决策"是错误的。他所犯下的致命错误，就在于过分信任沈丁的能力。如果他在签约之前像上次那样，首先咨询一下可靠的专家，那么现在这种无法预测和控制的事情，就不会像噩梦一样缠住他了。

这次与华龙航空签约的对方，是美国第一大投资银行，塞斯证券香港大宗商品部。塞斯以相当诱惑的条件，引诱沈丁掉进了他们的陷阱。与其说华龙和塞斯签署的是期货合约，倒不如说是一份对赌协议。

他从沈丁呈上来的期货合约中看到：假如芝加哥轻质原油期货价高于每桶60美元，华龙获利，反之则是塞斯获利。

合约确认书主要分两个时间段，有效期为20××年1月1日，至9月31日。双方规定：当浮动价高于每桶61.5美元，华龙每月可获得30万美元；当浮动价低于61.5美元一桶，且高于60美元一桶时，华龙每月可以得到（浮动价－60美元/桶）×20万桶的收益。

而当浮动价低于60美元一桶时，华龙每月则必须向塞斯支付（60美元/

桶－浮动价）×40万桶的等额美元。若浮动价低于每桶60美元，塞斯的标的物为40万桶，相当于华龙额外多承担20万桶的下跌风险期权。

从合约中不难看出，华龙获利的前提，是浮动价高于每桶60美元；而塞斯对赌的是油价下跌，在60美元一桶的下方，每下跌1美元，便可获利40万美元。

没想到仅仅六个月，国际油价便从115美元一桶，忽然间悬崖式下跌至65美元，离60美元一桶仅一线之遥，完全朝着有利于塞斯的方向在前行。此时"唱空"油价的论调，密布国际大宗商品市场。

这个结果大大出乎沈丁的预料，当然也出乎了他的预料。在他做出"果断决策"的时候，他所考虑的诸多种不利因素中，沈丁背着他签订的对赌协议，则完全不在他的考虑范围内，其风险也就不在他的掌控之中。

他有理由深信，这一次油价大起大落的背后，一定是华尔街在暗中操纵，他立刻想到了风险管理专家韩昭阳。或许也是天从人愿，在这紧要关头，昭阳来香港定居了。他立刻丢开手头的事情，为他们寻找公寓，百忙中去机场接机。早上开完紧急会议，他把期货对赌合约影印了一份。他知道昭阳惦记着萧燕，准备从医院回来的路上，找个地方去详谈一下。

他们在车上各怀心事，沉默不语。

突然，海军发现左后方的一辆奔驰，正逼近他的车，眼看就要超上来了，而前方是一辆大型客车。他处于三角形中最危险的境地，如果处理不当的话，极有可能造成危险。他来不及多加思考，凭感觉果断地打左转灯，迅速占住超车道，不让奔驰超上来，并先行超越前方车辆，然后立刻打右转弯灯，重返行车道让奔驰超越。

他暗自庆幸，虚惊一场。然而这也让他不禁联想到，在石油期货合约的事情上，自己所处的位置，恰好犹如刚才的危险处境。这样一想，他相当郁闷，便想放纵一下自己。他抓紧了方向盘，两眼注视着前方，脚下加力猛踩油门，顷刻间，车子飞速地朝前疾驰而去。

不一会儿，他们便来到了同济医院。

昭阳的内心满怀期待，紧跟着海军的步伐，向住院部走去。他边走边想，算来已有一年多没见着萧燕，他们分别时间最长的一次，是大学毕业后她到美国留学，一别就是十年。回想起那年在纽约，他与她重逢的情景，依然历历在目，仿佛就发生在昨天。

那天萧燕一见他，竟然兴奋地张开双臂拥住他，喋喋不休，忘情地说道："是你？昭阳，真的是你！你不是说不来美国的吗？到底还是来了。为什么不联络我呢？非要我来找你吗？"那份亲切和喜悦，至今他都还能感受得到。

昭阳沉浸在回忆中，不知不觉已跟着海军来到了住院部。在病房的走廊上，一个护士叫住了海军："哎，周先生你来了。萧燕不在病房，她在沈大夫那里——"

海军几乎天天来医院，即使他人不到，问候电话也会追过来，这儿的护士都认识他。因此，听见护士招呼，海军立刻问道："你好，小丁。昨晚萧燕睡得好吗？"

小丁摇了摇头："不好。昨天夜里萧燕哭得很伤心，值班护士小姜不得不叫醒她。萧燕说她做了一个噩梦，出车祸了，死了很多人，只有她还活着。她一直不停地哭，没办法，小姜给她打了一针镇静剂，她才安静下来。所以早上沈大夫安排她，再做一次神经精神测试题。"

昭阳心下暗想："海军和袁婕都说，萧燕的伤势恢复得差不多了，怎么会这样呢？"

海军看出了昭阳的疑惑，叹了口气说道："走，咱瞧瞧去。"然后又问小丁，"我想找沈大夫谈谈，聊一聊萧燕的病情，行吗？"

小丁连忙笑道："当然啦，你是萧燕的监护人，沈大夫也正想找你呢，我们走吧。"

昭阳和海军神情忧虑，两人谁也没有说话，默默地跟在小丁身后。他们穿过一条通道，拐进走廊的尽头，在沈大夫的诊疗室前停下。小丁抬腕看了看手表说："对不起，我还有点事，你们在这里先等等。"

海军说："行，你忙你的，谢谢。"

小丁离开了。

昭阳忍不住问海军："不对呀，萧燕不是基本上康复了吗，她怎么会是——"

海军连忙解释说："哦，袁婕没告诉你吗？萧燕的外伤是痊愈了，不过她得了选择性失忆症。那段时间，袁婕天天来陪萧燕，还是袁婕最早发现的。当时我也没在意，心想她昏迷太久，可能一时犯迷糊。后来她父母来了，她竟然问他们：'我哥呢，我哥怎么没来呀？'差点没把他们吓晕过去。她哥哥萧军很早去世了，这怎么可能忘呢？"

昭阳想起来了。袁婕曾在电邮中跟他提及过，萧燕苏醒后，不认识她了。在那个紧急关头，他只求萧燕脱离危险，只要保住生命，一切都会好起来的。他无论如何没想到，她会患上失忆症，于是急忙问道："萧燕患了失忆症？你确定吗？"

海军沉重地点点头："没错，是经过心理测试断定的。起先我还不甘心呢，陆达龙来过好几回了，他想探视萧燕，我把他挡在外面。后来我故意让他去见萧燕，结果萧燕不认识他。"

"医生怎么说？能够治好的吧？"昭阳焦急地问道。

海军正要复述医生的建议，这时诊疗室的门开了，护士带着萧燕走了出来。萧燕看见海军后，站定了，好像在等他说什么。

昭阳细细地打量起萧燕。她穿一身宽松的条形病服，短发依旧，秀丽的脸庞很苍白，弯弯的秀眉下，原本明澈细长的眸子，看着海军的时候，露出一抹凄楚的笑容，她与生俱来的自信不见了，一副很无助的样子。他不敢想象她灵敏的思维和雄辩的口才，也全都丧失殆尽。难道萧燕连他是谁，也不记得了吗？

想到此，昭阳动情地上前一步，轻声地问道："萧燕，你还好吗？"

萧燕看着昭阳，两眼困惑。她似乎努力地在脑海中搜寻着属于昭阳的记忆。眼前的男人儒雅大度，说话慢悠悠的，很好听，浑身透着精干，好像在哪儿见过似的，很面熟，她感到莫名的亲切。可是她苦恼着，想不起来此人是谁。

昭阳在一旁焦急地看着萧燕，心里暗想："萧燕，拜托说我很好，快说，赶快说呀。"

只见萧燕看着昭阳，然后转过头，无助地问海军："他是谁呀？"

昭阳听后一怔。他和萧燕曾经无话不谈，她对他从来不设防。而且他们经常互掐，她只要一着急，就朝他使性子。从前那个任性、伶牙俐齿的萧燕哪儿去了？她真的不记得他了吗？但是为什么她记得海军呢？昭阳不由自主地看向海军。

海军露出一丝苦笑，指着昭阳对萧燕说："他是你的老同学，你的好朋友韩昭阳啊。"

萧燕一脸茫然。当她面对同样疑惑的昭阳时，竟害羞地问道："你是我的好朋友吗？"

昭阳忙不迭地说："是啊，你不记得我了吗？"

海军突然想起医生的嘱咐，萧燕的大脑需要休息，过分刺激可能会造成更大的损伤。他不敢冒险，令萧燕的大脑再受刺激，使她更加迷茫，于是便对护士说："小李，你和萧燕先回去，我跟沈医生有话要说。"

小李笑着点点头，搀扶萧燕朝病房走去。昭阳傻傻地站着，无奈地看着她的背影，消失在走廊的尽头。

春秧街夹在英皇道和渣华道之间，不算长，杂乱而潮湿，满地都是污水，却依然人声鼎沸，车水马龙，像极了曼哈顿的唐人街，又窄又脏的街道两旁，林林总总开着各种商铺，数码电器、玩具饰品一家接一家，服装、鞋帽、水果杂货铺子，也是一间一间紧挨着，人行道上也堆满了摊位，拥挤得没有下脚的地方。

袁婕踮起脚尖，搀着小巍走在湿漉漉的路边上。她一面走着，一面担忧店铺的防雨篷布，会滴下污迹泥汤弄脏衣服。适逢一辆两层高的有轨电车开来，小巍挣脱袁婕的手，兴奋地指着电车喊道："妈咪，妈咪，看呀，有轨电车。"

高大的电车当街而过，徐徐地向前滚动。这一奇特的街景，在纽约唐人街是看不到的。袁婕见儿子这么兴奋，她的情绪也被感染了，笑容涌上了嘴角："小巍，你喜欢这里吗？"说罢，又抓住了儿子的手。

小巍咧着嘴，灿烂地笑开了："嗯。我喜欢有妈咪的地方。"

昭阳迈开大步，独自一人走在前面。他并不喜欢逛街，觉得逛街很奢侈，简直就是浪费时间。他一个小时，可以速读厚厚一本书，三五个小时便能翻完一摞书。还在纽约的时候，他就很少陪伴袁婕逛街。好在袁婕也不缠着他，总是约了朋友，一边逛街，一边聊着家长里短，走累了，就去街边的咖啡馆坐坐，很是自得其乐。

眼下，他陪着妻儿出来闲逛，也是弥补内心的愧疚感。袁婕在香港没有朋友。昨天，他刚到这儿，便把孩子撂给袁婕，一大早撇下他们出门，今晚和海军还有一个约会，心里怪不落忍的。

从医院回到家里，袁婕对他说："我听别人说，春秧街上有一家上海南货店，店名好像叫同富，我想带小巍去逛逛。"

听袁婕的话外音，也想让他一起去，便不由得想起在纽约，每逢遇上高兴的事情，他们都会去唐人街的中国超市，买些上海松糕来庆贺。一晃，这都是十多年前的事了，回忆起来，就像是发生在昨天一样，便颇有感触地问道："亲爱的，香港有上海松糕吗？"

袁婕听了，咽了一下口水，看着他，眨巴着眼睛说："不知道呀，我们去看看呗。"

就这样，他们来到了春秧街。没走多久，昭阳就看见写着"同富"字样的南货店，便立刻招呼袁婕："小婕，这不是同富南货店吗？我们进去看看。"

袁婕拽着小巍紧走几步，抬头一看，这家店铺门面不大，门楣上方写着"同富南货店"，匾额黑漆斑驳，看着有些年头了。

他们走进店堂内。一位上了年纪的老妇，站在收银台前忙碌着，见了昭阳和袁婕，微笑着招呼他们。

昭阳朝两边靠墙的货架扫了一眼，见最上层的大玻璃瓶里，各种产地的海参、元贝、鱼翅、鲍鱼、燕窝、花胶，齐整地一溜儿排到墙根，下层的货架上，则摊放着红枣、红豆、核桃、柿饼、白果、扁尖笋、雪里蕻、上海年糕和金华火腿，店堂内摆满了货物，仅剩中间的过道可以落脚。

袁婕走进店门后，立刻看见了想要的东西。她扯下货架旁吊着的塑料袋，朝里面装雪里蕻、扁尖笋干和柿饼，又挑了些虾子、红豆和红枣，随后拿起两包上海年糕，左看右看。

昭阳站在袁婕边上，把东西一样样地放进购物篮。他见袁婕犹豫不决地看着年糕，便笑道："全买回去吧，省得你……"

袁婕听了一急，以为昭阳在调侃她，竟下意识地用上海话说："我想买一包试试看呀，万一不好吃呢——"

不料，老妇用地道的上海话，向袁婕解释说："这位太太，侬放心好了，我保证侬年糕老好吃咯。"

袁婕在春秧街上听见的，全都是粤语和闽南话，老妇人一口标准的上海话，在她听来，除了吃惊以外，还有些许尴尬。她对昭阳做了个鬼脸，掉头对老妇笑道："阿婆，侬是上海人啊。侬讲年糕好吃，我就两包全部买回去，夜里响的夜饭，就做肉丝白菜炒年糕了。"说着，便向老妇走去。

昭阳跟了过去，把购物篮子递给老妇人。

老妇一边算钱，一边问袁婕："侬还想买点啥伐？"

袁婕站在收银机旁，发现玻璃瓶内陈列着甜酒曲，便开心地笑道："哦，阿婆，我还想买点酒曲，回去做酒酿吃。"

老妇惊讶道："哟，侬自己做酒酿啊，现在年轻人怕烦，自己开火仓就不错了，侬真会过日子啊。"说完，把装了南货的袋子递给袁婕，又打开瓶盖去拿酒曲。

小巍进了店堂后，就一直不声不响，乖乖地站在袁婕身边。现在他见袁婕付钱了，便蹦蹦跳跳地往门外跑去。昭阳条件反射地追了出去，这是他近来养成的习惯，一个人在纽约带着小巍，事事必须小心谨慎。

老妇见罢，立刻夸道："侬的福气真好啊，儿子是乖得来，侬先生也老有派头的。"

袁婕听了没有说什么，只是微笑着说了声"谢谢"，便跟老妇挥手道别。走出店铺，她冲着昭阳小声咕哝说："哇，这老太是上海人哦，幸亏我没说她坏话。"

昭阳说道："你犯得着说她坏话吗？行了，你要的东西差不多都买齐了，我们还去哪儿呢？"

袁婕一听昭阳说"行了"，便知道他想回家，不愿意再逛街了。她挽起他的胳膊，想撒娇，多留他一会儿。这时，一个高个儿男子走近她，试探地问道："请问，你是不是袁婕呀？在上海延安中学读过书的？"

昭阳打量着眼前的男子，此人一身黑西服，气派挺括，酱紫色的衬衣上，打着一个黑领结，肤色黝黑，两眼直勾勾地盯着袁婕。他不由自主地也朝袁婕看过去。

只见袁婕眉头紧锁，两眼看向右下方，在脑海里搜索此人的痕迹。忽然她抬头笑道："哦，侬是文体委员李翔？"

李翔听后，立刻握住袁婕的手，也顾不及昭阳和小巍站在边上，兴奋地说起了上海话："是呀，我就是李翔呀。侬不是去美国了嘛！哪能来香港了呢？真是太巧了，我一眼就认出侬了。侬还是嘎漂亮！侬过得好伐啦？"

袁婕回以微笑，轻轻抽手，把小巍拉到自己跟前，然后靠向身边的昭阳，带着不易察觉的自豪说："我很好呀。这是我先生韩昭阳，我的儿子小巍。"随即，用普通话把李翔介绍给昭阳，"他是李翔，我的中学同学。李翔高三移民香港的，我没记错吧？"

李翔直勾勾的眼神，赤裸裸地盯着袁婕，这让昭阳的心里很恼火。但他还是礼貌地欠身说："很高兴认识你。"

李翔这才正眼看昭阳，走上前与昭阳握手，也用普通话说道："认识你我也很高兴。我和袁婕有二十多年没见了，真是巧，我请你们饮茶去，如果方便的话。"说着，他掉头又看向袁婕，发现她手上拎的塑胶袋，印有"同富"的字样，会心地笑了。

袁婕听了李翔的话，立刻看了看昭阳和小巍。她是个不善于说"不"的人，尤其是当别人表达善意的时候，就更加难以拒绝了。但是今天的情况有些特殊，昭阳晚上有约会，小巍时差还没有倒过来。于是她笑容中略带歉意，代替昭阳婉言谢绝道："谢谢侬，李翔。真不好意思，今朝阿拉有其他安排，不如改天好了。"

李翔识趣地笑道："哦，是这样啊。"说着，他从西装袋里掏出名片盒，打开盒盖抽出一张递给袁婕，"这是我的名片，侬有手机伐？侬的手机号给我，到辰光我联络侬。"然后，又递给昭阳一张名片。

昭阳双手插在裤袋里，一直注视着李翔，听他们说起上海话，好像把他挡在藩篱之外，心里窝着一股无名火，恨不得一拳打过去。但仔细观察下来，李翔对袁婕没有出格的举动，便压制住内心攒动的火气。当李翔问起袁婕的联络电话，递过来名片。不等袁婕回答，他把手机号说了出来，顺势瞥了一眼名片，只见上面写着：

Michael Li

Senior Manager，Audit

KPWG, Hong Kong

昭阳心下暗想：哟，李翔倒是一位专业人士，审计员，任职著名会计师事务所，还是高级经理呢。

李翔收起名片盒，说了声"谢谢"，便退后一步对袁婕笑道："我不打扰了，阿拉改天再联络。"随后，他加了一句，"我就住了楼上。"

袁婕吃惊道："侬是……"

李翔微笑着说："这是阿拉爷娘的生意呀，有空请过来白相（上海话："玩"的意思）。好啦，我不耽误侬辰光，再会。"

袁婕答应着，目送李翔离去，随后抚摸着儿子的脸颊说："小巍，累了吧，买了八达通，我们去吃饭好吗？"

小巍依偎着袁婕点点头。

昭阳马上附和道："行，我们去买八达通吧。"

他想起上次来香港出差，萧燕曾给他买过一张八达通卡，坐地铁、搭乘公车、购买小商品非常方便，收费比零售便宜不说，临回纽约卡里的钱没用完，仅花了几块港币手续费，卡里的余钱便退还他了。

一想起萧燕，她的健康状况压在他的心头，无法释怀。他立刻体会到袁婕少有的大度，从来没有因为他关心萧燕，跟他闹别扭。然而刚才他差一点失态，就因为李翔过分巴结袁婕，他在脑海里已经暴打了李翔无数拳。看来他打算聘请私人侦探，破解车祸逃逸案子的事情，不能告诉袁婕了。

他必须顾及袁婕的感受！

第二章　华尔街替罪羊孤注一掷

　　在杭州乐园的天籁俱乐部，韩小阳陪着父亲韩元清，在高球场上已经驰骋了两个多小时。小阳不喜欢冬天打高尔夫，站在果岭上被寒风吹得肌肉僵硬，无法发挥他百分百的战斗力。尽管进场前他做足了暖身运动，还特意穿了御寒抗风的滑雪背心，但战绩依然不及他的父亲。

　　轮到韩元清挥杆了。

　　因为天气冷，高尔夫球会变得硬一些，出球速度也因此而变慢。韩元清从裤袋里摸出一个球，他手握带着体温的球，稍微把球梯架高了一点，略高的出球角度，可以延长小白球的飞行速度，避免白球落在湿软的球道后减少滚动的距离。他发现小阳就是缺乏这些诀窍，才会落后于他的。

　　韩元清的心情非常好，很顺利地打入10号洞和11号洞，而12号洞是最为关键的，这时一切皆有可能发生。第一杆他就把球放在球道中，第二杆便采取积极的心态对着旗杆攻过去，旗杆的位置靠近左边，正好距离洞口很近，这样一来，后面的推杆也就顺势而行了。

　　他觉得打球和做生意，有时候是一样的，就看自己敢不敢去想，是否有足够的魄力去做。只要有胆量、有头脑、有技术、有雄厚的财力，一步一步勇往直前，一定会带来好结果，好的结果就是助力，自然会实现梦想。他希望小阳打高尔夫球，不只是纯粹的玩乐，应该从中琢磨出事物的本质和规律。

韩元清一流的挥杆水准，今天发挥得淋漓尽致，小阳看在眼里，下意识地叫道："好球。"

自从百润避免了资金链断裂，小阳从心底里敬佩父亲，什么叫作久经沙场，他算是亲眼见识了。昭阳也是他佩服的人，当百润遭遇危难的紧急关头，昭阳拉来合作伙伴意通集团，台湾排名前三的饮料公司，使百润和意通的营销链和物业链，能够巧妙地整合起来。百润非但降低了公司的运营成本，还借助意通的力量，顺利地打开台湾和东南亚市场，而意通也顺理成章地进入大陆。下一步，就看怎样来进行产品线的整合了，这是他最为担忧的。

早在百润决定与意通合作之前，昭阳就提醒过他，每个公司的文化都不一样，经营方式也不尽相同，在规划和整合产品线的过程中，应敞开沟通渠道，避免产生不必要的冲突。

萧燕也曾经对他说："企业经营'斗则两伤，和则两利'，既然决心联合起来，就要互相信任。"

他很惦念萧燕。几个月前，昭阳从美国来信告诉他，萧燕不幸遭遇车祸，生命垂危。原本他是想去香港的，后来因为百润和意通的合作，事情实在太多，走不开，心里的那份歉意，不是三言两语能说清楚的，幸亏袁婕守在香港，他的负疚感才减轻了些。

眼下百润暂时进入了安全的港湾，前两天昭阳给他来电话，希望他能去一趟香港，有重要的事情跟他商量。他已订好明天的机票，想着马上可以去探望萧燕，心情轻松了许多。突然，他感到手机在裤袋里震动，拿出手机一看，是哥哥昭阳。

电话那头，昭阳说："小阳，明天我来接你，等在机场别走开。"

"哥，我知道。小巍来接机吗？"

"小巍吵着要来接你，我只能依他了。你是想住宾馆，还是住家里？"

小阳没过脑子便说："当然住家里啦。"他太喜欢小巍了。他要和侄子比赛吃冰激凌、玩遥控飞机、夜游维多利亚港……

"行。对了，方便的话，你带些正宗的临安小核桃，萧燕爱吃。"昭阳叮嘱道。

"我早就买好了。燕子姐还喜欢萧山青梅。"

小阳记得相当清楚，萧燕第一次来家里做客，他还是一个贪玩的小男孩，只觉得眼前的姐姐好漂亮。为了讨好和接近萧燕，他把家里的零食全都翻了出来，摆在她面前，什么奶油巧克力、大白兔奶糖、花生酥、泰康饼干、临安小核桃……结果萧燕只喜欢小核桃，其他零食根本没碰过。然而有一天，他发现在父亲的书房里，萧燕一面翻书，一面吃着青梅。那是他母亲用来泡酒的梅子，又酸又甜又脆，还带着些酒香，他也很喜欢。于是他把酒瓶里的梅子挑出来，全给了萧燕。后来害他被母亲连连追问："小阳，这酒里的梅子呢？你全部吃掉了？"他没办法抵赖，只能朝他母亲扮鬼脸。

想到此，小阳又追加了一句："哥，你放心，我都准备好了。"

"行，我们明天见。"昭阳放心地挂了电话。

这时，韩元清从远处走来问道："是昭阳吗？"

"是的，他明天来接机。"

韩元清想了想，叮嘱小阳说："你这次去香港啊，最好说服他们回家过年，就说我想小巍了。哦，可以的话，让萧燕也一起来。"

韩元清喜欢萧燕。萧燕单纯，大气，聪明，有远见，而且活泼可爱敢想敢说。那天，她把意通的接班人梁耀宇带到他跟前，坦率地建议说："伯父，百润不上市、不合资、不愿外资控股的经营之道，只有通过产业投资这条路，才能成功走向世界。"

韩元清后来也知道，促成两家公司合作的真正推手，其实是大儿子昭阳。因此，他果断以百分之五的公司股权，换取了意通一个亿的注资。萧燕的建议，在他的决定中也占据了一定的分量。原本韩家的儿媳，萧燕是不二人选。现在想来虽然有些遗憾，但更为遗憾的是，一场车祸差点要了她的命……

"爸，"小阳轻轻一声叫唤，打断了韩元清的遐想，"如果燕子姐可以出院回家，她早被父母接到北京去了，还轮到你操心吗？"

韩元清一想也是，萧燕的父母都是老干部，目前正处于掌握实权的巅峰阶段，在北京有良好的人际关系，托人照顾一下女儿，那是没有任何问题的。因此便说："那好，萧燕喜欢的杭州特产，你多买些带过去。"

"嗯。知道了。"小阳答应了一声，走向前，继续挥杆。

第二天下午，小阳按时抵达香港，被昭阳和小巍接到家里。他放下行李环顾着房间，忍不住地感叹："哇，这小家的味道，好温馨呀。"

小阳因为工作的需要，常常出差在外。他习惯了寂寞，却不喜欢一个人独处，尤其在陌生的城市。他对香港倒是不陌生的，以前为了生意上的事情，曾经来过几回，还特意陪同前女友苏秦，来"血拼"过。眼下置身这温暖的小窝，他很羡慕昭阳，过着快乐的小日子。

袁婕接过小阳的拖箱，微笑道："你也快成家吧，一个人住在大房子里，是太闷了，有喜欢的女孩子吗？"

小阳拉着小巍往沙发上一坐，笑说："没有。哼，现在的女人啊，没一个是省油的灯。"说罢，他亲了一下小巍，感叹道，"谁知道她们是爱我的钱，还是爱我这个人呢。"

他纠结着一个问题，始终无法释怀。那就是在他遭遇磨难，最需要理解和安慰的时候，苏秦抛弃了他。他自忖，苏秦不是贪财的女人，分手的时候，只拿走他一套公寓。他开发过房地产，房子之于他根本就不算什么。他恨自己付出真情，换来的却是虚情假意，感觉被背叛了，想起来就心寒。因此他羡慕昭阳，有一个温馨的家庭。

袁婕知道小阳指的是苏秦，便赶紧安慰道："小阳，别泄气嘛，人和人是不一样的，你这么善良，你的另一半早晚会出现。"说完，拉着拖箱走进小巍的卧房。

昭阳见小巍缠在小阳身上，不停地爬上爬下，便说："小巍，来，过来，你这个样子，叔叔累不累啊。"

小巍"咯咯"笑个不停，依然缠着小阳不松手，平常家里没有玩伴儿，刚才在机场和回家的路上，他忍着，好似一个小大人。现在总算逮着和他一样，可以陪他尽兴疯玩的人，怎么肯轻易放手呢？

小阳拦腰抱起小巍，把侄子按倒在自己的大腿上，抽出右手捏住他的小鼻子，然后笑道："叔叔不累，叔叔还有礼物给小巍呢。"说罢，抱着小巍站起来，准备去开行李箱。

昭阳也从椅子上站了起来，建议说："小阳，要不你先洗个澡，舒服一点，一会儿我们出去吃晚饭？饭后去酒吧，海军有事儿跟我们商量。"

小阳答应道："好吧。"他放下小巍，打开行李箱说："嫂子，这些东西全是你们的。哦，这个盒子是给燕子姐的。"他顺手拿起盒子，指着边上的房间问袁婕，"嫂子，这是小巍的房间吧？"

还没等袁婕开口，小巍早已跳到小阳跟前说："叔叔，走，我带你去。"

小巍一边说，一边拉着小阳，朝自己的房间走去。

晚上，昭阳他们吃了饭，走出中环饭店。昭阳拦下一辆出租，送袁婕和小巍先回家，之后对小阳说："走，我们看夜景去。"他俩沿着威灵顿街，慢慢逛至德己立街，右拐朝前走几步，来到了兰桂坊。

兰桂坊是一条小巷子，昭阳上次来香港，萧燕请他来过两回。每次来到这儿，他都有置身于曼哈顿的感觉。道路两旁的酒吧，门面很狭小，走在石块铺成的路径之上，仅两三步，便能看见三五一堆叼着香烟，端着酒杯的"鬼佬"当街而立，在夜幕低垂的灯火阑珊下，他们边饮边聊，颇有SOHO的气氛。

这时，几个年轻人走在他们前面，用英语夹带广东话，说笑着商量去哪家舞厅狂欢。年轻人无拘无束的样子，给兰桂坊增添了独特而富有刺激的气氛。

昭阳不禁感叹："年轻真好啊！"

小阳看了昭阳一眼，会心地笑道："哥，你想要forever young的感觉吗？走，跟我来。"

小阳兴冲冲地走在前头，昭阳紧跟在后："你去哪儿呀，海军马上就到了。"

小阳递上手机说："给他打个电话，我们在La Dolce Vita 97等他。"

昭阳向小阳摆摆手："我自己有手机。"他熟悉那个酒吧，里头的鸡尾酒种类繁多，全是调酒师自己独创的，在香港非常受欢迎。他和萧燕在这儿坐过一回，感觉还不错。他掏出手机，跟海军约了一下，兄弟俩一前一后走进酒吧。

酒吧内有些昏暗，也没有几个空位子了，他们靠门边坐下。昭阳放眼望去，大多是三五知己坐着饮酒聊天。女侍应一手执盘，一手背在身后，她们穿梭于酒桌之间，显得干练洒脱。

他们刚坐定，一位女侍应便上前询问要什么饮料。小阳要一杯Heineken。

昭阳说："请给我一杯鸡尾酒，低酒精的，谢谢！"

一眨眼，花生、无花果和饮料都送上了桌，昭阳掏出信用卡，立刻付账。

在昏暗里，袅绕弥漫着路易斯·阿姆斯特朗的*What a Wonderful World*，嗓音苍劲沙哑犹如砾石，窝在这慵懒的氛围里饮至微醺，可以暂时摆脱现实的压力。小阳喜欢这儿。他端起酒杯，喝了一口说道："今天礼拜六，这里有爵士乐，还可以跳舞呢。"

昭阳哪有心思跳舞。那天，他在沈医生的办公室，第一次听说选择性失忆症的严重性，而且萧燕做的精神测试题，结果很不好。他不太能理解，沈医生便向他陈述了萧燕的状况。

萧燕在车内被抛出约15米远，脑部受到强烈的碰撞，颅脑和额叶都严重受损，损坏了她大脑细胞与神经之间的联系。当她的神智恢复后，出现了不记得"以前的全部"或"部分时期内的事情"。确切地说，萧燕是选择性的遗忘，一些她自己不愿意记起的事情，或者逃避她不想记得的人，这是一种自我保护意识。

他却很难接受这样的事实。萧燕想忘记的人也包括他吗？后来走出医院，他是这样理解的。萧燕可能想忘记曾经爱过他，因为这段感情对她来说太痛苦，就像萧军为了救她而死，也被萧燕从记忆中抹去。这说明他在萧燕的心里，还是有位置的，不然为什么要选择忘记他呢？

当晚回到家里，他上网搜寻了"选择性失忆症"的有关词条，其中有一段是这样写的：

记忆是"记"和"忆"的有机组合，"记"是"忆"的前提，没有"记"就绝不会存在"忆"，而"忆"是"记"的验证。但"忘"比"记"要难！有时候人们越是告诉自己去"忘"，却反而"记"得更清楚。因为努力"忘"的时候，头脑里首先得把这段记忆"提取"出来，然后再拼命地"扔掉"。假如每一次都是这样的话，又怎么能忘了呢？

这段话使他深信，萧燕只是暂时的记忆障碍，他们共同美好的大学生活，在纽约重逢后的点点滴滴，现在都已封存在她的大脑深处。不管她如何拒绝接受，这已是不可抗拒的事实。

那天在医院里，萧燕茫然地看着他，脸上苦恼的表情一直缠绕着他挥之不去。他很后悔，后悔当初没有挽留她，继续在纽约，一切可能就是另外一番情景。

不过值得庆幸的是，萧燕对自己的名字或日常事物的称谓，特别是已经掌握的技能，是不会忘记的。她照样能开车，会画画，说一口流利的英语。因为人类的大脑在记忆技能的时候，是Procedural memory（程序记忆）。这是一种长期记忆，也叫作内隐记忆，重复一个动作，像开车和画画，触发的便是人的内隐记忆。按照沈医生的诊断结果，她需要时间来慢慢恢复记忆，过分刺激可能造成更大的损伤，相对陌生和安静的环境，对恢复记忆反而更加有利。

他马上想到，杭州是一个不错的地方，很适合萧燕静养，那儿有小阳和他父亲，他们会请来专业医生，妥当安排好她疗养的住所。海军听了他的想法，觉得这个计划可行，萧燕的父母也挺赞成的。

海军想知道小阳的想法，所以拜托他，邀请小阳来香港当面商谈。

昭阳只顾想着心事，大口地喝酒，这当然躲不过小阳的眼睛。小阳端起酒杯，皱着眉头问："哥，你有心事啊？萧燕情况不好吗？"

阿姆斯特朗还在唱着："I see trees of green, red roses too.I see them bloom, for me and you……"

昭阳抬眼，神情黯淡地看着小阳，无奈地说道："她很不好。"在背景音乐下，他娓娓地讲起萧燕的状况，最后特别追加了一句话："假如明天萧燕认不出你，你千万别吃惊。"

小阳挠了一下后脑勺，不安了起来："怪不得呢，我在机场就觉得你不对劲。燕子姐真可怜，我和爸还以为她康复了呢。现在怎么办？"

昭阳看着小阳说："所以我们想和你商量，我们想——"

"嗨，昭阳……"

海军打着招呼，向昭阳走来。

昭阳笑着站起来，拉开边上的椅子让海军坐，随后把小阳介绍给他。

小阳站直身子，握住海军伸过来的手，礼貌地微笑道："周大哥，认识你很高兴，请多关照。"

他们寒暄着。

昭阳的右手一扬，打了个响指叫来女侍应，海军点了一杯马提尼，随后笑道："小阳，对不起啊，大老远的请你来，昭阳都跟你说了吧？"

昭阳连忙解释道："我只说了萧燕的病情。"

"哦——"海军停顿了一下，然后直截了当地说道："小阳啊，是这样的，昭阳和我商量了一下，想把萧燕送去杭州疗养，你能关照她吗？"

小阳一听，毫不犹豫地说："当然能啦，完全没问题。"他心想，父亲本来就想邀请萧燕去杭州，更何况她有恩于韩家，现在正是他们报恩的时候。

海军笑道："这我就放心了。"

小阳追问道："什么时候走？"

海军想了想说："这个嘛，得问问萧燕，如果她愿意——这次你就带她走。昭阳，你看呢？"

"这是不是太匆忙了？萧燕的住处是没问题，小阳有的是房子，但是她的主治医生还没有定下来，马上就去杭州——"昭阳有些担心。

这时女侍应走来，把一杯马提尼放在海军跟前，昭阳马上付了钱。

小阳立刻说："哥，我马上打电话，老爸认识一大堆医生，应该没问题。"说着便站起来，从裤袋里掏出手机，向海军打了个招呼，"我去去就来。"

海军看着小阳的背影，松了口气。他端起酒杯喝了一口酒，对昭阳说道："行，我看小阳挺有魄力，这下我放心了。你知道，我欠萧燕太多，她现在这样，我——实在是……"

昭阳说："听萧燕说你们是发小，小时候住一个大院儿。"

海军笑道："你听她的，什么发小，我比她大了整整五岁。啊呀，咱们这一代人啊！想听听我和萧燕的故事吗？"

昭阳说："当然。"

海军想了想说："我和萧燕家境相似，她爷爷是老红军，她父亲戎马生涯半辈子，后来转入地方，是我爸爸的老部下。有一阵子，我父母受冲击被隔离审查，当时我两个哥哥在部队，保姆又回了乡，家里就剩我，那年我十三岁。

"萧燕的哥哥萧军比我小两岁，一个大院儿里住着，天天黏在一块儿玩。我父母倒霉后，工资被冻结，萧军把他的饭菜票给了我。就这样，我脖子上挂一把钥匙，裤兜里装一捆饭菜票，除了回家睡觉就是玩儿。萧军、萧燕还有院儿里的其他孩子，以我和萧军为首，天天聚在一块儿打打杀杀，从这个院子窜到那个院子，我和萧军就像是亲兄弟。第二年夏天，我父母被放回来，我太高兴了，就请萧军他们去游泳，后来的事你也知道。"

昭阳拿起杯子喝了口酒，说："当然。萧军为了救萧燕，不幸——"

海军带着沮丧、懊恼、无奈和惋惜的语气，低沉地说道："是我害了他们，他们一家的幸福。你说，怎么玩儿不是玩儿，干吗非去游泳啊？自从萧军走后，我担当起他的角色，成了萧燕的大哥。她爱看小说，我给她找来《钢铁是怎样炼成的》《安娜·卡列尼娜》《红与黑》……"

"哟，那个时候，这些可是禁书啊！"昭阳忍不住插了一句。

海军笑道："我实话跟你说吧，那些书都封在学校图书馆，我是偷出来的。只要是萧燕想要的东西，我会想尽一切办法，给她弄来的。你不知道吧？她上大学那会儿，经常跟我念叨你，有两次放暑假，她邀请你来北京玩儿，我本想见你来着，想替她过过目，瞧瞧你到底是什么德行。不凑巧，你来北京正赶上我出差。谁知道啊，她毕业回北京，就再也不提你了。我是后来才知道，你们压根儿就没有开始，她说你有心上人。是袁婕吗？"

昭阳笑着点点头。

"那时我挺纳闷儿的。萧燕聪明漂亮，无可挑剔，我还替你惋惜呢。不过这回接触了袁婕，她做事细腻，人豁达，非常善解人意。当然啦，她俩是不可比的。我知道，你把萧燕当哥们儿，可萧燕不是这样，这就悲哀了。说实话，萧燕的那段婚姻，我压根儿就不看好。但是没办法，她嫁给了陆达龙了，所以我成全陆达龙，从他的公司购买债券，心想这样他就会善待萧燕了。谁知道……"

海军停顿了，端起酒杯喝了一口，接着说道："咳，这都是性格使然呢。萧燕争强好胜，富有正义感。从她的身上，我越来越感到萧军的存在。萧军是萧燕家的一块伤疤，是不能触碰的，知道吗？自从萧军走了之后，她父亲的官帽儿越来越大，对萧燕嘛——这就不提了。但萧燕的母亲不一样，她百般呵护萧燕，担心再次发生不测，但不幸还是发生了……"

这时小阳走来，高兴地说道："周大哥，我们商量好了，燕子姐到杭州就住我那儿，西湖边环境好，至于医生和护士嘛，我爸说了他能请到最好的。"

海军宣泄了一通情感重负，心里舒坦了些，萧燕疗养的事情又有了着落。他端起马提尼，高兴地对小阳说："请代我谢谢你父亲，等我这边的麻烦解决了，一定去拜访他。你们自便，我先干为敬！"说罢，举杯一饮而尽。

放下酒杯，海军从背后拿起一个公文包，低声说道："昭阳，这是期货合约书，你带回去研究一下。今天原油价格又跌了，六十三美元一桶。这事儿太闹心，客气话我不说了，两个字，拜托！"

　　昭阳本能地接过公文包，感觉沉甸甸的。他很清楚，当遇到一个又大又困难的问题，永远不会有干净利落，完全没有疼痛，毫无成本的优雅的解决方案。海军肩上的担子有多重，他能体会。萧军的悲剧，也改变了海军的人生轨迹，在履行"大哥"称呼的那一刻，他不自觉地完善了自己，也成就了今天的海军。现在海军把重托交付给他，他似乎没有回避的余地。他自问：我能替他分担重任吗？他再次想到了身在欧洲的西蒙。

　　酒吧的乐曲时而激越，时而婉约缠绵。将近凌晨，昭阳兄弟俩和海军走出酒吧。沉沉夜色中，只见男男女女相继步出酒吧，他们停留在街上依然聊着，并无去意，空气中弥漫着浓厚的香水味。有几个年轻的女孩，她们光着脚丫子，手上拎着一双高跟鞋，跌跌撞撞地走在巷子里。

　　这时，从一间酒吧里，传出婉约的歌声，好像在唱着：

兰桂坊是什么
兰桂坊是爱情迷失的路口
……是酒醉的柔肠
……是情愿被谎言灌醉的小女人
……是爱在倒数时刻剩下的憔悴的吻
…………

　　狄龙·克罗德觉得最近运气不错，在香港苦熬了这么些年，终于可以重返华尔街，按照中国人的说法，应该是否极泰来了。

　　那天在"21点"的牌桌上，狄龙几乎输光全部赌注，身上唯一值钱的物件，是腕上的一块Patek Philippe。他来到赌场开设的当铺，徘徊在大门口，思来想去，怎么也舍不得当掉手表。那是他过去辉煌的象征。就在他犹豫不已的时候，很幸运地，巧遇了他曾经的上司莫里森·葛朗特。不然的话，自己会落得什么样的下场，他都不敢想下去了。

　　要不是十年前发生的变故，狄龙也不会来香港。他在菲勒证券销售"香草兰"，"战绩"可圈可点，可以说是菲勒的大功臣，为公司赚进上千万美元的佣金，却做了菲勒的替罪羊，被美国证监会宣判五年禁止涉足金融业，还被罚款一百万美元。

如果仅仅是这些惩罚的话，狄龙还能承受得了，但是后来爱妻带走他的十岁女儿，铁了心要跟他离婚，他简直难以接受。分别的那一刻，狄龙想走上前去，最后拥抱一下妻子和女儿，却因为愧疚和妻子的绝情，只能望着她们离去的背影，眼泪往肚子里咽。那份酸楚和疼痛，他至今难以忘怀。

被剥夺擅长的金融工作，狄龙失去了赚大钱的资本和平台。原本以他的三寸不烂之舌，找一份满足温饱的工作毫无问题。狄龙不甘心。他无法容忍，昨天还是人见人羡的富翁，住在长岛带游泳池的豪宅，外出驾一辆兰博基尼跑车，一夜间，便妻离子散，不得不变卖豪宅跑车缴纳罚款，还要支付妻女的赡养费，这种巨大的心理落差，犹如坐在过山车上，眼前一片晕眩，不知所措。

尝够了伤心的滋味，借酒浇愁的日子也过腻了，狄龙不想继续自甘堕落，决心换一块风水宝地，便选择到香港另起炉灶。不管怎么说，香港是一个自由之港，是一座中西文化交汇的国际大都市，拥有着举世瞩目的金融机构，以及重量级的股票交易所，必定有他的用武之处。

狄龙意气风发地来到香港，没过多久，便打定主意先做销售。这是他最擅长的事情，就是把别人口袋里的钱，变成佣金放进自己的腰包。至于销售哪类商品，他做了一番市场调查。

他发现香港人喜欢炒楼花买卖房产，二手房市场，那真是比纽约更火爆。他很清楚，自己初来乍到，语言的限制和缺乏社交资源，做地产经纪很难赚取丰厚的报酬。当然啦，销售游艇和豪华轿车也能获得高额佣金，但也必须拥有良好的社会关系网。

狄龙最终选定与房地产正相关的家具行业，决心从销售高档家具开始积累人脉，建立起一份富豪客户名单，为今后重返金融界做准备。他深知自己的优势。他身材高大堪比模特儿，脸庞俊秀，鼻子坚挺，就是站在一堆明星中间，也毫不逊色。甚至比汤姆·克鲁斯还英俊。他这张帅气的脸，深得女性的喜爱，尤其在亚裔女性中占尽便宜。

还在纽约的时候，每次去唐人街坐在中餐馆，只要他冲亚裔女侍应微微一笑，他深邃的电眼都会"击晕"对方，以此获得比别人细致周到的服务，还因此学会了简单的广东话。

而且女人天性钟爱布置居所，当年杰奎琳·肯尼迪入住白宫，曾花费两百万美金，把每个房间都布置得高雅气派，贵富太太是最容易打开钱包的消费群体。因为穷人知道自己身上有多少钱，一分一厘都算得清清楚楚。而富人就不一样了，荷包内鼓鼓囊囊，他们不需要计算着花钱。

他曾经也是富有之人，一年入账三百万美金，虽说不算大富大贵，每个季度的服装费，那也是普通人的一年薪金。他相信自己的能力，只要在香港蛰伏五年，再重返金融界是轻而易举的事情。

所以狄龙在铜锣湾上班了。这是一家专营欧美风格的高级家具店，店堂内布置得雍容华贵，低调奢华的窗帘悬挂于窗前，造型古朴的壁灯光线淡雅和谐，看上去优雅富丽、韵律感十足，在宽大精美的樱桃木和胡桃木的家具间隔中，赏心悦目的雕刻点缀其间，使整个空间散发出华丽典雅和温馨的气息。

狄龙把华尔街的着装规矩搬了过来，Tom Ford枪驳领三件套，白衬衫配小花领带，腕上戴一块Patek Philippe手表，给人高贵、奢华和大气的感觉，恰好吻合店堂的风格。

一天下午，狄龙挺胸直立在店堂内，双手交叉放在身前，看上去沉稳气定神闲。果然，一个摩登女郎缓缓向他走来。她头戴白色网状鸭舌帽，穿一件黑白条纹吊带背心，白色紧身牛仔裤裹住线条均匀的腿，粉白相间的宽皮带束于细腰之上。

狄龙下意识地扫向女郎的鞋子，是"致命的"Jimmy Choo高跟鞋，宝蓝色细腻的绑带上，装饰着一簇簇羽毛和Swarovski水晶，鞋跟足有三寸高，低调地展现了她脚踝的曲线。

狄龙暗想：女人宁愿脚受罪，也要身形更性感，就像他的前妻爱莲娜，平生最爱的不是他，而是Jimmy Choo高跟鞋。他这样想着一抬眼，正好与女郎的目光相撞，便马上用别扭的广东话，笑着招呼："这位女士，有什么能帮到你的吗？”

摩登女郎听了露出一丝不易察觉的笑意，用英语淡淡地说道：“我想买个沙发。”

狄龙眼睛一亮，第六感告诉他，准能拿下这单生意。但他不想露出一副“你不买，我就没报酬”的猴急样子，尽管百分之十的佣金相当可观。当然他也不会说“这沙发很可能不会按时送到”的大实话，而且运货过程中家具发生任何损坏，店家也不会负责赔偿。这和销售衍生证券很相似，经纪人只关心完成销售，以后造成的损失他才懒得管呢。

这样想着，狄龙微笑着前面引路，把摩登女郎带到沙发区域。从她的着装价格，他大约判断出来客的消费层次，便从九万元港币起价，向她介绍意大利、英国和法国沙发。当价格接近五十万元港币，他瞟了女郎一眼，她似乎饶有兴致地听着，却丝毫不为所动。于是他心一横，跨过走道，来到另一边更高级的展区，准备介绍一款限量版给她。

尚未等他开口，女郎已经两眼放光，直勾勾地盯着沙发，顾自说道：“我好中意啊，I love it，I need it！”

狄龙心中暗喜。这是一款Plume Blanche（普拉姆·布兰奇）沙发，选用珍贵的桃花心木做边框，配以白色真皮，造型简洁大方、别致典雅，在柔和的灯光下，沙发上的四颗晶莹剔透的钻石，肆意地闪耀着诱人的光芒。

他顺着女郎的话，故意强调了限量的特点：“哇，你真有品位啊！这款沙发数量有限，全球仅制作了二十件，大部分都销往中东，亚洲就只有新加坡、首尔、东京、香港各进货一件。”

狄龙不动声色。他绝口不提价格，只等女郎自己开口问。他很清楚这款沙发的成本，除去销售和运营开支后，即便是大甩卖，使客户错觉价格回落自己赚到了，可实际上呢，商家的毛利润也起码有百分之四十。这意味着眼前的沙发标价，要比进价高出百分之八十，甚至还要更高。他站在一旁耐着性子，像钓鱼一般等待鱼儿上钩，这样他的钱包才会鼓起来。

女郎憋不住了，开口问道：“请问，这沙发多少钱？”

狄龙看着女郎的眼睛，慢悠悠地说道：“一百四十万元港币。”心里却想着："现在拒绝还来得及，我可没有套你上钩，是你自己跳进陷阱的。"

谁知女郎高傲地昂起头，不动声色地嘴巴一张，说："Okay，我要了。"

狄龙十四万元佣金轻松落袋。他也是后来才知道，女郎是凤凰电视台的节目主持人，嫁了个大富豪老公，花钱阔绰，从不考虑价钱。她立刻被列入狄龙的富豪名单：郑妮娜。

就这样，他在香港熬过了艰难的五年。钱倒是也不少赚，但他天生属于华尔街，酷爱"街上"的游戏，发誓要在跌倒的地方站起来，对此他充满信心。香港驻扎着欧美各大投行的众多分行，只要把履历递出去，就一定会获得面谈机会。

然而狄龙只是一厢情愿，他的想法太简单了。殊不知，像他这样销售过爆炸式衍生产品，使客户置身烈焰中，非但损失惨重，还有过重大丑闻的经纪人，按照"街上"的行规，只要递上辞呈换一个公司，照样可以吃香的、喝辣的。因为他销售的是利润率极高的产品，声名远扬华尔街。可如果他的这种能耐被美国证监会处罚过，事情的性质就变味儿了，谁都不愿意被政府的监管机构找麻烦。他发出去的履历石沉大海，一次次碰壁被拒绝，也是理所当然的。

狄龙为此愤愤不平。在"贱买贵卖"的行业里，向来是卖方比买方对商品的属性知道得更清楚，就拿他从事了五年的家具店来说，老板为了牟取自身更大的利益，雇用像他这样能说会道的人，把低价进货的家具，以高价卖给缺乏信息的消费者，这本是一个愿打，一个愿挨的正常生意，谁也没有拿枪顶在他们的脑门上，强迫双方进行交易。五年前，他销售衍生产品的性质和家具行业是一样的，凭什么他的行为被归咎为不道德，并且至今还在接受惩罚。

狄龙感觉被华尔街抛弃了，身在异乡，第一次感觉孤独和无助，渐渐地，他对任何事情都提不起兴致，离开纽约所发下的誓言，也随着时间的流逝越来越淡漠。

闲暇时，他不是泡在澳门的赌场，就是置身于沙田的投注赛马会，尽管总是输多赢少，那些地方像是一个巨大的磁场，总是吸引着他。尤其是老虎机"噼里啪啦"掉下钱币的声响，人们疯狂喊叫的劲头，是安慰他孤独和空虚的灵丹妙药，仿佛茫茫大海上漂流的小船，看到了远方的灯塔。

这样颓废的日子也不知过了多久，改变命运的时刻突然降临，他和老上司莫里森在赌场不期而遇。那时莫里森在巴莱担任要职，是全球财富管理及亚太区执行总裁，握有绝对的实权。只要莫里森点一下头，网开一面收留他，简直是小菜一碟，不费吹灰之力。

凭着为莫里森拼过命的资本，狄龙直截了当地提出："我要进巴莱证券。"

莫里森左手拿着筹码，右手触摸了一下眉角，狡黠地笑道："你来我这儿？好啊，没问题。我现在有一个难题，你必须替我处理掉。"

莫里森的脾性，狄龙相当清楚，只有拿出百分百的决心，才可能被认可。因此他用炙热的眼神看着莫里森，语气相当坚定："除了杀人，我都能解决。"

狄龙有所不知，莫里森想"处理掉"的问题，是他的眼中钉萧燕。当时正值金融危机爆发的前夜，各大投行因为流动资金短缺，面临着被挤兑的困境，都在各显神通争分夺秒抢夺现金。华银是莫里森瞄准的猎物，一旦确定便紧追不舍，直到捕获杀死为止。狄龙跟随莫里森多年，深知这位老上司骨子里的狼性。

萧燕却偏偏自不量力，在巴莱生死存亡的关键时刻，极力劝阻华银购买三A债券，莫里森简直恨得牙痒痒。他愤恨地骂道："他妈的，这个女人她想干什么？她想截断巴莱的资金流吗？他妈的，臭婊子！"

在狄龙看来，萧燕好似一颗讨厌的小石子，夹在莫里森的鞋子里。她的所作所为，超越了莫里森的容忍底线，必须除之而后快。摆在他面前的只有两条路，要么流落异乡孤独下去，要么接受"不可能的任务"，回归华尔街，将来在女儿的婚礼上，亲自把女儿交给新郎，以弥补内心的亏欠。

狄龙考虑再三，最终狠下心来，选择接受"不可能的任务"，为莫里森"处理掉"萧燕。

　　狄龙开始跟踪萧燕。他风雨无阻躲在暗中，一双锐利的眸子紧盯着萧燕，观察她每天几点从家里出门去公司，什么时候到健身房，晚上光顾哪间酒吧，下班坐什么车子回家……

　　但是狄龙万万没想到，萧燕和郑妮娜竟然是同事，她俩都是凤凰电视台的主持人，两人还是极其要好的朋友，经常一起逛街，上酒吧喝酒。这一发现着实让他大吃一惊，也犹豫动摇了起来：是否按原来的计划行事？毕竟他和郑妮娜交情不错，有时候逢到他休假，她会请他出来饮早茶。他生日的时候，她总记得送一份礼物和卡片，那份温馨的感觉很是贴心。

　　不过即便是这样，在重返华尔街的强烈欲望下，狄龙瞬间的踌躇，一闪便消失得毫无踪影。他对自己说："It's all about business, nothing personal！"况且这世上发生的许多谋杀案，都源自全然无谓的小事情，他曾目睹在一个Pub里，只为自动点唱机里一毛钱的歌曲，有人便倒在血泊中。相比之下，在他通向光明前程的其他通道都被堵死的情况下，为自己扫清前进中的障碍，不是理所当然的吗？这多少减轻了他的罪恶感。

　　在接下来的日子里，狄龙跟踪萧燕的时候，变得更加小心谨慎，稍有疏忽，全盘皆输。他常常装作游客，拿着相机作为掩护，一面跟踪，一面拍照。整整十七天，狄龙卧房的墙面上，贴满搜集来的信息和照片，其中的几张照片，是萧燕和郑妮娜坐在酒吧里，她们边上还有几位男性朋友。他看着照片若有所思。

　　最后，狄龙选择制造车祸来除掉萧燕。这个世上本来就车祸无数，全球每年车祸死亡者超过一百万人。车祸，是三十五岁以下美国人死亡之首因，再多加一宗车祸，谁会在意呢？一百多年来，人们已形成了车祸是"意外"，是"不可避免"的固有观念。哪怕他运气不好，无法逃离现场，只要没有酒驾，便有可能逃过谋杀的指控。

　　最主要的一点，他不认识萧燕，不存在谋杀的动机！

　　在采取行动的前一晚，狄龙蹲守在新界的一个加油站，瞅准机会偷了一辆大货车，准备待机行事。孰料，第二天台风临港，风雨交加，似乎老天都在帮助他。这是一个绝佳的时机，他没有理由放弃。那晚，一起精心策划的

"车祸"就这么发生了。后来萧燕的失忆，他也是通过妮娜知道的。

第二天早上，狄龙打开电视机，从新闻里看见了自己的"杰作"，结果是二死一伤，萧燕没有被"处理掉"，只是受了重伤而已。他有些担心，莫里森对这一战绩不满意。

他立刻通过公用电话，联络莫里森，想讨回自己该得的战利品，却意外得知莫里森被警方传讯。他暗想：我们可是一条船上的人，万一事情败露，他不会把我拉下水吧？

离开狭小的电话亭，狄龙陷入自我检讨中。他把十几天来的行踪，在脑海里像放映电影似的，仔细地过筛了一遍。他庆幸自己心思缜密，事前做足了万全的准备。他只通过公用电话联络莫里森，身边带足了现金，跟踪萧燕的一路上，喝咖啡，买三明治，全部以现钞结算，不留一点痕迹。即便莫里森把他供出来，也没有证据能够证明，他就是肇事司机。反倒是他，抓住了莫里森的把柄。不过莫里森相当狡猾，不会轻易招认的。

后来的事实证明，狄龙的判断是正确的。

第二天一大早，莫里森没有吃早饭，便走上了自家的跑步机，刚跑了没几步，警方的两名探员便按响了他家的门铃。莫里森的太太凯瑟琳去开了门，她问清他们的来由后，直接引领探员，来到莫里森的健身房。

其中一位年长的警探对莫里森说："葛朗特先生，请你跟我们走一趟，协助警务处调查一起车祸案。"

莫里森双手抱臂，镇静地装作惊讶："车祸？什么车祸？跟我有什么关系？"

另一个年轻的警探盯着莫里森的眼睛，拿出陆达龙的谈话录音，调高音量放送了一遍，随后说："请你去警务处解释一下，'按计划行动'是什么意思。"陆达龙交给他们谈话录音时，特别强调在巴莱申请破产的当晚，莫里森用手机命令对方，"按计划行动，凤凰电视台"，怀疑莫里森攻击的目标是萧燕。因为萧燕就在凤凰电视台，车祸现场也在那里，所以希望警方介入调查。

莫里森怔住了。他在招募部下时，一般都会摸清他们的基本背景，如果是亲信的话，调查就更加彻底了。陆达龙是他的嫡系，当然少不了一番彻查，此人的所有重要社会关系，一举一动，就像小葱拌豆腐——一清二白，全部存在他的人事档案内。他没料到，陆达龙竟然比他还狡猾，胆敢偷录他们的谈话内容。

他愤怒了。

然而在此出其不意的打击下，莫里森依然故作镇静："你问我什么意思？我还想问你们呢？"

年长的警探板着脸回答道："好，那我来告诉你，昨晚发生了一起车祸，两死一伤，就在凤凰电视台。"

莫里森两眼一瞪，愤怒地提高了声调："你们就凭这个，竟敢怀疑我杀人——"他心里却恨恨地骂道：这个该死的混蛋，狗娘养的陆达龙，幸好我只是利用他。

两位警探盯着莫里森，一副不退让的表情。莫里森没辙了，他把肩上的毛巾奋力朝地上一扔，变换了语气说道："Okay，走一趟没问题。不过我的律师不在场，我不会说一个字。"

"这是你的权利，你可以请律师。"年长的探员冷漠地回应道。

在警务处的审讯室，莫里森双眸微扬，握紧拳头抱臂坐在椅子上，一副神圣不可侵犯的气势。他的律师站在边上，没费太多口舌，便轻而易举地替他找到了法律依据："未经我当事人的同意私自录制谈话，是不合法的行为，以这种手段取得的录音资料，不能作为法庭证据。而且发生车祸时，我的当事人根本就不在事故现场，谈话录音就是最好的证据。"

其实警方在接手调查案子的时候，也觉得谈话录音不足为证，再进一步挖掘莫里森的通话记录，显示对方是公用电话号码，即使怀疑莫里森有作案的动机和可能，调查到此也无法深究下去。而且驾驶座上死亡的女车主，她的胳膊和手掌有明显的压缩性骨折，表明车祸发生之前做了防卫的姿势。而安全气囊造成的烫伤，留在她的额头左面，说明撞车的瞬间，她的身体向左偏了一下，神智应该是清晰的，可以判断为意外。

更何况当晚大雨滂沱，肇事司机闯祸后，害怕刑事追究逃离现场，也是很有可能的。再说肇事车上的货品被搬得干干净净，显然是盗车窃物，至少表面看来是如此。唯一无法解释的问题，是莫里森所指的"凤凰电视台"，因为他有不在现场的证据，可以不作解释。所以萧燕遭遇的恶性车祸，只能按意外事故结案，莫里森也就大摇大摆地回家了。

莫里森走出警务处的时候，脸上露出一丝阴狠的笑容，心下暗想："就凭你们跟我较量？今后谁挡我的路，萧燕就是你们的下场。"

莫里森很久没这么愤怒了。在过去的三十多年里，他活跃在各大投行的衍生证券交易部，擅长从交易中赚取财富，为公司拿到巨额佣金，埋下定时炸弹，然后逃之夭夭。

他是一个消息灵通的人。想当年在菲勒遭遇信用危机，他为自己杀出一条血路，坐上了巴莱的高管职位。当巴莱面临资金匮乏的危难时刻，他赶在公司倒闭之前，跳槽塞斯证券，轻而易举地获得高管职位。华尔街需要他这样的决策者，极富理性，而且具有相当的经济头脑。

他厌恶损失。相对于收益一百万美元，损失一百万美元的耻辱，就足以让他冒着坐牢的风险和代价，来确保自己不受损失。就犹如南极海狗，一生只有一次机会占领一季的地盘，当遇到挑战者时，它会不惜一切代价守住自己的领地。所以当萧燕导致他损失上千万美元，又令他错失仅一步之遥的CEO宝座，他怎么可能不迁怒于她呢？

眼下，莫里森得从头开始，在塞斯建立独立王国，领导他的货币和大宗商品部再创辉煌。虽说货币和大宗商品部，是塞斯的三大创利部门之一，但是相比衍生产品部百分之六十八的创利能力，他要奋起直追，就只有销售富有创意的产品，也就是带有爆炸性质的金融衍生物。

狄龙完成任务之后，莫里森不顾人力资源部的杂音，把狄龙网罗到了自己的部下。因为，他需要狄龙这样的敢死队员。

第三章 石油期货的诱惑

这天早上，小阳和小巍一前一后冲进卫生间，两人围着马桶推推搡搡的，争着最佳的撒尿位置。小阳一时兴起，跟侄子比赛谁的尿尿飙得高，惹得小巍哇哇大叫。

昭阳从卧室出来，听见卫生间不寻常的声响，凑到门边往里一瞧，忍不住责怪道："我说你们俩，这很好玩儿吗？真荒唐！"说罢，转身欲离开，却急速止步掉过头来，走到马桶旁，硬是挤在小阳和儿子中间，诡异地笑道："我倒要看一下，我们谁最厉害。"

小阳连忙往边上挪了挪，笑道："小时候，'鼻涕'总爱跟我比谁飙得高，但总是输给我，他还不服气，跟我打架比输赢。"

小巍因为人矮，当然是比不过小阳的了，所以急得直嚷嚷："It's unfair，叔叔……"

"这世上哪有公平的事情，快点长大吧，我的小宝贝。"小阳说着拉起裤链，大笑着走出卫生间。

"Wait for me！叔叔。"小巍急忙追了出去。

他们离去后，昭阳低头望着马桶翻板，上面尿迹斑斑，地上也是脏兮兮的，他有些后悔了，心想：我怎么也这么无聊了呢，袁婕又要辛苦了。

昭阳料想的倒也没错，因为小阳偶尔来做客，袁婕一大早就在厨房忙开了。她熬好一锅鱼片粥，做了几个韭菜煎饼，特意为小阳烘烤了一炉小松饼，还鲜榨了四杯果汁。昨晚昭阳熬夜了，凌晨三点才钻进被窝。她很不喜欢昭阳熬夜，为这事唠叨了他好几回。后来知道了，她再唠叨也没用，他是不会改变工作习惯的，就只能从饮食上来调节。早上迷迷糊糊睡到五点，袁婕便蹑手蹑脚到厨房，赶在三个男人起床之前，把丰盛的早点摆上餐桌。

小巍第一个坐上台面，伸手拿了一块小松饼，张口就吃。

袁婕笑道："小巍，等叔叔来了一起吃，好吗？"

小阳从卧房走到桌旁，他抚摸着小巍的后脑勺，带着央求的口吻说："嫂子，马上就要过年了，你们带小巍回杭州过年吧，爸爸太想他了。"

小巍不顾嘴里含着松饼，"嗯，嗯"地拼命点头。

袁婕笑道："好啊，我也想回家过年。不过你哥大概去不了，他昨晚熬通宵，海军好像很需要他。"说完，端上一碗鱼片粥，摆在小阳面前，"你喜欢海鲜，趁热快吃，我放了点虾仁在里面。"

小阳坐下了，见桌上全是他喜欢的早点。大概是出于职业的习惯，他先端起杯子喝了一口果汁，原本想说就算海军需要昭阳，回家吃个年夜饭总是可以的。但是他话到嘴边，却变成了："嫂子，这是芒果和草莓，味道不错，色泽也很漂亮。"

"这里面还有蓝莓呢，是抗衰老的哟。"袁婕补充道。

小阳灵光一闪，笑道："对呀。只要是个人，都怕自己会衰老。对不起，嫂子，恕我冒犯，尤其是你们女人。我正想开发新产品呢，这款饮料具有开发价值。"

袁婕一面给小巍盛粥，一面笑道："你想过吗？蓝莓很贵的，到时候你怎么定价？万一太贵没人买，堆积库存浪费资金。"

小阳笑道："没关系，我先让市场部做调研，如果可行，再让产品部开发试试看。只要质量好，像嫂子这样的消费层，应该是能够承受的。"

袁婕听小阳的语气，好像真要开发这款饮料。她知道蓝莓是季节性水果，原产地在北美和西欧的中高纬度地区，产量有限，很难保持新鲜度，便担心道："小阳，中国有蓝莓种植地吗？如果需要依赖进口，夏末秋初是蓝莓的收获季节，运输、保鲜等各种费用加起来，成本太高，不合适吧。"

小阳拿起一块小松饼，凑近鼻子闻了闻说："真香。"随后，他看着袁婕说，"中国引进了一百多个蓝莓品种，在东北以南和长江以北都有种植地，种植面积大约有一万亩，估计每亩收成一千五百公斤，如果开辟新生产线，我有办法弄货源。"

"开辟什么生产线啊？"昭阳走来问小阳。

小阳指着杯子说："喏，嫂子发明的果汁。"

昭阳端起果汁喝了一口，品着味儿说："嗯，好喝，有一股草莓的清香，再放点冰块就更好了。"

小阳把边上的椅子一拉，示意昭阳坐下，然后问道："哥，昨晚熬夜了？情况怎么样？"昨晚海军递给哥哥的文件，他知道是公司的机密，不到万不得已是不能往外带的。

昭阳挨着椅子坐下，接了袁婕递来的粥说："很不好。"

"那你要怎么办？"小阳问。

昭阳拿起汤匙喝了一口粥，继续说道："这笔交易充满玄机。"其实隐藏在合约背后的猫腻，他已经看穿了，只是不能透露给任何人，包括小阳和袁婕。

华龙签下的是一份对赌协议。昨晚他熬了一宿，上网搜索了过去三个月的市场走势，发现油价上下波动异常频繁，整个大势却在往下走。凌晨又上网查看了一下，原油价格相比昨天，又下跌了一美元，这对华龙航空很不利，情况越来越危急。他琢磨了半晌，心中渐渐酝酿出一个计划：帮助海军建立一套预测市场变化的模型。这就需要西蒙的参与和协助。

然而西蒙目前还在欧洲，没有音信，他有些担心西蒙的安全，便立刻写了一封电邮。纵然他心里十万火急，却觉着眼前需要紧急处理的，是避免石油期货合约可能带来的损失。他想知道这份协议是谁签的？为什么要签下这份合约？这背后是否存在利益输送和交换？海军知道交易的真相吗？

在纽约他曾经建议海军，在收购海外资产的时候，要尽量购买一些石油资源，以保护优质实体企业。难道海军是因为他的建议，签署了这份对赌合约吗？想到此，他心情沉重了，便对袁婕说："小婕，下午你和小阳先去医院，我还有些事情要处理。"

袁婕想了想说："好，那我们先去尖沙咀，陪小阳逛逛商场，在外面吃了中饭去看萧燕，你办完事儿来医院。好吗？"

昭阳说："行，就这样吧。小巍，你要照顾好妈妈，知道吗？"自从袁婕独自先来了香港，他一个人带着小巍，体会到其中的辛苦和不易。现在只要他不在袁婕的跟前，就会嘱咐儿子"好好照顾妈妈"，其实就是听话的意思，这是他和小巍之间的秘密。

小巍像大人似的放下筷子，嘴巴一抹，"噌"的一下站在椅子上，拍着袁婕的肩膀说："Don't worry Daddy, I'll take care of Mom!"

小阳看了这一幕，羡慕得什么似的："哥，过年回杭州吧，我都不忍心把你们分开。"

昭阳抱起小巍，把儿子安置到椅子上，然后笑着对小阳说："我们尽量争取吧。如果我没时间回去，让袁婕和小巍回杭州。"

小阳满意了，然后微笑着问昭阳："哥，你打算去华银了吗？"

"现在很难定下来，一会儿得跟海军碰个头，再说吧。"

昭阳是做好了去华银的准备。他希望西蒙和自己一起工作，这就需要他把华银的情况了解清楚，才能做最后的决定。

"哥，如果你不想去海军那儿，干脆到杭州来，爸爸一直希望你来公司呢。"小阳诚恳地发出邀请。他知道，昭阳在香港有自己的事情，但不管怎样他想尝试一下，劝说哥哥与他共同撑起家族生意。

昭阳低头，略作思考后说道："谢谢你！不过你我都清楚，百润少了我照样能运转，我的专长不一定能帮到你。但海军这儿就非常需要我，如果他们的情况有所好转，说不定我能间接地帮助百润。你说是吧？"

昭阳明面上是在谢绝小阳，讲了一条比较说得过去的理由。也不是他不想继承家族企业，其实是无法释怀，不甘心让莫里森逃脱法律制裁。他相信自己的直觉。"直觉是一份神圣的礼物，理智是一名忠诚的仆人。我们创造了一个尊敬仆人的社会，却忘记了那份神圣的礼物。"这是爱因斯坦的名言。所以西方法律宁肯错放一千，也不愿错杀一人，是对爱因斯坦这段论述的最好诠释，不然莫里森早就该进监狱了。

他深信莫里森有作案动机。古人说得好，"若要人不知，除非己莫为"。即便是最离奇的高智商犯罪，也会留下蛛丝马迹，计划越周密，就越容易犯错。他暗下决心，一定要把莫里森捉拿归案。自从汤姆被莫里森逼死之后，现在他只要听见"莫里森"的名字，便会联想到那个家伙气急时的模样，鼻翼上下掀动，好似缺氧的泥鳅上下乱窜，令人厌恶。

本来他想告诉袁婕自己的想法。从前他都是这样做的，现在他学会了换位思考。他为了萧燕的事情太过执着，袁婕就真的不在乎吗？袁婕处处为他着想，不是他有多么优秀，那是因为她善良。过去他没有意识到这些。也是前几天，李翔直勾勾地盯着袁婕，仿佛他的领地被侵犯，特别不是滋味儿。所以将心比心，他决定暗中调查莫里森的想法，暂时就不告诉袁婕了。

昭阳吃着小松饼，不声不响想着心事。袁婕在一旁也不作声。她喜欢昭阳沉思的模样，尤其当他坐在书桌前，那宽厚的背影和专注的神情，特别性感。她很少在这种时候去打扰他，免得扰乱了他的思绪。像往常一样，她是最后一个坐上餐桌的，却总是第一个放下饭碗，麻利地收拾桌上的碗筷。

小阳赶紧放下筷子，站起来说："嫂子，我来帮你。"

小巍举起空杯子叫着："妈咪，我帮妈咪。"

袁婕笑道："小巍真乖。"说着，掉头对小阳说，"你别沾手了，去和你哥多聊聊，你们难得聚一回，这儿有我呢。"

"小阳，来，我们去那儿坐。"昭阳放下筷子站起来，把小阳引入客厅，坐到沙发上。昭阳抬眼瞥了一下袁婕，见她忙着收拾餐桌，便压低声音把刚才的想法，缓缓地告诉小阳。

"哥，你打算怎么做？"

昭阳轻声地说道："这事儿先不跟袁婕说，我怕她担心。我请'福尔摩斯'帮忙。莫里森做尽了坏事，我得比他更狠，才能阻止他的恶毒攻击。"

小阳听了昭阳的话，一下子来了精神，语气中带着些许兴奋。昭阳提及福尔摩斯，他知道是请私人侦探的意思，便自告奋勇地说道："哥，你行啊！也算我一个，让我来帮你吧。"做侦探可是他打小的梦想，家里的那套《福尔摩斯探案全集》，还是他十三岁生日，昭阳送的生日礼物。

福尔摩斯运用植物学、地理学、化学、解剖学和《血字研究》，破解了许多奇特的案子。在《戴面纱的房客》里，有那么一句经典的话，令他印象深刻："对一个缺乏耐心的世界来说，坚韧而耐心地受苦，这本身就是最宝贵的榜样。"他体会到坚韧和耐心的含义，是百润遇到麻烦的时候。

昭阳又朝厨房瞟了一眼，见袁婕向卧室走去，猜她大概是去换外出的衣服。小巍跟在她的身后央求着："妈咪，妈咪，Can I bring my savings jar？"很显然，袁婕的注意力都在儿子身上，他才放心地说："破案的事儿还是我自己来。我看啊，照顾萧燕和公司的事儿，就够你忙活的了，福尔摩斯还是我自己找。"

昭阳是个不折不扣的福尔摩斯迷，"如果把所有不可能的都刨去，那么剩下的无论多么难以置信，肯定不会错。"这是福尔摩斯演绎法的破案精髓。他自忖自己逻辑思维清晰，分析事物的能力超过常人，本想亲自调查此案的，但因为海军的事情挺棘手的，一旦去华银集团上班，肯定会忙得没时间顾及这些，所以才想着找私家侦探来帮忙。

小阳说："好吧。如果医生同意燕子姐出院，这次我就带她走。你看呢？"

昭阳站起来，发狠地说道："行啊。萧燕的记忆恢复得越快，对破案就越有帮助，我们一定要抓住凶手。"

星期六早上，华龙总裁沈丁像往常那样来到办公室，这一阵子，他被石油期货合约扰得心绪不宁，坐立不安。他的太太谢琳和儿子都在美国，与其一个人守在空荡荡的大房子里，还不如到公司来得心里踏实。

沈丁端坐在高背皮椅上，本能地拿起窗台边的喷水壶，清洗桌上的一盆寒兰。他仔细地擦拭着寒兰的叶面，以免叶片受到病虫感染。这时手机在桌上震动起来。他一看，是谢琳打来的，便放下喷水壶拿起手机："哦，是我，怎么样？机票订好了？"

"嗯，下礼拜三。"谢琳在电话那头说道。

"那事儿办好了？"沈丁问。

"嗯。合计省了一千万美元呢。"

"你确定？"沈丁追问。

"当然。"谢琳很肯定地回答。她听沈丁没反应，停顿了几秒钟，便问丈夫，"你那儿怎么样？油价还在跌吗？"

"是的。事已至此，好像无法挽回了。我说，那些交易文件，你都仔细检查过吗？"沈丁不放心地又问了一遍。

"哎，你担心什么呢？我还不知道这些吗？不管怎么着，这笔交易我们赚定了。"谢琳不耐烦了。

"行，等你回来再说吧。"沈丁说罢，收起手机。

他突然意识到自己有些恼火，妻子传来的好消息，没有带给他一丝满足感，反而有着被控制的感觉，这和他想象的结果完全不一样。他烦躁地摆弄着手机。忽然一阵花香向他袭来。他的目光转向寒兰。紫色的花茎，紫色的须，他想起了他的父亲。

在诸多的兰花品种里，他父亲偏爱寒兰。寒兰叶片细长碧绿，即便花朵枯萎凋谢了，清秀的兰叶却四季长青，极富观赏价值。养兰就是养根，根基健康，叶草才好。养兰又是养性，顺其自然保持平常心，急于求成，勤浇水，多施肥，结果反而适得其反。这些常识都是他父亲传授给他的。从前他家的四合院里种了好多寒兰，有黄绿、紫红和深紫的颜色，他的喜好是传承了他的父亲。

沈丁的父亲沈家桢，是北大历史系研究清史的专家，曾经参与整理清朝内阁大库的档案，包括诏令、奏章、则例、移会、贺表、三法司案卷、实录、殿试卷及各种簿册。这些极其珍贵的第一手历史资料，是北大前辈花重金从造纸商手里抢救出来的，重量足足有十几万斤。自从晚清宣统元年国库房损坏后，几经迁徙，几易主人，许多重要的资料因缺乏保管，不是潮湿腐烂，就是被鼠吃虫蛀，损失极其严重，需要沈家桢这样的专家来修补，因此沈家桢很受邻里的尊敬。

从前沈丁家的四合院里，前前后后住着十来户人家，左邻右舍进进出出碰上他父亲，总是客气地叫一声"沈先生"，就连孩子们也跟着大人，亲切地称呼他父亲"沈先生"。直到"文革""大破""封资修"，人们才在公开场合像是去居委会开会，改口称他父亲"沈同志"。但是回到院子里，却依然叫着"沈先生"。后来他父亲被造反派关了起来，大家明白不能再称他父亲"沈同志"，便绕着弯儿改叫"丁丁他爸"，而且还极不自在地放低了声音，总觉得这样称呼怠慢了他父亲。

沈丁刚上初中那会儿，偷偷从家中的旧箱子里，翻到一本《鲁滨孙漂流记》，这是他父亲的藏书，也是他阅读的第一本翻译小说，从此便一发不可收，渐渐地把他父亲的藏书全都读了一遍。即便在"读书无用论"的年代，他仍然发奋读书，做着少年时代的梦想。他先是进了北京八中，然后就读清华大学，最终目标当然是成为科学家，像他父亲做一个受人尊敬的"先生"。

然而沈丁一路走到今天，感到自己距离初始的梦想，太遥远。他没有成为学者。如果不是急于求成，事情可能不会像今天这么被动，他不愿承认是受到了诱惑。可是回想起来，事实又确实如此，所以他才恼怒自己吧。

说起来，也是金融海啸爆发后不久，那天沈丁接到一个电话，是他的助理殷虎转过来的，对方自称来自塞斯证券，名叫狄龙·克罗德，想约他商谈石油远期保值合约。

沈丁比谁都清楚，现代人的生活几乎离不开能源，当今全球化的经济模式更离不开便宜的能源。早在几年前，中国已成为仅次于美国的世界第二大石油消费国，石油对外依赖的程度逐年上升，百分之四十七的石油依靠进口，与持续膨胀的石油需求相比，中国的原油自给能力几乎到了极限，石油资源短缺已是不争的事实。再过十几年，中国将要面临石油枯竭的境遇。而近年中国石油总量的百分之四十，全都消耗在交通运输领域了，这也包括他从事的航空业。

　　沈丁做过一份详细的调查，未来十年，中国每年石油的需求量为五亿吨，中国自身大约可以开采两亿吨，石油缺口高达三亿吨。除非中国能够控制石油，否则就要被别人控制。他和海军都意识到了这一点，因此在公司发展战略中，首先提出要走向全球，到海外投资收购石油资产。然而中国企业海外并购是在争夺他国的经济利益，也可以说是与发达国家"抢"资源，人家岂能轻易松手？所以华银集团收购利比亚和安哥拉的石油资产，均以失败而告终。他没有忘记基辛格的话："谁控制了石油，谁就控制了所有国家……"

　　他觉得基辛格此话，一点不假。当国际油价从三十美元一桶，渐渐突破四十、五十，到接近六十美元，油价飙升至一百美元一桶，好像也是分分钟钟的事情。在这样的大环境逼迫下，狄龙·克罗德的来电，就好似救命稻草般，他急不可待地想抓住不放，立刻表示出有兴趣，答应狄龙"可以谈谈"。

　　那天狄龙按照约定，西装笔挺出现在华龙的会议室，一同前来的还有他的同事刘文涛。沈丁和殷虎早就等在会议室了，双方见面互相递上各自的名片，寒暄过后，大家坐定了下来。

　　狄龙盯上沈丁纯属意外。还是他计划干掉萧燕，跟踪她上下班时发现的。郑妮娜和萧燕是凤凰电视台的同事，她们一起逛街购物，去酒吧和朋友聚会喝酒。她俩的朋友中就有沈丁和周海军。

　　沈丁是华龙航空的首席执行长，周海军的来头就更大了，管理着华银几百亿的美元资产，可说是精英中的精英。他在媒体的财经版面上，时常能读到他们的新闻。他是有备而来的。

　　当沈丁的秘书放下茶水离开房间，狄龙从公文包里拿出文件夹，递给沈丁说："这是一份石油期货合约书，是我们特别为贵公司定制的，你们先看一下。"

　　沈丁接过合约书翻到第一页，一看全是英文，心下狐疑。他下意识地顺势又翻了几页，便随手递给边上的殷虎，然后对狄龙说："这份合约书先搁这儿，等我们研究之后，再跟你们联络。"

沈丁渴望抓住塞斯这根救命稻草，殷虎近来也接触了其他几家证券公司，他们给出的条件没有塞斯诱人。但是他毕竟在商场打拼这么些年，懂得生意场是一个需要精密计算的游戏，这是一种权力竞争，犹如爱情游戏，首先示爱的人，往往抛却了所有的自控力，情感被他人操控，好似宠物狗任人牵着走。所以他装作满不在乎的样子，随意翻了几页合约，便丢给殷虎，刻意深藏起对石油期货合约的渴望，为的是把主动权牢牢掌握在自己手里。

狄龙也不是吃素的，他可是这种游戏的大玩家，过往的经验告诉他不必关注别人怎么说，重点是看他们怎么做。今天沈丁请他过来谈生意，而且比他先到达约会场所，说明石油期货合约极具吸引力，鱼儿一旦上钩便会猛力吞食鱼饵，越是挣扎，越难逃脱厄运。

他眼珠子滴溜一转，并不急于吹嘘自己的产品，而是不动声色地说道："Okay，没问题。反正我有你的名片，我们随时联络。"

一旁的殷虎见势不妙，对方好像要走人了。他担心这笔生意还没有开始，便到此结束了，便赶紧出来打圆场："克罗德先生，我们会尽快给你回复，只要这份合约能保障我们的利益。"

狄龙笑道："那是当然。但我不得不告诉你，任何回报，都是要承担风险的，你我都必须输得起。"

刘文涛自打进入会议室，便观察着沈丁的一举一动，发现他们将要应战和对付的人，官腔十足，还相当自负，使谈判充满尴尬的气氛。凭着他多年的经验，在中国的商场上，饭桌才是谈判桌，重要的生意交易该从饭局开始，主人尽地主之谊后才进行，这样成功的希望会比较大。这是双方从陌生到熟悉的心理碰撞，一个情感互相靠拢，缩短彼此距离，从而产生信任的过程。他见殷虎似乎想缓和气氛，这是一个好兆头，他应该响应对方才好，因此而笑道："殷先生，如果你对合约有不明白的地方，可以随时联络我们。"

殷虎笑着点点头，说："我会的——"

这时沈丁打断殷虎，问狄龙："克罗德先生，依你看油价还会继续上涨吗？"

狄龙听见沈丁这样问，立刻来了精神："那是当然。你是这一行的专家，应该比我清楚。全球石油储量逐年减少，油价今后只会越来越高，你们看看当前的油价，一月份每桶三十美元，现在都接近六十美元了。"

沈丁反驳道："依我看，油价不会永远上涨。除非美元故意贬值。但从长远来看，美国需要强势美元，来维护全球的霸主地位，油价会因此而下跌。因为石油交易是用美元结算的。"

狄龙瞥了沈丁一眼，赶紧辩解道："你的观点，我同意。但石油很特殊，用完就没有了。中国过去每天消耗两百万桶石油，现在是七百万桶，石油稀缺是不争的事实，这点你比我更清楚。"

沈丁不言语了。

殷虎笑着反问："如果油价只涨不跌，你们不是亏定了吗？你们怎么会做亏本的买卖呢？"他稍微瞄了一眼合约，发现油价越涨，塞斯亏本得越多，心里便产生了疑惑。

狄龙听见对方这么一问，不自然地微微仰着头，目光扫向身旁的刘文涛，心下暗想：企业和投资人为了规避风险，往往会购买衍生产品来"对冲风险"和"管理风险"，有时候甚至不顾一切"冒险投机"，缺少了你们这群大傻瓜，我们塞斯这样的"卖出方"，还有存在的价值吗？

想到此，狄龙上牙轻轻咬住下唇，掩饰着不易察觉的尴尬，面带微笑地说："所以说嘛，你我都要承担风险。当油价涨到一定的水平，世界会变得越来越小。"说罢，他故意停顿了一下，猜想在座的不一定理解他的意思，便依次瞟了他们一眼，发现大家期待着下文，于是继续说道："世界经济从来都与政治息息相关，高油价对俄罗斯有益，它是石油出口国，但对中国很不利。中国低廉的人工优势，无法与高油价相抗衡。"

"哦，此话怎讲？"殷虎追问道。

"试想一下，一旦世界经济陷入衰退，肯定会爆发贸易战，欧美的订单不再发放中国。因为油价太高，航行在太平洋上的大货轮，会变成一桩削弱回报的买卖，许多产品会在本土自产自销，这保障了当地就业，符合各国政客的利益。最近奥巴马政府主张修建高速公路，巴菲特大笔投资铁路运输业，全都出自原油稀缺的因素。你们明白的，需求减少，供给过剩，油价也就随之下降，这就是我们要承担的风险——"

说到这儿，狄龙戛然而止。他敏感地发现，沈丁原先靠在椅背上，一副爱理不理的样子，高傲得仿佛不可侵犯。可是当他提及塞斯也要承担风险时，便挺直腰板往桌前一靠，胳膊肘倚在桌面上。这是一种放松警惕的肢体语言。他擅长钓鱼，感觉鱼儿快上钩了，而且是一条大鱼。

那么接下来的事情，就是让鱼钩深入咽喉，然后牢牢握住鱼竿与之搏斗，使鱼儿在水中拼命挣扎，待其疲劳乖乖地投降。如果缺乏耐心猛抽竿子，非但鱼钩飞上天，鱼儿逃逸，鱼竿也会断裂。他不做亏本生意。他提醒自己最后一击要稳，准，狠！

在香港生活这些年，狄龙深切体会了东西方的文化差异。在西方坐下来谈生意，有时一盒巧克力便解决问题，只要双方都能从交易中获利。可是在东方就不一样了，"人情"是第一位的，想做成交易首先得施人恩惠，搭建一张关系网。如果说以前累积的富豪名单，是他瞄准的猎物，那么关系网就是他捕捉猎物的工具，而放出去的诱饵则必须是香甜的。像是买一幅二十万美元的字画，却谎称是"赝品"，价值只有七千元人民币，把它作为礼物，送给笼络的对象，与他们建立起利益关系。

不过狄龙也很清楚，关系不到位而贸然使用这类花招，反而会被对方拒之门外，因为双方之间缺乏信任。那么究竟使用什么样的方法，才能获得对方的信任呢？这是他和沈丁正式见面后，一直在思考的问题。

这天，狄龙坐在办公桌前，两眼空洞，出神地望着窗外。刘文涛走来敲敲他的桌面，提醒说："嘿，午饭时间到了。"

狄龙撇了刘文涛一眼，问道："David，我想接近内地的官员，你有办法吗？"

刘文涛头一歪想了想，什么都没说，十指在狄龙的电脑键盘上"噼里啪啦"一打，把荧屏朝狄龙面前一推。

狄龙疑惑地皱着眉头，仔细一看，是刘文涛网上的资讯。

狄龙咀嚼着字里行间的含义。他到底是聪明人，脑子转得飞快，顿时两眼放光，计上心来。他从座椅上站起来，拍了拍刘文涛的肩膀说："我有办法了。走吧，我们吃饭去。"

狄龙决定利用郑妮娜作为桥梁，拉近他与沈丁的距离，把这位高官拉上他的船。尽管这样做会冒很大的风险，把深藏暗处的自己，生生地推向明处。但他牢记着曾经学到的中国成语：不如虎穴，焉得虎子。因为时间太紧迫，在大宗商品市场，时机是不等人的。当机会来临的时候，不抓住就会失去。他深谙此道。

这是一个和风拂面的夜晚，SoHo区街上人头攒动，灯火闪亮。狄龙沿着世上最长的户外自动扶梯，走走停停，紧紧地跟着郑妮娜。两个身材高挑的女子与他擦肩而过，她们衣着入时，身材火辣，旁若无人般地说笑着。他忍不住回头多看了一眼，只见她们裙摆下裹着丝袜的美腿，若隐若现，似乎向他宣告着她们的青春和活力。他不由得想起了女儿，她也该是亭亭玉立，青春喷薄而出的年龄了。

当狄龙回过神来时，发现郑妮娜已踏进街边的一间小酒吧。他在原地逗留了几分钟，也跟进了酒吧，坐在靠街的吧台上，要了一杯威士忌，不加冰。他一边喝酒，一边望向天空。他平常是从不抬头看天的，此时却昂起了头，可惜四周高楼遮盖住视线，目光所及之处，仅是一片狭窄的天空，上面没有一颗星星。

狄龙低头端起杯子，一口喝干了剩下的威士忌，随后站起来佯装去厕所。在走廊上，他两眼环顾四下，正好对上郑妮娜看过来的眼神，便举手招呼道："嗨，妮娜，这么巧啊？"

"狄龙？你，你怎么——"郑妮娜有点结巴了。

狄龙疾步上前，亲了一下郑妮娜的双颊，然后笑道："妮娜，好久不见，你越来越美丽了。"他觉得用漂亮来形容郑妮娜，还不是最恰当。郑妮娜黑发如云，皮肤细腻，长长的睫毛如花蕊一般，嘴唇微微上翘，尤其是略带忧伤的双眼，散发出慑人的魅力，跟刚才看见的年轻女孩比起来，她则多了一层妩媚和神秘。

郑妮娜指着边上的椅子说："Join me, please！"

狄龙拉开椅子坐下后，打了一个响指，女侍应立刻走了过来。他的目光没有离开郑妮娜，只是笑道："一杯威士忌。妮娜，你呢？我请客。"

"好吧，我要一杯玛格丽塔。"

女侍应离开了。

狄龙看着郑妮娜，狡黠地说道："妮娜，每一款鸡尾酒背后，都有一个动人的故事，你知道玛格丽塔的故事吗？"

郑妮娜摇头："不知道。你能告诉我吗？"说着，用期待的眼神看着狄龙。

"当然。那是一九四一年，一个慵懒的下午，在墨西哥恩塞纳达（Ensenada）的Hussong's度假村，调酒师奥罗斯科闲来无聊，便试着调制一款混合新饮料。他太专心了，一位贵客来到吧台前，他都不知道。这位贵客是德国大使的女儿，名叫玛格丽塔·汉高。她身材高挑，美貌出众。奥罗斯科一抬头，见玛格丽塔微笑地看着他。奥罗斯科慌神了，情急中把调制成的饮料递给她。玛格丽塔轻啜了一口，赞不绝口。奥罗斯科决定以玛格丽塔命名这款酒，因为她是第一个品尝之人。"

"哇，这是英雄爱美人呢！"郑妮娜感叹道。

他们谈笑风生说得正兴起，女侍应托着鸡尾酒过来，轻轻地放下鲜红的玛格丽塔和威士忌。狄龙掏钱付账，外加二十元港币小费，女侍应收了钱微笑着离开。

狄龙端起杯子，摇晃着手里的威士忌，心里盘算着怎样自然地把话题引向沈丁。他露出狡黠的笑容，看似不经意地说道："你不觉得吗？在这个世界上，所有一切都是金钱关系。"

郑妮娜不赞同狄龙的看法，频频地摇头说："我保留你的观点。你说所有一切都是金钱关系，那我们之间——"

狄龙微笑道："亲爱的妮娜，我们当然是金钱关系了。你想啊，如果你是一个穷光蛋，就不可能遇上我。我之前服务的家具店，百分之九十九的香港人是不会上门的。你出钱购买家具，我收取佣金为你服务，金钱连接了你和我，我们才有交情坐在这里享受美酒。这难道不是金钱关系吗？"

郑妮娜笑了："听起来，你说的好像有点道理。对了，你的新工作怎样了？"

狄龙暗自欣喜，双眉朝上一扬，咧开嘴，自信地笑道："我擅长干这行，如果你需要投资顾问，美国、欧洲、南美、亚洲，我保证让你赚钱。"

郑妮娜看着狄龙，凭着他过去对她的专业服务，觉得眼前的男人可以信任，于是说道："谢谢你。我倒是没什么。我有个朋友在美国，她可能需要投资顾问。"

狄龙点头道："Okay，没问题。她是干什么的？"

郑妮娜捏着酒杯递到唇边，微微地抿了一口，然后微笑道："当然是生意人了。"

狄龙追问："她是做什么生意的呢？"

"她是IT行业的，爱丽互联网公司，今年在美国上市，发达了。不过有什么用呢，那些都是纸上财富罢了。"郑妮娜放下酒杯，耸了耸肩。

狄龙兴奋地说道："公司的股票上涨了，但是禁止出售。"

郑妮娜点点头。

狄龙看着郑妮娜，诡异地笑道："我知道了。"

"不瞒你说，我和她老公是好朋友，他是华龙航空的总裁，他们想把股票卖了套现，在香港买房子。你有办法吗？"郑妮娜侧着脑袋问。

狄龙瞪大两眼，故作惊讶地说道："啊呀，这个世界也太小了，你是说沈丁吗？我前几天刚刚见过他。"

郑妮娜嘴巴微张，发自内心地感叹道："真的啊？这个世界果然真是太小了，他们跟我约在这儿，马上就要来了。"

狄龙笑道："太好了，我请客。"

夜已深，狄龙巧妙地迎合着郑妮娜，尽力寻找话题和她闲扯。他觉得好人总归是有好报的，今晚的机会是上帝安排的，是一份意外的礼物。他一定要抓住。他正暗自寻思着，一抬头，看见沈丁和殷虎向他们走来，两人的脸上挂着惊讶。

郑妮娜像个女主人似的，见了来客连忙站起来，趁着狄龙和沈丁握手寒暄的时候，点了一瓶轩尼诗，又热情地招呼大家就座，然后笑道："沈大哥，真没想到啊，您和狄龙早就认识。我们正巧在这儿碰上——"

狄龙马上说道："是我运气好。"说罢，立刻掏钱付了酒账。

沈丁礼貌地说了声"谢谢"，随后问道："你们是……"

郑妮娜抢着说道："哦，我们是老朋友了。"随后，意味深长地看着狄龙，又补充说，"我们认识快十年了。"

郑妮娜没有提及家具店，狄龙当然是感激不尽了，这省却了他的一番"说辞"。他观察到沈丁对他的态度，显然和上次不一样，端着酒杯与他侃侃而谈。他故意把聊天的话题，渐渐地扯到股票和证券上面。

这时郑妮娜压低了声音，对沈丁说："大哥，嫂子不是要找投资顾问嘛，刚才我多了一句嘴，跟狄龙提了一下。如果您感兴趣就继续往下谈，如果不感兴趣，算我没说。"她虽然嘴上这么说，心里却希望沈丁和狄龙能谈成交易，这样一来，他们就欠她一份人情了。

沈丁听了郑妮娜的话，默不作声。说起来，他和海军能与郑妮娜成为朋友，还是萧燕介绍的呢，大家玩得挺尽兴的，只是没有生意上的往来。现在郑妮娜开口了，她的好意，他很难拒绝。再说她老公在香港也是个有头有脸的人，可以说是地头蛇，今后难免有事相求。他不想得罪她。

一旁的狄龙似乎猜到了什么，便直截了当地直奔主题，抓住机会发起了攻势："沈先生，您太太的问题，我有办法解决。"

沈丁还在考虑郑妮娜的建议，不料狄龙一声"沈先生"，就像从前的邻居杨太太称呼他父亲，应该是怀着一种尊敬的。过去从来没人称他"先生"。这"先生"的称呼，远比"沈总"更合他的心意，听着舒坦受用。于是他微笑着回答狄龙："是吗？请你说来听听看。"

狄龙收起笑容，从口袋里掏出派克笔，拿起手边的餐巾纸，写下几个字，揉成一团递给沈丁。

沈丁接过纸团，打开一看，只见上面写着："利用股权收益掉期合约，请保密。"他有些诧异，但是心领神会，立刻把餐巾纸塞进裤袋。却不由得暗想：美国的投资顾问多了去了，理财专家也多如牛毛，谢琳咨询过那些专家。她是公司董事长兼总裁，所持有的股权五年内禁止出售。投资理财专家无法办到的事情，狄龙有这个能耐吗？

沈丁惊异的表情，完全在狄龙的意料之中，他瞟了一眼殷虎，然后对沈丁说："请相信我。"

狄龙之所以敢在沈丁的面前打包票，是因为早在菲勒衍生产品部的时候，莫里森就曾经利用股权收益掉期合约，秘密地为有此需要的富豪，度身定制个人化的消减资本增值税方案。对于菲勒这样的投资银行来说，股权收益掉期并不会带来市场风险，通过卖空，也就是卖出它并不拥有的股票，来对冲股票收益风险。如果股价下跌，银行的收益会下降，但它卖出股票的负债也相应下降，可以说是没有风险的取款机。

像谢琳这样持有绿卡的美国居民，只要支付一笔高额佣金，通过股权收益掉期合约，便能逃避禁止出售股权的限制。如此一来，她只要按时向塞斯支付她的股权，再加上股价的升值，便可获得股票增值收益，还不用交纳资本增值税。从技术上来讲，谢琳并没有出售股权，但是她得以套现的结果，其实与卖出股票没什么两样。

沈丁松口了。他把谢琳的联络方式交给了狄龙。

接下来的事情，就比较简单了。狄龙整整忙活了两个工作日。他泡在电话上，为她找到了美国最有声誉的律师楼。然后又打电话到美国总部，把身家千万的谢琳作为高端客户，介绍给做"零售"的私人客户服务部。他对美国的同僚说："老兄，我替你找来一座金矿。你知道这意味着什么吗？用不了多久，你就会拥有十座金矿。因为中国的CEO都想挂牌纳斯达克。好好为她服务，下次来纽约，请我吃牛排。"

最后狄龙拨通了沈丁的电话，他语气兴奋地说："沈先生，一切都安排妥当，律师会做妥所有的文件。你放心，股权收益掉期并不是证券，完全不受政府监管，也无须向任何人披露，包括税务局。如果有疑问，请随时联系我。"

沈丁说了声"谢谢"。其实谢琳在电话里，已经把事情的进展，一五一十地告诉了他。塞斯令人惊叹的专业服务，他除了敬佩之外，就只有羡慕的份了。精益求精的敬业精神，一直是他追求的最高境界，就像他父亲做学问，从来不会掺和一丝虚假的成分。通过谢琳的这笔交易，他完全相信了狄龙，毫无防备地脱口而出："狄龙先生，关于那笔石油期货合约，我们需要面谈。"

狄龙一听，"噌"地从椅子上跳起来，兴奋地挥舞着手上的话筒，默默地在心里狂喊"yes，yes，yes……"他庆幸，过去的所有努力终于获得了回报。他压抑着冲动，极力稳住亢奋的身体，平静地说道："Okay，沈先生，没问题……"

放下话筒，狄龙长吁了一口气。他一直在钓鱼。因为他坚信，人们钓鱼，是因为鱼儿会上钩。那晚他放出去的诱饵，起到了一石二鸟的效果，既为自己赚取了丰厚的佣金，又拉近了与沈丁的关系，成功打进华龙航空的内部，拿下周海军也指日可待了。

果然如狄龙所愿，两个礼拜后，塞斯证券与华龙航空终于成交，签署了那份石油期货合约。

第四章　房地产背后的陷阱

　　洪金安私家侦探社，坐落在上环的德辅道中310号，办公室就在启德商业大厦十一层。昭阳的手上拿着公文包，按照预约的时间来到侦探社，被接待小姐领到一间办公室。

　　他坐在一把破旧的椅子上，环顾四周，见办公桌上文件凌乱，桌旁的地上也堆满文件夹，便微微皱起了眉头。

　　昨天他打电话过来，向接待小姐咨询了一些基本信息，了解到洪金安不像一般的私家侦探社，只是办理了公司注册和商业登记。洪金安是政府注册的公司，也是英国侦探总会会员，在全球多个地方设有办事处，还包括了纽约和伦敦，他才挑选洪金安为自己服务。

　　他透过短短的甬道，瞥了一眼那头的办公大厅，心里暗想：这地方不大嘛，最多一千平方英尺，如果生意兴旺，不该是这番景象吧？可是他转念又一想，上环的办公租用成本全球最贵，而且侦探社的大部分业务，一般都在办公室以外。再说一个行业的专业水准，不该以办公室的大小来衡量，有些空壳公司装潢得富丽堂皇，反倒是"金玉其外，败絮其中"。他也很清楚，这个行业是不受任何监管的，也谈不上什么专业牌照。所以为慎重起见，他还是想亲自来一趟，探探对方的虚实。

昭阳正暗自琢磨着，一个瘦小精干的中年男人，突然闪了进来，热情地招呼他："你就是韩先生吧？我叫钟培文，这是我的名片。"

昭阳站起来，把公文包随手搁在椅子上，双手接过名片。因为对方没有让他久等，心里顿时生出好感来，便礼貌地回应道："你好，钟先生。"

钟培文在昭阳对面坐下，两眼热切地望着他，用生硬的普通话委婉地问道："韩先生，你今天来是——？"

昭阳直奔主题，从公文包里抽出一张打印纸，递给钟培文说："我想调查这个人，他叫莫里森·葛朗特。此人可能已经离开香港，或许逃往了英国，他的信息全在这儿了。"其实他还有一张莫里森的照片，是从网上下载的，故意藏在公文包里，是想等对方开口才拿出来。

钟培文接过信纸，匆匆扫了一眼说："没问题，我们在美国和英国都有分社。我们有IT精英人士，还有专业的法律顾问，可以为你提供一站式服务，尽快帮你调查莫里森的信息。"

昭阳还在美国读书的时候，对香港人的印象，就是办事效率高，很现实，很勤奋。他有个香港同学佟勇，原本不屑于学习普通话，后来因为家族的生意在北京，不仅学说了普通话，还总是缠着他，想跟他练习带有"京腔"的普通话，说是毕业后要"北上搵食"。

可眼前的这个香港人，为了招揽生意，一味地说着公司的广告词，也不问他委托的是商业调查？还是行踪监察？抑或是简单的背景调查？坦白说他那张打印纸上，有关莫里森的信息不是很多，仅凭着那些有限的资讯，就能完成他的委托了吗？他怀疑。刚才的好感顿时消失。

昭阳脸上表情的瞬间变化，全被钟培文看在眼里。他似乎猜透了昭阳的想法，目光收回到打印纸上，一边看，一边说："我们公司的资料库非常庞大，可以处理各种类型的案件。像是找线索啦，找证据啦，我们不需要别人的资料库。我保证我们办案的全过程，不会泄露你的资讯——"

昭阳耐心地听着，也不插嘴，等着对方把话说完，就想起身离开，再也不会来了。因为在几分钟的谈话里，对方的那些服务保证，他相信走进任何一家侦探社，千篇一律都会这样说的。这跟他的偶像福尔摩斯，差距也太远了，如果这个人就是侦探的话。

钟培文敏锐地意识到，眼前的年轻人相当精明，必须使出看家本领才可拿下案子。他变换了语气对昭阳说："韩先生，如果我没说错的话，你在投行做过，是一个金融从业人员。你的太太非常爱你，你不是为婚外恋来的，你可能需要行踪监察服务。好吧，不如我们来试一下，把莫里森·葛朗特输进资料库，看看有什么线索。"说罢，他站起来走到书桌旁，坐下之后，打开电脑开始操作。

听了钟培文一连串的话，虽说有着显摆的意味，昭阳的心里倒有些折服，心下暗想：总算有点福尔摩斯的范儿了。他站起来走近钟培文，无声地站在一旁，等候结果。

钟培文只管盯着荧屏，一个链接又一个链接，扩大着搜索范围，挖掘莫里森的信息。一眨眼，屏幕上显现了莫里森的照片，短短的几行字，概述了莫里森的出生日期，工作经历，居住地址，政治见解，配偶和子女们的名字，还有车祸的调查报告。

昭阳露出惊讶的神色。他曾经Google过莫里森，网上暴露的信息并不多，公文包内下载的那张照片，还是巴莱收购菲勒的时候，刊登在新闻报道上的，想必洪金安拥有自己的数据库。直到此时他才明白，钟培文不用问便知道他的职业，也不需要他提供莫里森的照片，甚至连袁婕很爱他，也一清二楚。人家说话是有底气的，这些都来自于专业判断，他不该低估别人的能力。

只听钟培文指着屏幕，颇感自豪地说："韩先生，你看吧，莫里森没有回美国，他人还在香港。"

昭阳一改冷眼旁观的姿态，有种跃跃欲试的冲动，渴望参与其中，于是连忙说道："莫里森是不可能闲着的。他是个危险人物。他在哪个公司上班，你能查到吗？"

钟培文没有说话，两眼依然盯着荧屏，昭阳急切的口吻，与刚才淡然的模样截然不同。他仔细阅读了莫里森的资讯后，抬头说道："韩先生，你还认为莫里森是嫌疑人吗？这起致命车祸，因为证据不足已经结案。"

昭阳肯定地点点头。他坐回到椅子上，把自己连日来，对整个车祸的分析和总结，对钟培文徐徐道来。临了，他自信地说道："我相信自己的直觉。请告诉我，莫里森在哪个公司上班？"

钟培文看着昭阳，回答说："莫里森在塞斯证券，担任货币和大宗商品交易部经理。"

昭阳一怔，脑子飞快地转动起来。华龙的石油期货合约，不就是和塞斯签署的吗？这绝不是偶然的巧合，一定是有计划的行动。难道这次又是莫里森盯紧华银不放了？他刚才在华银还跟海军商讨来着，该怎么处理那笔期货合约。如果这份合约牵涉到莫里森，事情就不那么简单了。他仿佛闻到了一丝鱼腥味儿。为了确认这一信息的可信度，他脱口而出追问："你们的信息可靠吗？"

钟培文的视线离开荧屏，看着昭阳大大方方地说道："像这样的重大恶性车祸，两死一伤，司机逃逸，进我们资料库很正常啊。而且我们和警务处的探员，律政司的刑事监控科，都有互通信息的。到时候，你需要的每一样资料，我们都会巨细无遗电传给你。再说我们的仪器很精良，摄录器材也是世界一流，你放心好啦。"

昭阳双手抵住太阳穴，轻揉了几下，整理着思路。原本他来这里的最大目的，是打算找出证据，证明莫里森就是杀人凶手。现在情况变得更加复杂。他怀疑莫里森与华龙的对赌合约有关。莫里森心狠手辣，妨碍他生意的绊脚石，会一一毫不留情地清除干净，萧燕便是最好的例子。片刻过后，他知道怎么做了，决定以自己为诱饵，把莫里森引上钩，于是便说："钟先生，我想从一份合约下手，找出莫里森的犯罪证据。"

"合约？韩先生，什么合约啊？"

"这个嘛——请恕我暂时保密。"昭阳说着站了起来，语气坚定地说道，"假如我的推理是正确的，今后谁妨碍了莫里森，就会像萧燕那样被暗算，下一个该轮到我了。我想知道，莫里森都有哪些下属？哦，算了，不用了，这个我自己查。请你帮我监视莫里森，看他跟谁混在一块儿，从蛛丝马迹中找出线索。"

"你的要求就这些？只让我跟踪莫斯森吗？"

"对。我们随时保持联络，我这儿有新情况，也会及时通知你的。"

"萧燕的车祸案还调查吗？"

"不用了。案发时正下着大暴雨，作案现场早就被破坏了。不过没关系，一旦开始就无法停止。莫里森的狐狸尾巴，迟早总会露出来的。"昭阳说完，从沙发上拿起公文包，说了声，"谢谢。哦，我是现在付账，还是……"

钟培文笑道："我们先签一份委托协议书，你需要支付百分之二十的定金。以后我每交一次调查报告，你支付一次款项。如果你不满意我们的服务，随时可以终止合约。"

昭阳心想：这样的收费倒是挺合理的。他什么也没说，只是机械地跟着钟培文，去办理付费手续，思绪却无法离开莫里森。现在一切都说得通了。莫里森憎恨萧燕阻挡了他的财路，因此而制造车祸，又利用金融衍生品，使华龙陷入困境。所以无论是车祸也好，石油期货协议也罢，归根到底是"利益"在作祟。任何个人和集团，在巨大的利益面前都会铤而走险。这条线索非常清晰，进一步证明了莫里森有作案动机。他需要暗中了解清楚，华龙与塞斯签约的来龙去脉，看清楚整个事件的拼图，而要做到这一点，最好的办法就是接受华银的工作。

昭阳步出洪金安侦探社，已是下午四点多，在等电梯的时候，他问送到门口的钟培文："哦，有一件事我很好奇。我是IT金融从业人员，你是怎么知道的？"

钟培文诡异地笑道："你那张打印纸泄露了秘密，上面的水印写着巴莱证券，你打开公文包的时候，里面有一本数学模型书，一般只有IT金融人才，会对这一类书籍感兴趣。"说完，他指了指昭阳的公文包，又补充道，"你包里有一把折叠伞。因为台风的关系，香港人大多喜欢使用长柄伞，折叠伞的伞骨容易折断。这说明你来香港没多久。而你身上的衬衫熨烫挺括，脚上的皮鞋乌黑锃亮，表明你有一个体贴的妻子。"

这时电梯来了，昭阳说了声"谢谢"，便与钟培文道别。走在上环地铁站的路上，他拨通了小阳的电话。萧燕离开香港已经两天，他们抵达杭州的当天晚上，小阳来电话报了平安，之后就没有来过电话，不知道情况怎样了。他有些担心。

小阳正在市中心的银泰百货，给萧燕挑选护肤品，刚付完账，手机在裤袋里震动了。他拎起购物袋，掏出手机想要接听电话，迎面走来一个中年妇女，撞上了他的胳膊肘。小阳手一松，手机掉在了地上。

女人连声说："对不起，对不起。"

小阳摆摆手，捡起手机，听见昭阳焦急的声音："小阳，小阳，你怎么啦？"

小阳赶紧解释："哥，没什么，我的手机掉地上了。"

昭阳暗自松了一口气。大概是因为刚从侦探社出来，听见手机撞击硬物的异常声响，头皮一阵发麻。他以为小阳出事了。现在传来小阳轻松的口吻，他觉得自己太过敏感，便暗自发笑。

昭阳不说话，轮到小阳发问了："哥，你在听吗？"

"嗯。我一时走神了。你在外面啊？萧燕怎么样？她还好吗？"昭阳问。

小阳看了一眼购物袋，笑道："燕子姐挺好的，我请了一个朋友陪她。我和医生约好了，明天早上我陪她去医院。你就放心吧。"

"嗯，行。小阳，我刚从侦探社出来，请了一个福尔摩斯，好像还不错。"

"哇，你动作够快的呀！"

"当然啦，时间就是生命。我要让莫里森坐牢，我要整死他。你听我说，如果萧燕恢复记忆了，或者医生有任何建议，你及时告诉我，这对案件的调查都很有利。"

"我会的，哥。"

"公司生意怎么样？"

"哎，别提了。现在竞争越来越激烈，我必须抓紧时间，尽快开发新产品。时间就是金钱嘛！说起开发新产品，百润还是缺乏资金，我真想上市融资啊。虽然老爸不管事了，但他不会同意的，我是真头疼啊！没办法，我想继续拿地开发房地产，这样钱来得快。对此，你怎么看呢？"小阳无所顾忌地，向昭阳吐露心声。

昭阳看着远处的高楼大厦，没有马上回答。那是因为他还在纽约的时候，曾经与华尔街导师耶瑟夫讨论过Real Estate。其实Real Estate这个词语，是从西班牙语引申而来的，指的是"皇家的土地"。这是由于当年西班牙皇室挥霍无度，入不敷出，只能把土地租给老百姓收取租金。直到现在欧美人购买房子必须缴税，是使用了皇家土地的意思。投资土地当然是不会吃亏的。然而耶瑟夫也强调了，在欧美投资开发房地产业，也可能是"Freehold Land"（完全拥有地权），也可能和中国一样属于"Leasehold Land"（土地租赁权）——即屋主只是租借了土地，而非真正拥有土地。先不论投资是否能够增值，一旦不小心购买的是租赁权，到时候捶胸顿足就晚了。

传统上，业主只要出售了土地的永久拥有权，买家则完全控制了土地的产权。当一块地皮作为租赁出售，土地的性质就变了，属于Leasehold Land，买方只是长期租赁而已。像是英国的很多私人土地（Private Land）不出售，只租给房地产开发商造房子，产权依然保留在地主的手中，将来购买房子的业主，必须向地主支付年度"地租"。房主如果想对房屋进行任何改变，如建造温室或改变窗户样式，也必须获得地主的同意。

从前英国的大地主，根本不把地租这桩事情放在眼里，有时候每年象征性地仅收取一英镑。但是从二十世纪初开始，开发商把地租的条款纳入了租赁合同，从此每年地租价格从两百英镑，每十年翻一番，预计六十年后地租将达到一万英镑。这些条款全部用小字写在合同上，买主购买房子的时候，律师极少仔细检查合同上的小字，使得十万多名买主陷入"地租"的陷阱无法自拔。他们几乎无法出售房子，有谁愿意买了房产，还要支付昂贵的"地租"呢？英国因为"地租"的丑闻，被爆炸性地暴露在媒体上。

美国更是因为房贷证券化，使全球经济陷入经济大萧条，唯有中国经济一枝独秀。眼看中国经济繁荣昌盛，华尔街大型投资银行、金融大鳄和国际炒家曾经吹大南美洲、日本和美国的楼市泡沫，这些机构利用资产泡沫这一暗器，兴风作浪，吹大了中国的房地产泡沫。

远在巴莱证券还尚未倒闭的时候，就针对亚洲市场建立了两支房地产投资信托基金，其中百分之五十的资金全部投放中国，直接参与上海的房地产开发。就好比"上海曼哈顿"的项目，莫里森委派陆达龙充当铺路石，依靠王蓉的公司作为平台，获得政府官员的大力支持，取得了联合开发项目的权利。王蓉出事之后，莫里森立刻收购了她的股权，然后操纵"上海曼哈顿"的定价和运作，巴莱迅速发展成融资——开发——招商——运营的一条龙产业链。

中国企业的资金也不甘其后，纷纷流入房市，招、拍、挂的制度使一线城市的土地拍出了天价，占用的社会资源比重过大，这就增加了流动性风险，极有可能重蹈日本的覆辙，导致房地产绑架银行业和实体经济，形成巨大的泡沫经济。

因为现在全球各国都在学习美国，银行放松信贷条件，对个人购房采取宽松的信贷政策，严重扭曲房屋的供求关系，使房地产泡沫不断增大，等达到一定程度的时候，泡沫破灭，殃及实体经济，政府则必然出手相救。为了刺激经济，使之重新反弹，银行不得不降低利率，美国的低利率救市政策促使投机者从银行借入美元，投放到回报率更高和产生回报更快的国家，比如中国、巴西和印度的新兴市场，令资产泡沫继续膨胀，一旦泡沫破灭，经济就会再次陷入危机。世界经济便会进入无限的死循环之中。

前几年他回国探亲的时候，驱车行驶在京津唐的高速公路上，发现路边的高尔夫球场一个接一个，可见全国呈现的是一片房地产开发热，便思考着一个重要的问题。中国经济保持着高速的增长，如此的成就举世震惊，但是高增长率的数字背后，是大量耕地被占用的代价。两年前他做过一项调查研究，中国的耕地面积截至二〇〇六年，十八点二七亿亩，每年递减将近五百万亩。

中国仅仅占有全世界百分之七的耕地，却要养活全世界百分之二十二的人口，粮食安全是经济和社会可持续发展的重要基石。所谓的"江山社稷"，"社"可以理解为土，"稷"就是粮食，拥有土地种植粮食，人类才能形成种族群体，进而融合成一个统一的国家。中国历史上经历的社会大动荡和民族大灾难，就在于土地集中于富豪阶层，使得耕种粮食的享用不到粮食，战乱或灾荒使所有人都得不到粮食。而"太平盛世"则能够让种粮食的百姓休养生息，安居乐业，守住十八亿亩耕地红线，是中国的客观需要和国家安全所在。

假如政府不认识到这一问题，若干年后的将来，中国所需的粮食就有可能依赖进口，而粮食的定价权不在中国手上。因为粮食是大宗商品，华尔街控制了粮食的定价权。金融危机之后的这两年，世界主要粮食品种价格飙升，创下一八四五年来的最高纪录。

在这样的情形下，中国过度发展房地产业，占用稀少的耕地，房地产市场泡沫可能比美国更大，众多像巴莱和塞斯证券那样的海外金融机构，在泡沫中劫掠一票巨额财富，然后全身而退。而炒高的中国房价，最后进场的老百姓成为接盘侠，被垫在财富金字塔的底部，他们买一套房子要花费三代人的积蓄。

所以政府应该对土地价格加以控制，不然等房地产市场占据整个国家财富的百分之五十，甚至百分之六十的时候，无论是对国家的市政建设，还是发展住宅建设，或是企业扩大再生产，成本都太高了，谁还愿意发展生产呢？

昭阳明显地感觉到了，小阳已经处于这样的状态，企业经营面临的困难和挑战越来越大，这才有了开发房地产的想法。因为中国地产业短期回报率极高。但是，从公司的长期发展来看，房地产业终有冷却的一天。不过小阳如果执意开发房地产，他是无法阻止的。他总不能使用大拇指，去转动大石头，讲大道理是说服不了小阳的。

昭阳这样想着，便从风险的角度，说出了自己的想法："小阳，我是研究风险控制的，其实开发房地产风险也很大，关键是资金投入巨大，所谓的Real Estate，就是投入后搬不走，万一遇到紧急状况，房子卖不出去麻烦就大了。中国楼市不同于欧美，人为因素太多，很难拿捏，尤其得密切留意政府的政策导向，这方面海军倒是通天的，我可以帮你打听一下。反正房地产的特性你比我清楚，你跟爸爸好好商量，仔细想好了怎么做。”

小阳听了昭阳的话，无奈地说：“好吧，我会好好考虑的。”

“哦，对了。我决定去华银了，帮他们成立风险管理部，建立数学模型预测市场变化。所以我会相当忙。你告诉爸，春节我就不回去了，袁婕和小巍会去的。”昭阳把自己的打算，告诉了小阳。

“好吧，哥。你尽量争取回来，我们保持联络。”

小阳说完“再见”，收起手机。开车回家的路上，他想着昭阳刚才的话，陷入了沉思。他之所以想重启房地产项目，是因为昨天去公司，办公桌上躺着去年的会计报表，百佳乐果汁在台湾和东南亚营销顺利，收益因此大增，“百润”和“意通”的合作初见成效。他很兴奋，立刻想着再增添两条无菌冷灌装生产线。

但是添置设备需要巨额资金，“百润”之前的借款也陆续到期，本来他可以等还清旧账，再考虑扩大再生产。不过饮料市场的竞争，从来就没有停止过一天，尤其是去年碳酸饮料销售放缓，他敏锐地感觉到健康细分化饮品，是饮料市场发展的新趋势。而果汁饮料原本就是“百润”的强项，于是百佳乐新饮料相继投放市场，各大饮料公司也纷纷跟进。

当前保健性饮料的市场份额，已经接近百分之二十，正以百分之三十的速度在递增，单美容保健饮料就有百亿元。他必须不断推出新产品，并扩大生产占领市场，才能走在竞争对手的前面。但问题是钱从哪儿来呢？

他已经不指望从银行贷款了。自从他和苏秦断绝往来后，便与国家开发银行断了关系，当然也就不能去找老关系朱科长。他心里很清楚，即使在银行有可靠的关系，他们对民营企业发放贷款，条件一向苛刻，怀疑民营企业美化报表，取得高额贷款后蚂蚁搬家，追债无门。

不过银行对待房地产开发商，倒是毫不吝啬的，这点他很肯定。因为银行是不做亏本生意的。他当年做“百顺”项目，银行是按照土地实际价格的百分之三十五，给他发放开发贷款，总共一亿两千五百万元。当时他曾开玩笑说："朱科长，这么一大笔巨款，你不担心我还不起吗？"

朱科长狡黠地说道："小阳，如果发生极端情况，比如你的公司倒闭了，但愿你不会，我们会收回土地，等合适的时候拍卖出去。即使土地没有升值，还是原来的三个亿，扣除一亿五千万你拖欠政府的土地出让金，再减去一亿两千五百万我贷给你的钱，我们还净赚两千五百万。这就是为什么现在地价飞涨，银行抢着给你贷款的原因。"

本来他还挺感激苏嘉益的，他那位曾经的准岳父，国家开发银行的行长。以为他到手的巨额贷款，是靠着苏嘉益的关系。听朱科长这么一说，他有些抑郁，带着戏谑的口吻说："土地升值越快，你们赚得更多。"

朱科长看着他，得意地说："小阳，别担心。如果房子卖得不好，你还有两种选择。我给你申请贷款展期，房子你接着卖，但要按时支付贷款利息。你也知道，反正银行土地在手，坐收利息没什么不好。"

他耐着性子，直瞪瞪地盯着朱科长，等着听他的第二个选择。

朱科长慢条斯理地说："你的第二个选择，就是直接从银行套现，做假按揭。只要楼价上涨，对我们来说无所谓。因为你假按揭的话，起码要分期付上一部分钱，无论是等额本金，还是等额本息，利息的支付大头都在头几年。如果你无力支付按揭，我们就没收房子，直接赚取差价。因为你我关系铁，我才告诉你这些。"

他玩过假按揭的游戏。那年购置第二套无菌冷罐装生产线，他利用"百灵"小区项目，以假按揭的方法从银行套现，狠赚了一票。保住公司的利益，他总是摆在第一位的。本以为他玩了银行一把，心里还颇感愧疚。后来才知道，无论他怎么玩，银行总是赢家。按照中国的土地法，土地押在银行手上，上面附属的建筑自然也是他们的。如果项目开发到中途他破产了，银行早已赚足了利息，地也升值好几倍，哪怕把高楼炸飞了，银行还是赚钱的。所以银行对地产开发商从不惜贷。

虽然在整个地产开发过程中，他的角色近似于中间商，穿梭于银行与消费者中间，忙活得简直像小丑。不过尽管如此，他想来想去，如果运气好拿到便宜的地块，哪怕那块土地转卖过三次、四次，他还是能有钱赚的。之前每次生意遇到麻烦，他总是脱手地产项目，来挽救百佳乐饮料。现在他完全可以把玩过的游戏，再接着玩一遍。

目前市场继续看好楼市，房价又是开发商说了算，只要摆出涨价的理由，银行能够从中获利，他们自然会放贷。要是海军给他介绍一些银行的关系，解决融资的问题，说通父亲就不难了。他觉得昭阳说得对，是时候和父亲商量这些大事了，不能错失开发房地产的良机。

小阳装着一肚子的心事，驾着车，朝萧燕的住处开去。百货商城离她的住地不是很远，没多久便到了。他把车子停在地下车库，坐上电梯直达六楼，敲响房门。

来开门的是张颖，她是小阳请来的神经科医生，萧燕的特别护理。说起来，小阳和张颖从小就是玩伴，他们的母亲是中学同学，两家可以说是世交。张颖刚从英国留学回来，就被小阳央求着，来陪伴萧燕。

她开门一看是小阳，便笑道："哦，是小阳啊。"

小阳径直走进厨房，把外卖往桌上一放，朝身后的张颖笑道："小颖姐，我买了些点心，你们当消夜。燕子姐今天还好吧？"

张颖笑道："她很安静，上午在书房看书，写字，还盯着钢笔看了半天。吃过中饭睡了一觉，后来我陪她去西湖边散步，聊了一会儿。"

小阳好奇道："哦，你们聊些什么？"

张颖向厨房外张望了一眼，压低声音说："其实都是我在说话，我想让她尽快熟悉我，所以没话找话跟她聊。"

小阳有些不安了，连忙说道："等等，小颖姐。你千万不要问她的过去，什么你是哪个大学毕业的？过去在哪里上班啦……反正她说什么你就听着。"

他咨询过神经科专家李雯，她解释说认识自我记忆的能力，是能够产生记忆的前提，然后才能记住发生的事情，这是自我产生记忆的关键。没有发生在我们身上的事情，就仅仅是事情而已，使这些事情成为自我记忆，是形成认识自我的能力。而人生所有的阅历，形成了人的长久记忆，不仅能让我们拥有过去，还能让我们掌握未来，从而记住自己生活中的事情。萧燕失去了部分记忆，等于掐断她生命历程的线索，那些片段需要时间来衔接。这一过程既漫长，又痛苦。海军和昭阳把萧燕托付给他，那是信任他。他不能让他们失望。

张颖看着小阳紧张的样子，狠狠地翻他白眼："难道我还不知道吗？虽然我不是神经科最好的医生，但我也不赖的呀。"

小阳撩起胳膊，轻轻地自赏一巴掌，赔着笑脸说："对不起了，小颖姐，下次不敢这么说话。萧燕还在书房吗？"

张颖笑着点头应了一声。

小阳拎着购物袋往卫生间走去，把刚买的洗面奶等护肤品，都一一放在梳洗台上，然后穿过客厅来到书房。他敲了敲门。书房的门开了。萧燕短发齐耳，穿了件大红套头羊绒衫，看上去精神不错，只是脸色有些苍白。她看见小阳，立刻微笑了。

小阳笑道："燕子姐，我来看看你，顺便接你去吃晚饭，如果你不累的话。"

萧燕说道："我不想出去。"

小阳笑道："哦，对了。你下午去过西湖。那我们就在家里吃，想吃什么，我来做。"

"我想喝粥。"萧燕说。

小阳看着萧燕，心里暗想：粥有什么好喝的？不过既然她想喝粥，他当然得照办，反正家里有现成的皮蛋、咸蛋和鸡蛋，橱柜里还有青梅酒。萧燕喜欢青梅，那也是佐粥的小菜，青梅酸甜带着些酒香，说不定能唤起她的记忆。

前两天，他翻阅了一篇有关记忆的文章，了解到人类的鼻腔内，有着百万个嗅觉受体神经元，当气味分子锁进纤毛时，会产生一种电子信号，告诉大脑怎么阐释气味。气味可以帮助人们选择伴侣，影响着人的欲望，改变荷尔蒙的水平，甚至触动人的记忆。怪不得，他每次闻到臭豆腐的味道，便会想起初恋女友，眼前浮现出他们一起翘课，手拉手，说笑着上街买小吃的情景。这验证了大脑受鼻子控制的事实。萧燕要快点恢复记忆才好，昭阳破案需要她。

小阳这样想的时候，张颖早已去厨房忙开了。见此情景，他笑着对萧燕说："燕子姐，粥马上就熬好，你饿吗？这里有点心。"

萧燕说："我不饿。"其实她有点饿了，却宁愿等着白米粥。因为在香港住院的时候，送来的饭菜只要是白米粥，她的情绪就会好起来。小阳刚才问她想吃什么，她的第一反应便是白米粥。

小阳坐下后问萧燕："燕子姐，我请人给你做饭吧，想吃什么你尽管吩咐，如果你不反对。"

萧燕温顺地"嗯"了一声。

小阳亲切的神情，给人非常舒服的感觉，很温暖。虽说他们认识的时间并不长，却好像相处了很久似的，她就是想不起来，在哪儿见过他。忽然她脑海里闪现出一幅画面：她躺在沙发上，"小阳"端着一碗粥，从厨房走来。她下意识地闭上眼睛，影像如闪电般消失，伴随着抽搐般的头疼。等她再看小阳时，疼痛感顿然无影无踪，眼底流露出一丝困惑的神情。

小阳望着对面的萧燕。她一连串的面部表情变化，他无法琢磨出所以然来。她就像是一个小女孩，需要父母的悉心呵护。这与过往的萧燕简直判若两人。他第一次看见她的时候，比挂在墙上的月历明星还漂亮，活泼可爱，浑身充满自信。他本以为萧燕会是他的嫂子。谁知哥哥昭阳就像欣赏一幅名画，只是驻足画前欣赏，并不据为己有。结果陆达龙不懂得怜香惜玉，糟践了一朵鲜花。他决定以讲故事的方法，每天讲一点过去的事情，来激发她的记忆，想到此，便说："燕子姐，等我有空，我讲故事给你听，特别精彩的故事。你想听吗？"

"真的？什么故事啊？"

小阳正要说呢，他裤袋里的手机响了，便说："对不起，燕子姐，我接个电话。"他拿出手机一看，是他母亲，便立刻压低声音问，"妈，有事吗？"

"儿子啊，你还在公司呢？什么时候回家呀？"

"嗯，七点吧，不要等我吃晚饭。"

"儿子，你是去看萧燕啦？是吧？"

小阳看了一眼萧燕，笑道："妈，等我回家再说，好吗？"

杜秀娟抗议道："儿子，你每天说忙，忙，结果都忙别人的事情。今天我叫阿姨做了好吃的，你回家来吃饭。听见没有？"

"好的，我会的。"小阳一边说着，一边摇晃手机，跟母亲打"哈哈"，"喂喂喂，听不清楚，我手机没电了。哦，再见。"

小阳调皮的样子，萧燕看了忍不住笑道："有事儿你忙去吧。"

萧燕难得露出了笑容，小阳开心地解释说："我妈年纪大了，就像个老小孩，越来越黏人，不能让她养成习惯。"他嘴上这样说，实际上非常顾及母亲的感受，从来都是尽量不惹她生气。他母亲不喜欢的女孩子，他不会发展成恋人，免得他母亲伤心。因为他今天拥有的这一切，包括公司发展到今天的规模，他母亲可以说是大功臣。

还在他父亲刚接手百润的时候，其实那是个烂摊子，公司资金相当缺乏。他母亲说服三个舅舅，把老家的宅子押给银行，这才筹集到一笔资金。他母亲担心第三者来争夺百润，就连曾经帮助她的三个胞弟，她也谨慎地防备着，该还的人情一份不欠，加倍奉还，就怕他们纠缠不清。假如他母亲真生气了，他会想方设法让她高兴起来，这是他仅能做的了。

他心里也清楚，他母亲很忌讳哥哥昭阳，就怕家里多一个人来争夺财产。他觉得担忧是多余的，哥哥根本就没这个念头。再者说了，即便昭阳真的有这个想法，作为韩家的长子那也没什么错。更何况上次百润遭遇危机，如果没有哥哥出手相救，公司就无法摆脱倒闭的厄运。所以尽管与哥哥沾边的人或事，他母亲心存戒备，不喜欢他插手管，但是他不会弃燕子姐而不顾的。

在华银明亮的会议室，四名公司高层正围坐在椭圆形的会议桌前，他们沉默着，谁也不说话，紧张压抑的气氛，弥漫在偌大的大厅内，安静得掉一根针都能听见。

沈丁脸色凝重。他实在憋不下去了，身子往前靠了靠，首先开口问道：

"现在怎么办？"

海军右手撑着脑袋，依然没有说话。稍后，他的目光看向首席营运官李凯。李凯意识到了海军直射过来的眼神。他想说点什么，却双手一摊，什么也没有说出来。

首席财务官俞华忍不住了。他环顾左右，见大家都不发表看法，便质问沈丁："我想知道，你还能撑多久？别的我不管，我也管不了，在华龙的往来账户上，塞斯的两百多万美金已到账。这也就是说，如果油价跌到每桶六十美金，每跌一块美金，我们就损失四十万美元。油价越往下跌，账本就会越难看。我看这一轮跌势已成定局，唱空来袭势不可挡，亏损上千万美金分分钟的事情。我计算过——"

"俞华，打住，打住。"

海军不得不打断俞华的话，只要一扯上钱，这人就唠叨个没完。但是今天不行。今天他要宣布一件大事。他见三个部下都等着听下文，便站了起来，语气坚定地说："为了华银的整个大局着想，避免类似的狗屁事件再次发生，华银将成立风险管理部，合适的人选已经有了，我的朋友韩昭阳，他刚从美国回来，是久经沙场的风险管理专家。你们有什么想法？"

李凯禁不住问："韩昭阳？就是巴莱的那小子吗？"

"小子可不是你叫的，昭阳可是华银的福星，他具备真才实学，连我都敬他三分。"

海军说着，从文件夹里抽出昭阳的履历，顺势往桌上一放。沈丁伸手拿了一份，默不作声地扫了几眼，然后低头把玩着手上的笔，心里暗想：本来我应该向海军解释当前的状况，提供获得他赞同的计策。不像现在只能让海军来掌握全盘情况，采取他认为正确的计策，像是成立风险管理部，聘用韩昭阳来公司。难道海军想另起山头了吗？就因为我的一个正确决定，带来了"糟糕"的结果吗？

沈丁这样想着，心里怪不是滋味的。

海军的眼神此时正好落在沈丁的身上。本来他判断下属是否称职，使用的方法很简单，只要在每个会计期末，查阅一下资产负债平衡表，按纯利润来评估他们的业绩，把利润不达标的CEO解雇掉。在美国留学的时候，他的教授在课堂上特别强调，这个方法只会在一定的限度内起作用，而且也不是最有效的方法。但他发现这在实践中却很实用。然而面对发小沈丁，他惯用的方法似乎就没这简单。

他和沈丁的交情是从中学开始的，长达三十几年，可说是不打不相识的老朋友。他记得还在初中的时候，一天在化学课上，趁老师尚未走进实验室前，沈丁站在讲台上，对全班同学说："哎，大家快来看，这个满满的水杯里，还能放进一把盐吗？"

围在沈丁身边的几个同学，全是班里最拔尖的，是"资产阶级知识分子"的子弟，他们眼看杯子里的水，已经满得不能再满了，便七嘴八舌地议论道："不行，再放盐水就溢出来了。""那是一定的。"……

沈丁举起一小罐盐，得意地笑道："我放一把盐进去，水位反而会下降，谁要是不信，请我吃香草巧克力。"

香草巧克力？这玩意儿可贵了，三毛两分钱一块，相当于普通人家一天的菜金。除了他和班里的几个高干子弟，身上总有个两三块零用钱，像巧克力这样的奢侈品，绝大多数同学是买不起的。因此教室里静默了几秒钟，没人搭腔。他看着沈丁挑衅的模样，真是气不打一处来，毫不客气地说："哼，臭显摆什么呀？我就不信怎么样？"

那时以他为首的"革命接班人"，对于每门功课优异的同学，尤其是"资产阶级知识分子"的子弟，心里特别不舒服。沈丁当然也不例外，他是精英中的精英，学校知识型"异己分子"的领头人，仗着学习成绩好目中无人，完全不把他们放在眼里。

他学习成绩也不差，思泉中学的学生全是百里挑一的，老师讲课毫不费劲，高兴的时候站在讲台上，天南地北只管尽兴聊，课本内容往往一带而过。这种别开生面的教育方法，无疑给有些干部子弟的精英，带来一种强烈的危机感。那个年代每个孩子都高唱《我们是共产主义接班人》，它的意义就在于由谁来接班。在他看来革命的班，当然得干部子弟来接，绝不能被一个"异己"给比下去。

沈丁当然也不买账，傲慢地瞥了他一眼，从罐子里抓起一把盐，毫不犹豫放进水杯。奇迹出现了，盐迅速地溶解，水并没有溢出来。沈丁抬起头就那样微微斜视着他，那份居高临下的得意，获得了同学的掌声。

他面色阴沉，握紧拳头，好一会儿，五指又慢慢松开，从口袋里掏出五毛钱，丢在课桌上。后来他查阅《十万个为什么》，才知道如果超过一定的量，盐就不再溶解于水，自然会沉淀在容器的底部，这种现象就叫作"饱和"。

他当然不会轻易地被打败。当天放学，他召集班里所有高干子弟聚集在教室，表情严肃地说："沈丁今天的得瑟劲儿，大家眼睛不瞎，都瞧见了吧？现在的形势很严峻，意味着是我们来接共产主义的班，还是让'资产阶级'来接班，这关乎革命航船的方向。所以从今天开始，咱们要一帮一，一对红，优秀生带动落后生，一定要把那帮家伙给比下去。"

但是学习纯粹靠天赋，竞争的根本就是优胜劣汰。结果高干子弟的心里都窝着一股邪火，因为他们常常输给高知子弟，双方见了面怒目而视，颇有水火不容的态势。他和伙伴们释放竞争压力的地方，便由学校挪到了校门外。

一天中午，他和七个伙伴吃完午饭，决定去看电影《小兵张嘎》。他们走出学校不远，准备抄近道去电影院，拐进一条小胡同，见一小饭铺内三个邻校的学生正吃着饺子。那个年头物资极度匮乏，家境贫寒的子弟大多自备午饭，铝饭盒装在网兜内，课间休息送去食堂大蒸锅加热，因为食堂的伙食费每天三毛钱，是普通人家一天的菜钱。他们在学校吃食堂已经够奢侈的了，这几个小子年纪轻轻就上馆子，资产阶级思想也未免太严重了。

他带头走进饭铺，抓起一个饺子扔进嘴里，味道鲜得眉毛都要掉下来了，不由得笑道："哟，不赖嘛，韭菜肉饺子。"说罢，手一挥，招呼他的伙伴们："来，来，来，大家都来尝尝鲜。"

那三个学生毫不示弱，死命护着饺子盘，不让他们占便宜。双方推推搡搡的你争我夺，只听"哐当"一声，瓷盘掉在地上，水饺撒了一地。

孰料，三个学生也是高干子弟，隔天召集了十几号人，骑着永久锰钢车，等在他们的校门口。当时他并不知情，放学后和一群伙伴推着车，说笑着走出校门。没走多远，一个小子冷不丁地跳到他跟前，指着他说："哥，就是他。"

还没等他反应过来呢，一群中学生手持棍子、皮带和水果刀，发了疯似的蜂拥而上，把他们五六个人团团围住，挥舞着"武器"狠狠地扑过来。他本能地推开自行车，指挥同伴迅速做出反应，与对方扭打起来，双方陷入一片混战。

放学的同学陆续地走出来，看见打群架，都站在远处看热闹，沈丁和高知子弟也在其中。毕竟外校冲过来的人太多，海军和他的"战友们"渐渐招架不住，尤其海军被三个大个子缠住，无法脱身，眼看情况越来越不妙。

在这紧要关头，沈丁立刻从观望的人群中站出来，把高知子弟分成两队，一部分同学把永久锰钢车的轮胎气放掉，让他们等在附近，迎接冲出重围的高干子弟。另一部分同学从外围"发起进攻"，无论如何要扒开打斗的人群，营救被困的同学逃出来。

沈丁是个不善于打架的人。他带领同学放掉轮胎气后，便站在远处等候着。不过即便有同学的外援支持，他始终被两个大个子死缠着，其中一个掏出一把水果刀，刺入他的肩膀，鲜血顿时染红了他的白衬衣。沈丁两眼紧盯着他们，鼻子上的雀斑也跟着红起来，竟然不顾雨点般的拳头、棍棒和刀子，丢下自行车奋力冲入重围，出其不意，硬是把他拽了出来。

他当时的心情极为复杂，在显示英雄气概的关键时刻，却要文质彬彬的"异己"来相救，简直丢尽脸面。他自忖，自己向来高大威猛，是部队大院出来的革命接班人，因为受伤只能蜷缩在沈丁的座驾上，那是沈伯伯"淘汰"下来的飞鸽牌老爷车。当沈丁坚持要送他去医院，他体现了一回英雄气概，坚持自己走回家。

这起打群架事件过后，他和沈丁依然不理不睬各自为政。但是他对沈丁多了一份敬重。换作是他，在那样的危难时刻也会那么做的。他不得不承认，无论是人格上，还是学业上，沈丁都很出色。

随着他的权力越来越大，已然不可能事事亲力亲为，需要信得过的亲信来把关。所以当华龙航空需要总裁的时候，他首先想到的就是沈丁，与自己有过生死之交的老同学。

原本在众多的首席执行官里，他是最放心沈丁的。然而一个硬币总有两个面，由于在公司的地位差异，他不能随意"指使"沈丁做事。而且沈丁的老婆相当富有。沈丁用不着依赖工作养家糊口，从来不与上下级争夺奖金。就因了这层特殊原因，沈丁不会轻易遭人诬陷，而失去在公司的优越地位。

他心里相当清楚，李凯和俞华的情况就不一样了，他俩是通过其他途径来的华银，为了获得他的垂青，被迫付出比沈丁大得多的努力，来讨好迎合他。他们的这一弱点，比起沈丁当然更容易控制，也更加值得他的"信赖"。而目前他最想依赖的，就是像韩昭阳这样的风险控制专家。

海军想到此，又重申了一遍他的决定："好吧，明天上午十点，韩昭阳来公司报到，到时候咱们开个小会，我把他介绍给大家。"

李凯和俞华点头表示赞同。沈丁心想：昭阳是从海外飞来的"降落伞"。从严格意义上来说，是因为海军的关系从天而降，在这样的公开场合下，他不便藐视海军的决定，于是勉强地说了一声："行，很好。"

海军松了一口气，仿佛甩掉身上的湿棉袄般，轻松了许多。他看着他们说了声"散会"，便站起来走出会议室。接着他要着手处理华银收购海外资产的案子。之前华银挂着一顶大国企的帽子，蜚声中外，在远赴利比亚和安哥拉参与收购石油资产的时候，被看成是代表中国政府，引起国外政府的警觉，以各种借口阻挡并购，两宗交易均以失败而告终。

华银也有成功的收购案例，但总体来说付出的代价相当大。他根据收集来的可靠情报发现，每当华银想要收购海外资产，便有国际大机构率先涌向华银的收购目标，被他们抢购在先，然后刻意抬高收购门槛，以此来套取溢价，使华银徒增几亿美元的收购成本。

他是真心疼啊！

他必须改变收购策略。他和沈丁商量下来，决定由华银出资，请郑妮娜的丈夫作为代理人，以私人公司的名义赴海外进行收购业务。这样一来就洗涤了中资公司的色彩，以此转移国际资本的狙击。他是聪明人，当然知道现在是信息时代，富有价值的信息比猛烈的枪炮更有威力。这也是他聘用韩昭阳，想尽快成立风险管理部的原因。

时间紧迫，他已经听到冰山碎裂的咔嚓声了！

第五章　昭阳被生嫌细，韩父被约"喝茶"

香港的冬天，黄灿灿的阳光驱散了雾障朦胧的早晨。昭阳起床后，习惯地看向窗外，一排排高楼挡住了远望的视线，这些城市高墙，更破坏了城市的天际线。

幸好他们住在三楼，还能窥见街口的大树，那上面几乎没有树叶，只有光秃秃的树枝迎风摇曳着，仿佛在呼唤春天的来临。窗底下传来邻居互道早安的问候，这是他熟悉的广东话，听着非常亲切。他外婆的祖籍在广东中山，小时候外婆的娘家亲戚来家里做客，就是用粤语聊天话家常的。久而久之，他也就会听，又会说广东话了。

袁婕睁开惺忪的眼睛，见丈夫望着窗外发呆，不由得嘟囔道："亲爱的，你又在想什么呢？"

昭阳收回目光走到床边，俯身亲了一下袁婕的额头，微笑道："你醒了。今天我做早饭，你想吃什么？"

袁婕带着嘲讽的微笑，打趣道："你做早饭？算了吧。你一进厨房我就心惊肉跳。"

昭阳不服气了："嗨，我一个人带小巍的时候，不也好好的吗？"

"哦，你的意思是，没有我，太阳照常升起来喽？"袁婕说着，撑起身子开始穿衣服。

昭阳赶紧辩解："太阳照常升起是一定的。但是，这个家要是没有了你，那是绝对不行的。我跟你说正经事儿。昨晚西蒙来电话，他两天后就到了。"

袁婕麻利地套了件羊毛衫，穿上裙子，不解地问道："西蒙不是在欧洲吗，他怎么来香港了？"

昭阳看着袁婕解释道："我需要他，海军也需要他。他正好想来香港看一看，做一个实地考察，了解一下金融海啸对亚洲的影响，为他的第三本书做准备。"

袁婕一面铺床，一面说道："西蒙一个外国人，在香港人生地不熟的。依我看，就在我们社区找一套公寓，离得近点，也好有个照应。"

"你担心西蒙啊？他懂四国语言，是个绝顶聪明的天才，在欧洲一待就是大半年——"昭阳还想往下说，袁婕却打断了他："亲爱的，你不知道了吧，天才最可怜了。像迈克·杰克逊，从小被父亲逼着赚钱，没有童年快乐，这辈子总是被别人消费，有多少人靠着他吃饭啊。你掰着手指数数看，律师、经纪人、助理、医生、服装师、化妆师、营养师、舞台设计师、音响师……你可以一直数下去。他自己呢，得到什么了？最后想离开舞台退休，可大家就是不放过他，结果为了演出效果，活活被害死，太冤了。"

昭阳瞧着袁婕喋喋不休，不停地说着，心想：她在想什么呢，这简直是跳跃式的思维嘛，于是笑道："亲爱的，我正说着西蒙，怎么扯上迈克·杰克逊了呢？得了，我懂你的意思，待会儿，我去居民服务中心问问，看看有没有公寓可租。我想不会有问题。"

袁婕笑道："我们又多了一个朋友。"说完，她亲了一下昭阳，转身看见小巍站在门口，手揉着眼睛，便连忙上前抱起儿子："小宝贝，你醒了？"

小巍嘟哝道："妈咪，我冷。Where is my sweater？"

袁婕抱着儿子，抱歉地说道："哦，Sorry, honey, 妈妈昨晚收拾房间，把毛衣收进衣柜里了。"

昭阳从袁婕怀里，把小巍抱了过来。他亲了亲儿子的脸颊说："我替儿子穿衣服，你给我们弄吃的去。"

小巍趁机挠着昭阳的头发，一个劲地笑道："妈咪，快看呀，Daddy头发像一把牙刷，全都竖起来了。"

袁婕看着父子俩，径直走去厨房了。昭阳满心欢喜地抱着儿子，赶紧往睡房走去。他刚刚帮儿子穿好衣服，电话铃响了。小巍"噌"地冲到床头柜前，拿起电话便问："Hello……我是小巍，请问你是……"

小巍一副小大人的模样，昭阳看在眼里，觉得儿子越来越像袁婕。这时小巍举起话筒比画道："Daddy，找你的，是海军叔叔。"

昭阳接过话筒，听见海军在电话那头说："昭阳啊，你明天要来公司上班了，今晚去铺记饭馆，咱几个高层先碰碰头吧。"

他立刻想起上次来香港，海军请他和萧燕去过铺记，那儿的招牌料理是"金牌烧鹅"。这道菜外皮金黄、肥美多汁，沾一点梅子酱就着吃，口感立刻清爽起来，一点都不肥腻。

另一道"礼云子琵琶虾"，也是铺记的特色菜。礼云是一种蟹，一只琵琶虾，大约要用去二十只螃蟹的卵，切开虾背把蟹卵夹入其中，再用类似日本料理"天妇罗"般薄薄的腐皮，经由包裹后入锅油炸，便成了礼云子琵琶虾，味道咸里带甜，外层香酥里面松软，鲜美的味道自不必提。

次年，他和袁婕去落基山脉旅游，在温哥华中餐馆的菜单上，又看到了这道菜，便特意点了让袁婕尝尝。她咬一口虾，细嚼慢咽，然后眨着眼睛说："亲爱的，这道菜用料也太考究了，就这么一筷子，肚子里就装下二十只螃蟹卵，挺奢侈的啊。"

袁婕的话言犹在耳。

晚上，当昭阳迈进铺记饭店，海军和他的团队已经坐在那儿了。大家寒暄过后，李凯拿起菜谱，一边点菜，一边说："在香港必食海鲜。海鲜这玩意儿，可不是用水焯一下，扔一把盐这么简单。海鲜要是煮过了火，简直比鞋底还坚韧，要是火候不够，吃了会闹肚子，凉了又会发腥发臭。对于不同的海鲜，火候的拿捏也不尽相同。待会儿等'清蒸东星斑'上桌，揭开锅盖看吧，你们会嗅到'锅气'的，夹在筷子上，化在嘴里，那个鲜嫩啊，比蟹肉还好吃，简直是欲罢不能。"

俞华白净瘦小，金丝边镜片后面藏着一双眯细眼，听了李凯的话，颇不以为然，心想："在这儿说什么屁话，好像只有他见过世面似的。"

因此李凯话音刚落，俞华也不接他的茬，只是顾自对昭阳说："你知道吗？不少名流和政府官员，都喜欢光顾这儿。有一回，我在这里巧遇财政司司长。他人还不错，挺健谈的，我们后来成了朋友。"说罢，还特别斜睨了海军一眼。

海军扫视着在座各位，最后目光停留在昭阳身上。他拿起手边的茅台酒，一边给各位斟酒，一边说："昭阳，你是风险管理专家，你要是加入华银集团，今后公司就多了一道防线。从我个人来说，我的部分压力，当然也包括在座各位，我们的压力，自然会转移到你那儿去。你有什么想法，说出来让我们听听。"

昭阳自然清楚自己肩负的责任。他每向前跨进一步，便意味着把身边的人甩开一大截，这种情形以前在投行的时候，每天都会发生。今后去华银上班，可能出现的矛盾和冲突，他已经预见到了。所以趁着这个机会，事先打起了招呼："各位，从明天起，我就是华银的一员了，以后万一在工作上发生冲突，我只对事不对人。我直言不讳的个性，如有得罪大家的地方，还请谅解。我酒量不怎么样，你们随意，我先干为敬。"说罢，举起酒杯一饮而尽。

海军听了，立刻端起酒杯说："行啊。为了华银的未来，干杯！"说罢，一小杯茅台即刻下肚。

搁下酒杯，海军拿起餐巾抹了抹嘴说："昭阳，上次的债券事件，你处理得无可挑剔，董事会还没有好好谢你。说实话，巴莱揽到华银这样的客户，你和萧燕本可以提取丰厚的奖金，但是，你没有那样做。昭阳，你也知道，只要我们愿意出重金，金融专家有的是。但是像你这样，在金钱面前首先想到的不是自己，这就很难得了。你能直言不讳对待工作，我还巴不得呢。"

"海军，有你这句话我就放心了。同道为朋，同志为友，能和朋友共事乃人生一大乐事。"昭阳感叹道。

海军的一番说辞，沈丁听了很不以为然，认为是多此一举。昭阳在巴莱任职的时候，曾经帮助过华银的事情，有必要再重述一遍吗？在他听来就好像为昭阳请功似的，好教人信服这个职位留给韩昭阳，是实至名归的。既然海军这样欣赏昭阳，他倒要试探一下了，便问："韩先生，欢迎你加入我们团队。我冒昧地问一下，今后你打算怎么干呢？"

昭阳看着沈丁，隐隐地感到来自对方的敌意。可眼下他也顾不上考虑这些，萧燕的车祸要尽快破案，而且华银的工作一旦展开，天知道会遇到些么事情，可能会得罪沈丁也说不定。因此，他挑选着合适的词语，谨慎地说道："我跟海军商量过，首先成立风险管理部，下设一个市场研究小组，建立宽客（Quants）核心团队。宽客是交易不可或缺的基础设施，其数学模型能对市场进行开创性的分析和研究，从而加深对市场的了解，已经被用来对市场定价。比如，华尔街投行开发衍生产品，就必须管理复杂的风险投资组合，电脑和宽客已成为相互依赖的共生关系，缺一不可。"

沈丁紧追着发问："如果你不介意，是否能——"正说着，女侍者端来热汤和炒菜，忙着整理撤换骨盘，替每人分派热汤，谈话暂时被打断。

海军发现昭阳的脸上开始泛红，便劝说道："昭阳，来吧，多吃点菜。"

沈丁盯着昭阳，等女侍者走了，便以不紧不慢的语调说道："或许我不该问，说到建立模型，是类似你先前做的'章鱼'吗？"

昭阳点头笑道："没错。虽然世上没有一种模型是完美的，包括'章鱼'也不例外，总会出现这样那样的缺陷，但我们不能因噎废食。因为随着电脑技术的发展，产生了新的交易系统。欧洲巨鹰集团十几年前，就投资数亿欧元，开发了Chi-X高速高频交易系统，每个证券哪怕只有一分钱利润，它们都会自动执行交易，把交易引领到最高的'境界'——"

海军迫不及待地问道："这是什么概念？"

昭阳搁下筷子，看着海军解释说："哦，这是最新的交易理念，号称超光速交易系统，在一毫秒（0.001秒）内就能完成交易。当Chi-X获得巨大成功后，欧美的几大金融机构纷纷跟进，投资亿万资金开发类似系统，可以说是华尔街最犀利的武器。如果华银不想退出这个游戏，就必须把自己也武装起来，与狼共舞。"说完，他用挑衅的眼神看着沈丁，似乎在说：有问题尽管发射吧!

沈丁还真不会就此罢休，放过对方。他毕业于清华大学，只不过那时的热门学科是数理化，没有设置金融、电脑等专业，就是以当今的标准来衡量，金融和电脑也算不上科学。小时候他的理想，是做一个像居里夫人那样的科学家，所以选择化学作为自己的奋斗目标。但是理想归理想，理想是对未来事物的想象和希望，与现实永远是有距离的。成为"居里夫人"是高高在上的空想，很不现实。他无奈地放弃了原先的目标，根据自身的客观条件和能力，走到了今天。但是，原先他瞧不上眼的金融和电脑，现如今在金融市场的舞台上，倒唱起了主角。尤其这回出纰漏的竟然是他，心里总有些不是滋味。于是他迎着昭阳的眼神，又问道："这么说来，谁的速度快，谁就是赢家了？"

昭阳等到了他想要的下文，所以微笑道："你说得没错。现在的金融市场，又回到了弱肉强食的原始森林。你们想啊，整个金融市场的大饼就这么大，高速高频交易就占据了百分之十的份额。两百个高速高频交易员，每年分享两百亿美元，每人每年赚进腰包一个亿，吃掉散户简直就是小菜一碟，一般散户就别玩儿了。别说散户，交易速度相对较慢的金融机构，胜算概率也越来越低，股票分析不再重要。就连华尔街的头牌交易员，也只能屈服于此。而且，高速电脑交易系统每时每刻成交量巨大，再加上高速交易的特性，会形成一个难以监管的巨大黑洞，就像魔鬼一样。"

沈丁听了之后，默不作声了。

俞华善于运用统计学，精于预算，对电脑却一窍不通，但他喜欢听故事，便信口问道："昭阳，电脑太复杂了，零一、一零的我不懂，谁要是率先采用宽客，那不是发大财了？"

昭阳点头应道："你说得没错。所罗门兄弟公司第一个使用宽客，他们成立债券市场研究部，集中在债券收益率和投资策略，开创了美国的债券市场机制，是债券业务的老手，全球闻名，发过大财。"

"哦，这样啊。昭阳，这么些年你在华尔街，一定见多识广。"李凯放下姿态，主动与昭阳搭腔。

"嗯。这些年我见过的人和事儿，确实不少。"昭阳感叹。

海军指着"礼云子琵琶虾"，对李凯说："你给昭阳夹点菜，别光顾着说话。"

昭阳拿起筷子说："我自己来。"说完夹起一只虾，放在盘子里，然后接着说道，"其实下赌注是人的天性，相信在座都有类似的经验，英国首相丘吉尔也炒过股票。"

"是吗？丘吉尔也会炒股票？这倒挺有意思的，你说来听听呗。"俞华立刻来了兴趣。

昭阳环顾左右，见他们等着听下文，也不想卖关子了，便笑道："故事发生在1929年，丘吉尔和证券巨头巴鲁克是好朋友。一天，他们喝酒闲聊时，丘吉尔对巴鲁克说，你给我开个账户，十万英镑，我要炒股票。巴鲁克说，你是大忙人，交给我来办吧。丘吉尔固执地说，不，我自己来，炒股票还不容易吗？跌了买，升了卖。我比你聪明，比你有胆识，总有一天，我会像你一样富有。巴鲁克耸了耸肩说，好啊，没问题，我一点都不怀疑，明天我就给你办。

"你们都知道，1929年全球股市变幻莫测，丘吉尔入市做了几十笔交易，结果股市崩盘，十万英镑一分不剩，狼狈收场。他无奈地对巴鲁克说，事实证明我不是你，做不了你的事情。巴鲁克安慰丘吉尔，没关系，我给你十万英镑，你拿去吧。丘吉尔不高兴了，我又不是强盗，哪能拿你的钱。巴鲁克哈哈大笑了起来，他对丘吉尔说，这笔钱本来就是你的。丘吉尔纳闷了，惊讶得说不出话。巴鲁克又大笑起来，还带着一丝狡黠。丘吉尔瞪着巴鲁克，等着听他的下文。巴鲁克这才忍住笑，把事情的原委说了出来。原来老谋深算的巴鲁克久经沙场，早就留了一手，暗地里以丘吉尔的名字另开了一个账户。丘吉尔买什么股票，另一个'丘吉尔'就卖什么股票，结果两个丘吉尔的账户基本持平，输赢相抵，等于做了一个对冲。巴鲁克保住了首相的金钱，却没有保住首相的面子，这个故事一直流传到现在。"

李凯和俞华都笑了。

沈丁只顾闷头喝酒吃菜，并没有跟着笑。他在心里盘算开了。很显然从今天开始，除了他们这几个人，海军身边又多了一个亲信。而且从目前的局面来看，华银新开设的风险管理部，即将变成海军的"右臂"，他们已降格为海军的"左膀"了。也就是说，今后不管他提出什么样的建议，都必须经过韩昭阳的风险评估，否则无法实施。韩昭阳的职位听上去没什么大不了的，却握有实权。刚才海军都放话了，赞赏韩昭阳直言不讳的个性，其潜台词再明确不过：以后连我都不能忽视韩昭阳，你们最好也识时务吧。他这样一想，心里相当不爽。

海军瞥了一眼邻座的沈丁，发现他的这位部下情绪低落，想必是那份合约倒了好胃口。当然啦，出了这样的事情，谁会有真正的好心情呢？本来他还想在饭桌上，让大家议一议解决方案，也想请昭阳谈一谈想法。但是话到嘴边又一想，今晚是欢迎昭阳的聚餐会，他不想破坏气氛，便临时决定明天开会再商谈此事。但是有一件事情，他饭后就要对昭阳说的，想到此，便就着昭阳刚才的笑段子说："连丘吉尔都玩不了股票，那么从今往后，咱们也别玩股票了。"

昭阳说道："当然啦，除非你们有内幕消息，不然像科学家牛顿，世人公认的聪明人，在'南海泡沫'最疯狂的时候，抵不住诱惑也下海炒股，结果输了两万英镑。"

俞华眯缝起细眼，笑嘻嘻地说："依我看，智力和金钱游戏没什么关系，在股市上，我倒是有所斩获的。"

李凯马上说："你小子，闷声不响发大财啊，今天这单你买。"

俞华下意识地摸了摸裤兜，钱包鼓鼓囊囊的，静静地躺在兜里，便笑道："好说，好说，没问题。"

海军抬腕看表，快十点了，再环顾两边的邻桌，正吃着水果在结账，便说："得了，咱走人吧？"

昭阳连忙站起来，拱手作揖，诚恳地向在座各位说道："谢谢大家的盛情款待！今后如有冒犯的地方，还请多多包涵！"这些官场套话，原本他是不想说的，自己听了都觉着恶心，但又不得不说。因为他清楚地知道，今天自己所处的地位，就是昨天汤姆的位置，不可避免地会得罪人，历史总是以惊人的方式在重复。无论他多么努力去阻止，似乎都无济于事。既然这一切都无法避免，他得为自己找到参战的意义——保护好海军的地位，使华银的资产不受侵蚀。

海军端起杯子，也站了起来。他一仰脖子喝干酒，然后笑道："痛快。"

俞华乖乖地去前台结账了。沈丁和李凯也先后喝干了酒。海军对他们说："明天在小会议室，你们务必准时。行了，我和昭阳先走一步。"说罢摆摆手，朝门口走去。

昭阳与他们一一道别，随着海军走出餐厅。街上依然霓虹闪耀，处处灯火通明，人来车往俨然一个不夜城。可能是因为酒精的作用，恍惚中，昭阳仿佛置身于曼哈顿的时代广场，竟然脱口而出："What a wonderful night, tonight！"

海军知道昭阳不能喝白酒，听他没来由地说起了英语，便掉头看着微醺的昭阳，故意打趣道："是啊，香港夜景世上最美，要不咱俩再去喝一杯？兰桂坊？"

昭阳连连摇手："我不能再喝了。"

海军笑道："行，我长话短说。昭阳，看来你得搬家了。"

昭阳诧异道："搬家？我没打算搬家呀？"

海军笑着解释说："怪我先前没跟你说，忙得够呛。华银有规定，主管都能享受住房补贴，搬到公司投资的大楼里去。当然啦，前提是你不买房。"

昭阳忍不住说道："香港房价那么贵，我才不凑热闹呢。哎，那如果我买房了呢？"

海军笑道："那就取消住房补贴。"

"哦，华银还有这样的福利？"

"'高薪养廉'嘛，目的是杜绝高管利用权力，损害公司的利益。"

"香港有廉政公署这把'达摩克利斯悬剑'，即便香港特首犯法，也与庶民同罪。"昭阳说着，手掌在空中划了一道弧，凌空落下。

昭阳酒后吐真言的样子，在海军看来很纯真。他感慨自己也曾经纯真过，可惜在官场待久了，现在即使酒后也难得吐真言，便不由得说道："啊呀，怎么说呢，华银提供高福利，高薪金，是让高管们在触犯底线之前，考虑一下机会成本，是防君子不防小人的。但是不管怎样，这项福利你当之无愧，好好享受。具体细节呢，明天人力资源部会跟你谈的。"

昭阳说："我能问是什么学区吗？主要是小巍读书——"

海军笑道："你放心，在浅水湾，小巍可以就读香港国际学校，明天下班，你和袁婕先去看看，熟悉一下周围环境。"

一阵凉风吹来，打在昭阳的脸上，他感到一阵清凉，大脑顿时清醒了不少。他刚想说"谢谢"，手机在裤袋里震动。他掏出手机一看，便对海军说："是小阳。这么晚了，不会是萧燕有事儿吧？"

海军急了："你赶紧接电话，昨天我还问过小阳呢，萧燕挺好的。"

昭阳接完电话，把手机递给海军说："萧燕没事儿。"说完，无意间向路中央看过去，只见沈丁驾着法拉利跑车在等绿灯，俞华摇下车窗，向他招手。

昭阳立刻挥手回应，发现沈丁两眼直视前方，并没有朝他这边看，不一会儿，法拉利便向前飞驰而去。第六感告诉他，沈丁并不欢迎他，甚至还有些讨厌他。他不希望这是私人恩怨。

这时海军把手机还给昭阳，然后说道："我得回家陪老婆去了，明天咱公司见。"

昭阳说了声："行，替我向徐萍问好。"

两人互道晚安后，分别拦下计程车，往自家方向开去。

位于杭州的古运河畔，有一间茶楼名为"雨晴烟晚"，走进茶楼拾阶而上，二楼的雅室碧云天仅二十平方米，摆放着四张方木桌。韩元清坐在靠窗的桌子上，给自己斟满一杯茶，随后向窗外望去。运河上，船只来来往往，低矮的平房沿着堤岸蜿蜒伸展，鳞次栉比的高楼傲然挺立，宛若顶天立地的巨人，忠诚地守护着这片河岸。

碧云天已被杭州纪委征用，雅室里静悄悄的，没有其他客人。韩元清收回目光，环顾四周，眼睛停留在墙头的条幅上，上面写着："常修为政之德，常思贪欲之害，常怀律己之心。"

近日来，纪委以"喝茶谈话"的形式，针对个别机关党员干部的不良传言，从网帖、信访、办案、纠风和效能督查的线索中，抓住蛛丝马迹，约谈下级党政负责人，进一步调查核实违法乱纪行为。因此在政商两界，"碧云天"已名声在外，许多有分量的人物被约谈之后，都寝食难安。

党员干部应邀来"喝茶谈话"，当然是出于自愿的，他们希望和组织谈心，或者向组织说明问题，并不是纪委掌握了确凿的犯罪证据，不然就该直接进公安局了。韩元清很清楚这一点。

他接到去"喝茶"的电话时，小阳正好在边上，面色顿时变了，一脸惊恐，手上一摞文件撒了一地。

他见小阳少不更事的怂样子，气不打一处来，挂断电话，便对收拾文件的儿子大发雷霆："你是怎么回事啊？就这点破事吓得屁滚尿流，你就这点本事吗？"

小阳捧着整理好的文件，两眼直愣愣地看着他，依然是一副惶恐的模样。

他知道儿子不怕竞争对手，就担心纪委找上门来，无论如何总是一场麻烦。然而，他却早已做好了思想准备，为稳住儿子的阵脚，便轻描淡写地说："你怕什么呀？我们又没做亏心事，不怕半夜鬼来敲门。你策划的新产品，马上交代下去，一切按计划执行。"

他自忖，涉猎商场这些年，无论是请老战友帮忙，还是请政界的朋友处理棘手的事情，始终遵守着一条底线：绝不给双方带来风险。不过要说他心里完全没有顾忌，那也是假话。几年前，由他承建的鸿盛大厦，因为缺乏资金即将停工，眼看百润走到了死棋的边缘，稍有不慎，就将遭遇灭顶之灾。万般无奈之下，他找到了王蓉，这位神秘的女郎人脉广泛，活动的能量直通上层。

结果他以一辆别克汽车，外加人民币两百万的隐形投资，回馈给了王蓉。毕竟置换鸿盛，让他收回两亿资金，不是一件容易的事情。去年王蓉出事公司被调查，他知道她的后台倒了，也预备好了会有这么一天。他的说辞当然不会变了：投资两百万给王蓉的公司，不参与经营，不参加管理，也不参加任何会议。这是他与王蓉的约定。生意场上不就讲一个"信"字吗？他相信，王蓉不会违约的。

所以当纪委干部小王说："老韩，你是老党员了，政治觉悟高，希望你能配合我们，对党内的违法乱纪行为，不要隐瞒，要积极主动向党组织汇报。"

韩元清看着坐在对面的小王，小伙子与昭阳差不多大，说起话来居然官腔官调，满嘴的政治觉悟，一个小毛孩懂得革命的真意吗？他曾经冲锋陷阵上过前线，是一个杀过敌人的老党员。他这样想着，当然不会轻易搭理小王，只是点燃一支烟，等着对方出下文。

小王见韩元清不理会他，便笑道："老韩，我给你透个底吧，王蓉你不陌生吧？你不会介意，谈谈你们怎么认识的？"

韩元清听了，慢悠悠地吐出一口青烟，说："哦，你指这个呀。我现在是生意人，生意场上你来我往，偶然碰到有过合作。她——这一阵……"说罢，他故意停顿，抬眼等着对方说下去。他没什么好心虚的。即便他当时的做法，严格说来是一桩钱权交易，丢出去两百万，换来权力，挽救"百润"摆脱危机，而最终是为国家多交税。他没错！

小王斜着脑袋皱起了眉头，对韩元清的回答显然不满意，便严肃地说道："老韩，你大概还不知道，王蓉的案子……哼哼，如果我是你，最好尽快说清问题，你和王蓉在哪儿认识的？有过什么合作？"

韩元清心里有底了。他庆幸当年没有蹚浑水，倒不禁佩服起自己的远见了。他打了一个擦边球，收回两亿资金之后，便刻意远离王蓉，避开了潜在风险。游走权贵之路本是一把双刃剑，顺当的时候天下太平大家赚钱，一旦权贵倒下，那是一损俱损。

眼下他又面临风险了，一旦说错话，无尽的麻烦就会跟着而来。他是个做大事的人，没时间纠缠在这上面，昭阳费尽心机救活的百润，不能就这样被毁掉。他深爱去世的妻子丽娜，也深感对不起丽娜，昭阳是他和丽娜的儿子。他愧疚早年没有尽到父亲的责任。内心深处，他很想补偿对昭阳的亏欠，但顾忌到现任老婆杜丽娟，而无法轻易开口。所以他对昭阳异乎寻常地严厉，希望儿子能为家族的生意尽力，这样便有底气说话。幸好昭阳自己挣得了分享百润份额的资格，他不能让这一切化为泡影。

想到此，韩元清狠狠地掐掉烟头，抬头说道："小王，生意人你也知道，要么在饭桌上谈生意，要么在高尔夫球场讨价还价，我和王蓉一起吃了一次饭，打过一次高尔夫球，谈过一笔合作，仅此而已。"他清楚没有这些基本资讯，小王是不会找他来"喝茶"的，不如坦然地说出来。他早就预想到这种局面了。

小王的面容缓和了，他打开笔记本说道："那你们合作的是……？"

韩元清语气轻松地说："王蓉成立石油投资公司，我投了两百万。我不参加管理，不参与经营，不参加任何会议，到今天也没有分到利润，就这些。"

小王沉默了一会儿，说道："那么除了这些，就没有其他的了？"

韩元清紧闭双唇，两眼直视小王，迅速在脑海里权衡利害关系，然后诚恳地说道："没有，就这些。"他拒绝透露鸿盛置换的交易，像王蓉这样的生意人，以姿色为本钱，长袖善舞游刃于权贵中间，政商网状的关系横跨全国，资本雄厚。她的靠山是谁？来头有多大？他至今无从知晓其细节，足以证明她的神秘。这里面的水潭也是深不见底，牵涉的老总都是正部或副部级别，就连金融监管和国资委也难以插手，王蓉的生意涉足石油、广告和房地产行业，至于鸿盛置换的事，对她来说举手之劳，不值一提。而且那笔交易也只记录在百润的往来账户上，他没有必要不打自招。

小王盯着韩元清，半晌不出声，之后他收起钢笔，说道："好吧，今天就到这儿，有问题我给你电话。"

　　韩元清松了一口气，微笑着站起来，握住小王的手说："再见。"心里却暗想：这鬼地方，还是别再见了！当他步出"雨晴烟晚"时，司机小李已经把车停在门口。韩元清屈身坐进车里，顺势系上安全带，手边的两个红色绒布袋，映入眼帘，里面装着高尔夫球，是昭阳送他的新年礼物。他很感欣慰，仿佛打开了一道了解彼此的大门。

　　听小阳说，这小白球是昭阳在美国定制的，特质却不尽相同。他玩高尔夫也有段日子了，倒还是第一次听说，还有为不同球风设计的白球，有的球落到球道便停下，有的硬核球会继续向前滚动，每一只球都独一无二，就像一片片从天而降的薄雪花，每一片都不相同。

　　韩元清爱好打高尔夫，球手、球杆以及追逐小白球的刺激感，游戏过程千变万化。不过他牢记着最要紧的规则：千万别抓狂！

　　塞斯集团设在香港的亚洲总部，坐落在中环的怡和大厦。怡和是香港第一栋摩天大楼，圆形"月洞门"的窗户设计，秉承了中国的建筑传统，是这座大厦的一大特色。

　　今天狄龙的心情相当好，一大早上，就已经跷起二郎腿，坐在大楼底层的星巴克，喝着咖啡，看看报纸。他这样坐了一会儿，忍不住拿出手机，拨通上司莫里森的电话："我是狄龙，好消息呀，油价跌破六十一美元了。明天，明天就能清算华银这头大象。"

　　此时莫里森的车子刚好开出巷子。他立刻猛地一踩刹车，顺带连打方向盘，缓慢地把车停靠在路边，满脸堆笑地说："是吗？他妈的好极了！那其他几家公司呢？"

　　狄龙兴奋地说道："都列入我的清算名单了。"

　　莫里森重新启动汽车，提高了说话的声音："哼，活该他们倒霉！这些家伙比我们更贪婪。他们是需求方，我们是供应方，是他们贪婪，我们才存在的。他们亏损不能怪我们，没有人拿枪逼他们。既然参与游戏了，就要遵守游戏规则。你到公司后，马上来我办公室。"

狄龙连忙说：“我已经在公司了。”

莫里森笑道：“Okay，我十分钟就到。”他等不及坐享胜利果实了。

早上天没亮，昭阳便起床了。袁婕也跟着起来，去厨房热了一杯牛奶，烘烤了两片吐司面包，放在餐桌上等昭阳。她正煎鸡蛋的工夫，昭阳从卫生间里出来，看袁婕在忙，便说：“亲爱的，我去外面买来吃，你再去睡会儿。”

袁婕笑道：“不睡了，今天不是要去浅水湾嘛，我顺便带小巍去海洋公园，开了学就没空了。接下来又要搬家，又要回杭州过年，你刚上班事情多，压力肯定大，家里的事你就别管了。”说着，端着煎蛋走到餐桌边。

昭阳握住袁婕的手，温柔地说道：“亲爱的，谢谢你。”

袁婕笑了：“怎么了？又想起我的好处了吧。其实是我该谢你，为了我和小巍，你又要延迟写书计划。”

昭阳从椅子上站了起来，他两手搭着袁婕的肩，俯视着她说：“你不是一样吗？为这个家牺牲了自己的专业，而且——”他心想，自己请侦探破案的事还瞒着她呢，可能会有生命危险。这个念头一起，顿时心生歉意。不过好在华银的福利待遇好，员工享有周全的保险计划，再说现在是他身在暗处，莫里森在明处，他有把握赢得胜利。

袁婕温柔地看着昭阳，纤细的手指封住了丈夫的嘴，不让他继续说下去。她原本还担心呢，小巍从纽约来到香港，不懂广东话，又刚刚离开熟悉的环境，怕他一时适应不了，要是能进国际学校就好了。她去打听过的，国际学校学费很贵，单靠她的工资会有些吃力，因此而打消了这念头。

现在昭阳要去上班了，这些都不再是问题，所以她打断丈夫的话，微笑道：“不瞒你说，来了香港我才发现，这儿的东西比纽约贵多了。还是你厉害，我们要搬进浅水湾了，那可是富人区呀。”

昭阳不觉得自己有多能干，作为父亲好好养育儿子，责无旁贷。在世界万物中，也只有极少的几种雄性哺乳动物，会留在家中为后代做贡献，人类是其中之一。他从小缺乏父爱的遗憾，不能在小巍身上重演。而从理性的角度来分析，父亲的角色是牺牲自身的娱乐养生，把游山玩水的金钱，投放在儿子的身上。世俗一点来说的话，那也是长远的基因投资。

这样一想，他搂住袁婕笑道："我们现在拥有的一切，都是你默默付出换来的。"

袁婕亲了一下昭阳的脸颊，说："我爱你。"

昭阳低头吻了一下袁婕的额头，说了声："我也爱你。"他因为心里装着事情，不得不早点去公司，便端起牛奶一饮而尽，抹了一下嘴说："我得走了。"

袁婕连忙说："我去拿衣服，你把煎蛋吃了。这一去，还不晓得什么时候吃午饭呢。"

昭阳答应着袁婕，三口并作两口，两个煎蛋很快下肚了。袁婕拿了昭阳的西服走来，看着丈夫狼吞虎咽的样子，笑道："慢点吃嘛，也不差这一分钟啊。"

昭阳也没搭理袁婕，扔下筷子，拿了西服顾自穿戴起来。也是经过多年的耳濡目染，他才懂得穿西服无论是正装，还是时髦的日常着装，最华丽的点缀不是口袋巾，恰恰是并不起眼的扣眼，约一厘米长，以粗明线缝在西装左侧的驳领上，非细心很容易被忽视。这个扣眼还常常被戏谑为"花眼"，或"插花纽"，用来插放钻石别针或鲜花等小饰物。

他很少去逛百货商场，袁婕每次给他买来的"配饰"，他都喜欢。她还不时地灌输给他一些时尚的小常识："你不知道了吧，这类饰物被称作'配饰'。在一个人的整体装束中啊，'配饰'衬托穿衣人的外观和品位，它的形式符号就是时尚。"

他欣赏袁婕的品位。她偏爱低调的设计款式，线条阳刚的白金或镜钢都是她喜欢的材质，说是看上去男人味十足。今天他在西服的"花眼"上插了一枚不带任何宝石的别针，雅致的白衬衫袖扣旁，一款卡地亚手表戴在腕上。第一天上班难免会到各个部门去走走，给同僚留下好印象非常重要。

但是他也知道，讲究品位是需要金钱的，有时"配饰"往往比衣服还昂贵。袁婕自己倒从来不买昂贵的皮包、皮鞋或首饰，却舍得在他和小巍身上花钱。前两天，袁婕又给他买了一款麦凯伦的不锈钢项链，简单的长方形挂件上不带宝石，线条简约干净，售价竟高达八百美元，他有些于心不忍。

袁婕却说："'佛靠金装，人靠衣装。'香港人最注重穿着了。这款项链看上去造型平淡无奇，却有画龙点睛的作用，低调不张扬，尽显男性注重细节的特质，配你再合适不过了。"

昭阳专注地一边穿衣，一边想着，见袁婕递来擦得锃亮的皮鞋，忍不住吻住了她。袁婕轻轻地挣脱了昭阳，娇嗔地责怪道："说要早点走，还这样。"

"什么'还这样'，我就喜欢这样。"昭阳说着穿好皮鞋，临走不忘提醒袁婕，"明天西蒙就要到了，待会儿你再去确认一下，给他预订的房子有没有变化。千万别忘了。"

袁婕点头笑道："知道了，你放心吧。"

昭阳踏出家门的时候，已经做好了一套全盘计划，只等明天西蒙到来付诸实施了。这一回，他一定要打败莫里森，绝不让这老狐狸逃脱法律的制裁。

他做好了迎战的准备。

第六章　对赌存在利益输送，昭阳引蛇出洞

昭阳自打来了香港，如果出门能坐地铁，就尽量不搭乘出租汽车。香港地铁特别干净，不像纽约一走进地铁站，就是一股尿骚味儿，满地的口香糖残斑，铁轨上老鼠窜来窜去恶心得要命。

在北角地铁站的报亭上，昭阳像往常那样买了《华尔街日报》、英国《金融时报》和《信报》这三份报纸。《华尔街日报》保守偏右，《金融时报》不左不右居中，而《信报》是东南亚影响力最大的财经报，在地铁上把这些报纸翻阅一遍，他想了解的基本信息也就全了。

昨晚他和海军分手后，回家的路上思考了许多问题，到了家里也顾不上洗漱，立刻打开电脑，把当天伦敦和芝加哥的石油期货价，又仔细地研究了一番，发现国际油价距离华龙的亏损点，仅差一美元，便急忙写成一份报告，详细罗列了解决方案，待打印装订成册，已是凌晨一点，方才安心上床睡觉。

所以早上到了公司，昭阳没有直奔人力资源部，而是在前台先打电话给海军："情况不妙啊，海军。你在哪儿呢，到公司了吗？"

"你先去八楼会议室，我马上就到，你把电话给前台。"海军焦急地对昭阳说。

昭阳微笑着，把手机递给前台小姐说："请你听一下，是周海军。"

前台小姐连忙接过手机，不一会儿，便把手机还给了昭阳，指着右边的走廊说："韩先生，你进去吧，电梯在那边。"

昭阳说了声"谢谢"，便径直朝电梯走去。因为时间尚早，八楼的走道上空荡荡的，空无一人。

昭阳在电梯旁的不远处，找到了会议室，推门而入。他沿着椭圆形会议桌走了一圈，选了个末位坐下来，然后把连夜赶出来的报告，从公文包里拿出来。

这时海军走了进来。昭阳赶紧站起来，焦急地问道："海军，今天国际原油价位，你知道吗？"

海军叹了口气，把公文包往桌上一丢，无奈地说道："知道了。所以我起了个大早，咱们怎么办？"

昭阳走上前，把手上的报告递给海军："这是我初拟的解决方案，你看一下。"然后走回桌尾，坐了下来。

海军露出诧异的眼神，心下暗想："解决方案？昨晚他们分手都十点多了，他熬通宵写的吧？"这样想着，在会议桌的主位上坐下，随手翻阅报告，视线落在解决方案上。昭阳的首选是向塞斯提出诉讼，并详细罗列了可供选择的律师事务所，首选是美国老牌律师事务所"Shearman & Cravath LLP"，Shearman曾经与菲勒和巴莱证券较量过，最后迫使这两大投行不得不庭外和解，以巨额赔偿了结的官司。

海军合上报告，站起来走到昭阳跟前，人倚着桌边问道："你觉得原油会跌到什么价位？"

从技术的角度来分析，油价一旦进入跌势，速度之快往往令人难以想象。短短的几个月，油价几近腰斩了。所以长期的市场趋势还能预测，但是短期的具体走势，像是预测未来几个月，或者未来几天的油价走势情况，那根本是不可能的，做这样的预测跟赌博没什么不同。

"这可不好说。"昭阳实话实说了。

海军低着头，半晌没出声。昭阳第一天上班，就交出一张漂亮的成绩单。果然是在华尔街混过的，个个都是"拼命三郎"，从来不会拿工作开玩笑。他也不是慵懒的人，当然希望自己手下全部是干将，大家的劲儿往一处使。昭阳是他赞赏的干将。不过他也相当清楚，在一个团队里，总有人会把主要兴趣放在职责以外的事情上，不屑于赚取固定薪酬，有的人甚至不惜以权谋私。这是他痛恨的。要是他过分支持昭阳的建议，团队内部便有可能为了竞争，而钩心斗角形成帮派，导致组织松散的小团体，反而不利工作。在这种情况下，他作为一个团队的领头人，对昭阳的建议，如何做出最后的决定，这中间的利弊变得相当重要，得有一个拿捏的度。

海军正暗自思忖着，沈丁和李凯说笑着走进会议室。李凯一看见海军立刻招呼："早啊，海军。"

海军对昭阳说道："行，咱一会儿再说。"掉头向李凯他们走去，随口问道，"哦，早。俞华还没到？"

"我到了，"俞华捧着笔记本电脑，刚刚好走了进来，"老李正好也到了。"

昭阳朝俞华身后看去，只见一个中年男人走了进来，大腹便便的。他还是第一次见到，便站起来走上前，礼貌地伸手自我介绍："你好，我是韩昭阳，任职风险管理部，今天第一天上班。"

老李握住昭阳的手，微笑道："哦，我是法律部的李勇胜，欢迎你来华银。"

海军抬腕看了一下表，便招呼大家说："行，现在就等赵伟了，他怎么回事儿？"

俞华站在海军的左面，他刚想坐下，听头儿的语气不对劲，便立刻解释说："他已经到了，好像在等秘书的影印资料，估计马上就到。"

正说着赵伟的时候，只见一个三十多岁的年轻人，夹着一摞资料走进房间。他见大家坐着在等他，连忙把资料分发给各位，还连连说道："抱歉，抱歉，不好意思让大家久等。"当走到昭阳的面前时，他笑道，"Hi，我是信息部的赵伟，你是韩昭阳吧，欢迎加入华银战队。"

昭阳立刻起身握住对方的手，礼貌地说道："谢谢，望多多关照。"说着，顺势接过赵伟递来的资料。

海军等赵伟坐定后，说道："行了，咱开始吧。今天会议的重点，是关于华龙石油期货合约。你们也都知道，国际油价跌到六十一美元了，希望大家畅所欲言，我们该怎么应对。"说完，用敏锐的眼光扫向在座各位。

顿时，众人停止翻阅资料，整个会议室静默无声，只有昭阳翻阅纸张的声音。

昭阳快速而认真地将资料扫了一遍，上面仅有一些基本信息，翻到最后一页，也没看见解决问题的方案。他转而一想也对，赵伟是信息部的，当然就只负责提供信息。他抬头看了一眼沈丁，发现对方脸色凝重，其他人好像也都沉默不语。待他看向海军时，海军也正以期待的眼神望着他。

昭阳清了一下喉咙，忍不住说道："我先说几句吧。根据以往的经验，如果和大投行签了对赌协议，买家的损失可能是上亿美元，所以……"

还未等昭阳说完，俞华跳了起来，他是掌管财务的高管，公司亏损巨资，无论怎么说都是倒霉的事情，便冲着昭阳问道："上亿美元？不能够吧！"

昭阳反问："怎么不可能呢？一切皆有可能发生！霸菱银行尼克·李森赔掉十亿美元，大和银行的井口俊英赔掉过十亿美元，住友银行的滨中康雄赔了二十亿美元。号称从不失手的索罗斯，在衍生产品上也曾赔掉过五亿美元。这都是一个人在衍生产品上赔掉的。"

俞华听了昭阳的话，一屁股跌坐在椅子上，右手摸着镜框说不出话。

李凯连忙追问道："那你说，下一步该怎么办？"

昭阳毫不犹豫地说："我们起诉塞斯。"他留意到此话一出，沈丁凝重的表情瞬间焦虑起来。为了缓解气氛，他从公文包里拿出备份资料，向大家解释说："我仔细研究过，华龙和塞斯完成交易时，塞斯附带了一份交易说明，是给华龙的文件，总共十八页都在这儿。"说着，把文件的影印件往桌子中央一推。

海军瞄了一眼文件，他马上明白了。那是去酒吧和小阳碰面时，他带给昭阳的。在这份交易说明中，他没有发现有深藏不露的内容，刚才看了昭阳的报告，这才清楚了其意恶毒，绝对是"醉翁之意不在酒"。看来昭阳要说服在座各位，把塞斯告上法庭了。

果然，昭阳无视众人的反应，一味地按着自己的思路说道："这份文件的开头，是全球经济背景的概述，跟着是一幅精美的图表，描绘的是国际油价上涨的趋势。这些都是多头的造势。这笔交易的标题是《石油期货合约》，而且用显著的黑体字标了时间，2008年9月1日至2009年6月30日。最误导买家的是'条款页'，列出了这笔交易的指导条款，并写着'仅供内部'使用，以及'保密材料'的字样。"

李勇胜是富有资历的律师，他不记得看过这份文件的说明，便着急地问沈丁："沈总，此文件我好像没见过啊。"

此时沈丁的表情又从焦虑，变成了难堪。他谈判签约的时候，也带了公司的律师，关注的重点只在石油期货合约上，塞斯的这份"交易说明"是签约之后，塞斯用传真发过来的。他看了之后也没有想太多，心想就是个交易说明，便交给殷虎，往档案里一放，根本不当一回事。所以他看着李勇胜，无言以对。

李勇胜不理解的地方，也正是昭阳要大家关注的。他深知华尔街的各种金融工具，股票、债券以及各种市场指数，都有期权和远期合同交易，有一些是在世界各地的交易所完成交易，另一些则是通过柜台交易（Over-the-Counter），也就是在场外私下谈判完成。华龙航空和塞斯的交易，就属于场外交易。这些情况一般人是不知道的。相比这两种交易方式，在交易所交易的衍生产品，要比场外交易更具监管性、流通性和可靠性。除非在大投行证券部工作过，否则永远也不会发现场外交易的内幕。

昭阳这样想着，两眼看向李勇胜说："他们把仅供内部使用的'秘密文件'，特别用传真发给我们，这是为什么？老李，试想一下。如果你是塞斯的律师，你知道经纪人把塞斯内部文件，特别传真给客户，你会怎么做呢？"

这种错综复杂的交易，李勇胜也是第一次碰到，而且也不是他亲自经手的案子，当然不知道怎么做了。他有些尴尬地看着昭阳，无法回答。

昭阳原本就不指望李勇胜知道答案。他太了解华尔街的游戏规则，这是投资银行交易厅和法律部之间，所维持的暧昧的紧密关系。这种密切关系使投资银行可以玩弄巧妙而且赚钱的游戏：即便事先知道部分客户会在交易中蒙受损失并起诉，公司还是能够赚钱。因为他们事先就起草了"免责条款"，非常精明地保证在诉讼中，起到保护自己的关键作用。

想到此，昭阳说道："你们看，文件上贴满保护性标注，在每一页的底部，都用几乎无法辨认的细小字体，用难以理解的法律词汇，构成长长的免责条款。这些免责条款是数不胜数，而且覆盖面相当广。"

"这好像有点儿奇怪，既然是塞斯的内部保密文件，为什么用传真机发给我们呢？"俞华脱口而出。

李勇胜毕竟是资深律师，他代替昭阳，回答了俞华的问题："我知道。只有在这些文件被分发到公司之外，这些免责条款才适用。他们是故意这么做的。"

沈丁听了心里一惊。这样看来，狄龙从一开始就给他下套，让他钻进设下的陷阱。以至于从走进会议室开始，他大气都不敢出，一直听别人侃侃而谈，尤其是韩昭阳毫不顾忌他人的感受，神采飞扬得叫人倒胃口。可不知怎么的，他突然想起有那么一年，自己用饱和原理赢了海军一块巧克力，当时也是这样遭人恨吧，也理解了当年海军为什么跟他作对，便下意识地朝海军看了一眼。他发现，海军正用赞赏的眼神看着昭阳。他心生疑惑，海军下一步会怎么做？是否会不念旧情拿他开刀呢？

这时昭阳接着李勇胜的话，继续说道："对。其实那是警告我们：文件里的所有信息，有可能都是错误的，而且不应该作为决策依据。依我过去的经验来判断，塞斯可能与交易方有秘密关系，所以购买这种期货合约，就会被欺诈。当我们蒙受损失，起诉塞斯的时候，他们会使用很多辩护词，说这些材料显然不是给客户准备的，不足为凭。再说这笔交易本身，是'场外交易'，不受美国证券法的保护。"

　　昭阳说完，迅速地瞟了一眼在座各位，观察他们的反应。刚才他是故意暴露自己的猜想，就是想让大家感觉到，塞斯和华龙的对赌交易，存在着利益输送的关系，因为堡垒最容易从内部被攻破。他的目的很明确，就是探一探虚实，由他提出控告塞斯，引蛇出洞。假如哪天他被跟踪了，那么情况就会变得清晰明朗，他们的内部出现了告密者。

　　沈丁听了昭阳的一番话，不自然了，毕竟做过亏心的事情，总是有些心虚的。昭阳的话仿佛一颗炸弹，在他心里炸开了。他僵硬地坐在那儿，脑海里一遍遍回响着这句话："塞斯与交易方有秘密关系，所以购买这种期货合约，会被欺诈。"目光不由自主地看向昭阳，狠狠地瞪了一眼。

　　这情景昭阳留意到了，也恰巧被海军看见。海军敏感地意识到，在发生危机的关键时刻，从战略角度来考虑，对外采取先发制人，是生存与安全的法宝，如果能快、准、狠地打击敌人，就有百分之五十赢的希望，前提是集团内部必须团结起来。按眼下的情形来分析，昭阳的提案很不错，只有主动击中对方的要害，也就自然地守护了自己。他刚才不发表看法，就是想让昭阳把自己的分析，胸有成竹地表述出来，大家讨论之后再做决定。

　　然而沈丁盯着昭阳的表情，他看在眼里，瞬间放弃听取不同意见的想法，决定自己做主，把应对塞斯的方案定下来。他在美国留学的时候，教授在课堂上讲过这样一个事实：美国国会每年通过的法案数量惊人，大多数法案涉及的都不是大事，并不需要参众两院来决定，相关的主管委员会主席就能定夺，一项不会造成什么损害的法案，有时候甚至也不用费事阅读，就会与其他法案一起获得通过。事实上，阅读过这些法案的与会成员极少，常常在某项法案投票前，就已经做出他们的个人决定。

　　他还清晰地记得，那天在整理书包准备下课时，教授最后又多说了一句："在人数较少的小集体内，倘若想以民主的方式行事，几乎总是失败的。"当时他无法领会其中的含义。他觉得美国是一个民主国家，民众的业余爱好就是政治。后来发现西方最成功的民主国家当属瑞士，常常采用全民公投来表达自己的意愿，解决棘手的问题。美国人会觉得这种做法不可思议，为了省心省力，他们选出代表参与政府事务，并不直接对每件事情投票表决。这样既减少普通选民必须关注政治的麻烦，也减少他们对政治的影响，所以美国的民主，到了最后也集中在少数人手里。

昭阳是这个团队的新成员，在这个节骨眼上添加新成员，是非常敏感和危险的。如果昭阳的个人色彩太浓厚，过于特立独行，难免产生格格不入的感觉，就好像刺猬那样难以接近。但他的团队又需要加入新鲜血液，急需拥有不同想法的人，给他们带来全新的思维方式。

而从刚才的情景来看，把昭阳安放在合适的位置，起到了他预想获得的作用。现在大家是否能真正地接受昭阳，融入他的团队，则完全取决于昭阳的能力。眼下最要紧的，是尽力避免昭阳与大家发生冲突，尤其与沈丁处理好关系。幸好他信任的下属并不多，他们之间的派系和权力关系，他心里跟明镜似的。想到此，便以一种不容争辩的口吻说："李凯，你和老李商量一下，给塞斯去个电话，再发一封正式公函，咱们拒绝清算这笔交易。"

海军话音刚落，沈丁立刻沉下脸来，忍不住朝海军看过去。在内心深处，他不希望事情闹到无法收拾，想通过谈判悄悄地息事宁人，把问题解决掉，双方一旦进入法律程序，他与魔鬼之间的交易就会被发现。自从国际油价下跌以来，尤其是刚才听了昭阳的分析，他已经在心里把狄龙千刀万剐好几遍了。他痛恨自己犯这样的低级错误，居然愚蠢到这般田地，钻入别人设下的圈套。

他的权力范围其实不用海军批准，也可以签下这份对赌合约。他之所以往上签呈，让海军最后签字画圈，心里是打过小算盘的，就是预防出现今天这样的不测。万一他们真的赌输了，最好是把亏损当作经营损失打进成本。以海军的权力完全能办到。然而他最担心的事情发生了。没料到海军会如此果断，听信昭阳的说辞，事先也不招呼他一声，就打算起诉塞斯。他终于打破沉默，开口问海军："我们一定要这么做吗？"

海军看着沈丁，反问道："你有更好的办法吗？"

沈丁强装镇定，用眼角扫了四下一眼，默不作声。

海军收回目光，对大家说："行了，散会。"

人越是在高处，就越得往低处看。沈丁是石油期货合约的经办人，海军信任沈丁，眼下也没有证据可以证明，这笔交易存在利益输送。他觉得自己也负有责任，当初要是坚持，以私人性质收购海外石油公司，现在的被动局面可能就避免了。所以他决定再与妮娜接触一下，这件事情委派沈丁去最合适。所以当沈丁准备离开的时候，便走近一步说："沈丁，你等会儿，我有话说。"

在莫里森的办公室，秘书罗杰一声不吭，站在一旁，狄龙喝完最后一口咖啡，把纸杯朝垃圾桶一丢，瘫坐在沙发上。

莫里森一反早上兴奋的模样，因为愤怒而扭曲着脸。他站在办公桌旁沉默了片刻，终于忍不住心中的怒火，冲着狄龙说："我操。他妈的这是你的错。这是严重的问题！他妈的现在问题很严重，你们明白吗？"

他们没有料到，之前和塞斯签约的六家大公司，都接二连三地打来电话，三家公司因为巨额亏损要提出上诉，华龙航空就是其中之一。

狄龙试图保持冷静。他仰面朝天，嘴里嘟哝道："我知道，现在问题很严重，你有办法阻止吗？"

办公室里死一般的静寂。他们面面相觑，持续了几分钟。莫里森突然大吼道："不行，菲勒的悲剧，不能在香港重演。"

狄龙一听"菲勒"这两个字，立刻从沙发上跳起来。面临危机时莫里森大喊大叫，也是合情合理的反应，他心下暗想："如果这几笔交易不能按时清算，我岂不是又要掉脑袋啦？要把上钩的鱼，牢牢抓在手里。"

想到此，狄龙对莫里森说："赚钱是王道。如果不作弊，根本就不算努力过。"

莫里森两眼盯着狄龙，虎视眈眈等着听下文。他不能容忍盛满肉汁的火车，偏离轨道向别处开去。

情急之下，狄龙意识到这是香港，不是美国。这次情况不一样。他推销石油期货合约的时候，采用了不为人知的手段，现在只需要再重复使用一次，莫里森嘴里的"严重问题"就解决了。爱默生有一句名言："所有的都是谜，而解开一个谜底的钥匙……就是另一个谜。"

眼看莫里森即将失去理智，狄龙站起来，赶紧说道："我能让他们签约，就有办法让他们撤诉。"

"我不管你采用何种手段，你自己看着办。"

狄龙回到自己的办公室，拨通了郑妮娜的电话："妮娜，是我，狄龙。"

海军主持的晨会结束后，昭阳直奔人力资源部。他填写完各式各样的表格，又走访了各个部门，最后来到总务部，从郭主任手里接过浅水湾的房屋钥匙。快下班的时候，才有时间整理自己的办公桌，他刚把一张全家福摆在桌上，袁婕来电话了："亲爱的，我到了。你可以下班了吗？"

昭阳不由得有些吃惊，脱口而出地问道："你没去海洋公园吗？这么早就到了？"

"早上去给西蒙看房子，我觉得有点小，所以同等的情况下，我多看了几个地方，不知不觉有点晚了。后来我的老同学来电话，请我饮茶。"袁婕把一天发生的事，向丈夫娓娓道来。

昭阳一听更惊讶了："老同学？哪个老同学？"

"你忘了？那天碰到的，那个李翔——"袁婕不经意地说着。

"哦，他呀。"昭阳想起来了。

"是啊。正好在饭点上，我就答应了。"袁婕说。

昭阳没好气地说道："干吗呢，平白无故的？"

袁婕赶紧解释说："不是，我是怕小巍太累了。这不，我们还要去浅水湾，所以临时改计划，让小巍睡了个午觉。"

"好吧，别说了，我马上下来。"昭阳说完，自己都惊着了。他很少对袁婕发脾气，难道是吃醋了？就因为李翔吗？这样一想，便又生起自己的气来。

袁婕坐在大堂的沙发上，耐心地等着昭阳。小巍耐不住寂寞，他走到电梯旁边，好奇地看着楼层分布指示牌。袁婕的眼睛跟着小巍的身影，却想着昭阳刚才的语调，似乎很不高兴，心里有些担心。不过前两天，她买了本心理学的书，其中一段描写很有意思：

生物学家做了一个实验：把十几只刺猬放到户外的空地上。这些刺猬被冻得浑身发抖，为了取暖，他们只好紧紧地靠在一起。而相互靠拢后，又因为忍受不了彼此身上的长刺，很快又各自分开。可天气实在太冷了，它们又不得不再次靠在一起……挨得太近，身上会被刺痛；离得太远，又冻得难受。就这样反反复复分了又聚，聚了又分，最后，刺猬们终于找到了一个适中的距离，既可以相互取暖，又不至于被对方刺伤。刺猬法则揭示的，就是人际交往中的"心理距离效应"。

她读了之后感触颇深，自忖在这点上做得很到位。在家里，昭阳享有充分的私人空间，无论他选择什么工作，交什么样的朋友，她从来都不干涉他的，就像"外人"似的尊重他，理解他，还不忘适时地给点小建议，向他展示自己的智慧。她不是那种善于制造神秘感的人，这就很容易使昭阳对她失去新鲜感，便想着也保留适当的私人空间，交一些当地的朋友。所以李翔来电话邀请她的时候，很自然就答应了。难道昭阳吃醋了吗？这倒是个好兆头，这样一想，她笑了。

袁婕正想着，小巍向她飞奔而来，嘴里嚷嚷着："妈咪，妈咪，你来看呀，那上面的方块字，我几乎全认识。"

袁婕站了起来，一抬眼，见昭阳向他们走来，便说："小巍，你爸爸下班了。"说着，带了儿子向丈夫走去。

昭阳朝袁婕招了招手，秘书杨昆陪在边上，执意要开车送他们去浅水湾。这都已经下班了，昭阳本来还想坚持自己去的。不过后来一想，正好袁婕和小巍要来，不如趁此机会大家一起吃个饭，互相熟悉一下，说不定以后很多事情要麻烦人家。于是便对杨昆说："小杨，真不好意思，害你没法下班了。"正说着，见袁婕和儿子走来，便笑着把他们介绍给小杨。

袁婕客气地与小杨寒暄了起来。

昭阳连忙说道："我们走吧，别耽误小杨时间。"

听了昭阳的话，杨昆反倒不好意思了。他一边朝门口走，一边开玩笑说："没关系，这也是我的工作，算加班的。"

昭阳不由得笑道："当然，放心吧，我还管饭呢。"

杨昆微笑道："小巍，以后找不到你爸爸，就直接来找我。"

小巍不解地问袁婕："妈咪，这是为什么呀？"

袁婕解释说："因为爸爸每天的工作行程，都是杨叔叔安排的，所以爸爸的一举一动，杨叔叔都知道。"

突然间，杨昆在小巍的眼里，是个非常帅气的叔叔。他不自觉地走上前，试图和杨昆走得更近一点。袁婕看在眼里，不禁微笑了。

沈丁驾着法拉利跑车，进入威灵顿街的地下停车场，停好车，径直朝兰桂坊的方向走去。一路上，他想着早上晨会结束后，海军把他留下来，关上房门说："前两天，我回了一次北京，中组部派人找我谈话。"

顿时，他心里一紧，脱口而出问海军："是关于期货合约吗？"

海军摇摇头，看着他说："是收购原油资源的事情。"

他大大地松了口气，急切地问道："他们怎么说呢？"

海军随意地朝桌上一坐，示意他坐下，然后说道："央行决定采取货币宽松政策。这也是意料之中的事情。现在欧美各国都面临信贷萎缩，实体经济难以获得所需资金，金融体系反倒注入大量的流动资金。目前原油价格在下跌，不过从长期来看，一旦全球经济恢复增长，在极度流动宽松的情况下，原油价格很有可能再次上涨。"

他不禁一怔，立刻升起一丝侥幸心理，近期油价回升，也不是没有可能的。对他来说最重要的，是海军并没有对他失去信任，他们几十年的友情还在，这多少让他感到宽慰，近来不安的情绪悄然而逝（埋下了为隐瞒海军做假账的因子）。

海军跟他说："我考虑过了，按我们商量好的，你去联络妮娜，让她的老公做代理。切记，这个案子必须高度保密。这次中组部的领导找我，明确表示会动员全社会的力量，甚至汇集民间资源来扩大原油储备，力争中国经济在短期内，即便经济受到意外的冲击，也起码能达到维持半年的原油供给。我大概计算了一下，按目前中国经济的规模，未来的原油年需求量，可能达到五亿吨，意味着一年大约有三亿吨的原油缺口。按照这个趋势，今后中国进口的原油总量可能超越美国。随着世界能源大变局的到来，从历史角度来分析，在全球范围内分散风险，战略性地增加原油储备，已经成为中国的基本国策。也只有这样，当新一轮石油危机到来时，中国不至于措手不及。"

他很清楚海军的抱负。近年来，外国资本通过并购中资股权，在达到投资目标时无不稳操胜券，使资本规模犹如滚雪球般越滚越大，在抢夺了利润之后抽身离去。海军看在眼里，是憋着一股劲的，外国资本能做到的，中国资本为什么不可以如法炮制？就拿他掌控的华银集团来说，企业实力已今非昔比，二十多年来，无论是在人力资源，还是在资本积累方面，都取得了前所未有的成果。所以华银前两年便雄心勃勃，带了巨资跨越大洋寻找投资目标，结果却在欧美国家受到阻力。海军对此总是耿耿于怀，不能释然。

他正陷入沉思，海军接着说："我觉得国进民退政策，无论是从大国博弈，还是维护人民的利益，国企的存在相当重要。西方反对甚至恐惧中国国企，是害怕与咱们竞争。你也知道，美国许多重要的工业，都是国家拥有的企业，从来都不上市。哼，说什么中国国企垄断、不公平竞争、腐败、利益集团，全他妈的瞎扯。国企内可能是有一些腐败分子，但是绝大多数国企是干净的，咱们为国家纳税，为资产保值增值，履行的是社会责任。我觉得现阶段，是国企履行政治责任的时候。"

这就是他和海军的分歧了。他崇尚自由市场经济，不希望政府过度干预经济运作，海军做决策的时候，政治因素考虑得太多，往往忽略资本盈利的本质。为此他经常和海军发生争执。但是这回情况不同了，刚才海军提及国企内存在腐败分子，仿佛就是针对他似的，便马上转移话题说："资本是逐利的，买卖双方的竞争，本不该有外力干涉。"

海军眉毛一扬，一脸严肃地说："你不是很清楚吗？经济从来都与政治息息相关，怎么能只追求资本利润呢？不受外力干涉的竞争，根本就不存在。你忘了？前几年，咱想收购美国温妮卡公司，只是普通的商业交易，还是你去谈判的。收购温妮卡对美国毫无危害，咱们开出的价格合理。结果因为华盛顿的政治压力，收购计划胎死腹中。这就是美国号称的自由市场经济。"

他当然记得了。温妮卡收购案谈判失败，他懊丧极了，半夜躺在床上睡不着，便索性起床走出下榻的宾馆，一个人慢慢溜达着，走进一家通宵营业的超市。放眼望去，货架上摆满了琳琅满目的商品，顾客想要什么，从架子上拿下来，付了钱就能离开。中国也引进了这样的购物方式。在他看来美国购物市场的商品经济形态，就是最基本的自由市场经济，价格根据供求关系来决定，买卖双方既没有使用暴力，或暴力威胁，也没有欺诈手段，更没有被第三方强制执行交易。也正因为如此，美国政府阻挠华银收购温妮卡，对他的心理冲击相当大。他崇尚的自由、竞争、利益最大化的价值观，犹如海市蜃楼般，瞬间便在眼前消失。所以面对海军的质问，他无言以对，只能把失望隐藏起来。

海军仿佛看透他似的，见他不作声，便半开玩笑地说："你我都是共产党员，还不明白资本的本性吗？资本是一把双刃剑，到了资本家手里，他们的灵魂里就只有资本。虽说咱也尝试搞活市场，不过主张市场万能，容易走岔道，资本若不为大多数人服务，就太危险了。"

沈丁一路走，一边回忆着海军的话，颇不以为然。不经意间，他已来到约会的酒吧，他和妮娜就约在这里。他找了个适合谈话的桌子，点了一杯啤酒。

坐着等候妮娜的时候，他自己也觉得奇怪，妮娜原本是萧燕介绍给他和海军认识的。他和妮娜很投缘，经常约出来喝一杯，天南地北无所不聊，走动得非常近。

就在他一杯酒下肚的工夫，妮娜走到他跟前，拍了拍他的肩膀说："对不起，丁大哥，我迟到了。"

沈丁闻声抬头，妮娜已经坐在他对面。她挥手招来女侍者，也要了一杯啤酒，然后问沈丁："丁大哥，您再来一杯什么酒？"

沈丁说："不用，我有事儿跟你商量，一会儿咱去镛记。"

妮娜褪下外套，搭在椅背上笑道："Okay，就我俩吗？周大哥呢？好久没见着他了。"

沈丁说道："你不知道，这几天忙得我们够呛。"

妮娜眉头一皱，感觉事情蹊跷。今天上午狄龙来电话，聊到华龙起诉塞斯的事情，特别拜托她劝沈丁打消念头，生意就是生意，华龙亏本愿赌服输，这不是理所当然的吗？狄龙这样说是没错。不过她有些不自在了。毕竟她是这笔交易的牵线人，他们又都是她的好朋友。当沈丁打电话来约她，立刻联想到这件事上了，便斜睨着沈丁问："哦，是狄龙的那笔交易吗？"

沈丁哪里知道妮娜的想法，纵然他对狄龙心生万般恨意，倒没有怪罪妮娜的意思，现在听她这样问，无奈地说道："是啊。"

妮娜试探道："你们打算怎么办？真要跟塞斯打官司啊？"本来她介绍他们谈生意，是想讨个人情。如果华龙遭遇不测，真的亏损了，那么双方打起官司来，非但没好处，夹在他们中间反倒受累。

沈丁听了妮娜的话，默不作声。这是公司高层的会议内容，他不便透露给妮娜。而且他和狄龙私下的那笔交易，使他感到踟蹰不安，犹如芒刺在背。现在每走一步，都要小心谨慎，再小心，再谨慎。不过起诉塞斯，是今天早上才决定的，妮娜又是怎么知道的？难道又是狄龙在搞鬼？

妮娜喝了一口酒，发现沈丁不接她的话茬，便继续试探道："依我看呀，还是不打官司的好。你们到底是上市公司，就不怕股价下跌吗？"

其实她真正想说的潜台词是："你就不怕狄龙狗急跳墙，破罐子破摔，把你私底下交易的事儿，给抖落出来吗？"不过这张王牌不到万不得已，她是不会抛出去的，知道别人的秘密太多，对自己也是危险的，不如装作不知情为好。

沈丁当然担忧因为打官司，公司股价暴跌，这是他最不愿意看见的恶果。他早已暗下决心，无论如何得劝说海军，打官司是最后的手段，是没有办法的办法。然而对于华银还没有公布的信息，就被风传出去，于公于私对他都是不利的，无疑是雪上加霜。所以在事情还没公布之前，必须绝对保密。因此妮娜话音刚落，他便追问："打官司的事儿，你是怎么知道的？"

妮娜端起酒杯刚想一饮而尽，冷不丁听了沈丁的话，一时间竟有些发愣，瞪着两眼不知说什么。不过她到底是见过大世面的，大家又都是场面上的人，上次沈丁答谢她请喝酒，聊起过石油期货合约的事情，灵机一动笑道："你忘啦，我也算是半个生意人，国际油价突然下跌，对你们做多不利，这不是明摆着呢吗？我还挺过意不去的。"

沈丁释然了。他已经辜负过海军一次，尽管他们的价值观不同，但是企业走出去获得紧缺资源，是他俩共同的心愿。于是连忙说："这跟你没关系。走吧。我有要事儿跟你商量。走，去镛记。"

他绝不能再出错了。

杨昆驾着日本尼桑，边上坐着昭阳，袁婕和小巍在后座上，一路上只听小巍不停地嚷嚷："妈咪，妈咪，看呀，这里都是双层马路。"

昭阳第一次来就发现了，香港地方太小，拥挤不堪，因此道路布局很巧妙，不得不纵横交错，在车流量极大的主干道修筑上下双层马路，而且每一层都是单向行驶，有的地段像纽约开辟了地下隧道，地面车辆的分流非常科学。

尼桑巧妙地穿越了中环和湾仔的拥挤地带，又经过中央隧道，来到了香港岛南区。当车子经过黄竹坑地区的时候，杨昆看着后视镜问小巍："小巍呀，海洋公园你去过了吗？"

小巍听见杨昆问，两眼无辜地看着袁婕。袁婕不好意思地笑道："对不起，儿子。妈咪答应你，在你开学前，一定带你去。"

昭阳回头看了一眼小巍，感叹儿子长大的同时，心里也多了一层愧疚感。他忍不住说道："儿子，休息天Daddy带你去，我们玩一整天，怎么样？"

小巍先是一愣。他从来不敢奢望父亲陪他玩，而且还是一整天，这简直是一大惊喜，比拆开生日礼物还兴奋，立刻高兴得跳起来。幸亏他系着安全带，不然就要头碰车顶了。他有些不相信似的赶紧追问："妈咪，是真的吗？Daddy，你可不能反悔哦。"

一旁的袁婕看在眼里，也有些感动了，她连忙搂住小巍笑道："你爸爸答应了，当然是真的啦。"

小巍满意地笑了。

杨昆驾着小车过了黄竹坑，从岔路口向东南方向驶去，不远处就是浅水湾了。从浅水湾沿着大海一路前行，短短十来分钟，就是风情万种的赤柱。他凑趣地问袁婕："韩太，前面的赤柱市场去过吗？那里店铺很多，都蛮有特色的，大部分由赤柱原住民经营。"

袁婕看护萧燕的时候，听见医院的小护士说起过赤柱市场，一直没有时间去，于是好奇地问："我还没有去过赤柱，那儿都是些什么店铺呢？"

杨昆说："那里有很多欧美风情的酒吧，我最喜欢美利楼，那是一栋维多利亚式的建筑，底楼是香港海事博物馆，楼上有许多特色餐厅。晚上坐到露台上，可以一边吹海风，一边吃饭。我陪太太去过一次。市集上也相当热闹，有很多手工艺品商店。韩太，你们马上要搬家了，说不定需要买些油画和装饰品，值得去看一看。"

袁婕笑道："谢谢你，小杨。以后你叫我袁婕吧，韩太这个称呼，我还不习惯呢。"

昭阳回头斜睨着袁婕，脸上露出一丝坏笑。袁婕赶紧笑道："我知道了，韩太就韩太吧，感觉一下子老了十几岁。"

昭阳收回笑容，直视着前方问杨昆："小杨，快到了吧？"

杨昆笑道："前面就是了。你们是直接去公寓，还是先看看周围环境？"

昭阳掉头问袁婕："我无所谓，你觉着呢？"

袁婕看了一眼小巍。她观赏着沿途的风景，发现海湾道的坡地上，几乎全是豪宅和高级公寓，又非常安静，像极了他们罗斯福岛的家，想着小巍会习惯这儿的吧，便说："先看看周围环境吧。"

杨昆说："好吧。你们先下，我去停车。"说罢，车子缓缓地停靠在路边。

昭阳和袁婕扶了小巍下车后，沿着一排蓝白相间的大厦，四下环顾。昭阳说道："这儿环境真不错。"

小巍向前走了几步，突然发现新大陆似的，指着不远处湛蓝的大海，大声地叫道："妈咪，妈咪，Look，大海。"

"看见了。"袁婕答应着，转而对昭阳说，"你发现吗？这儿挺像罗斯福岛的，一跨出公寓大门，就能看见长长的东河。"

昭阳看着儿子高兴的样子，笑道："我看，小巍挺喜欢这儿。"

袁婕欣慰地笑了。

昭阳说道："小巍得尽快办理转学手续，圣诞节一过就是新年，时间好像挺紧的。"

袁婕笑道："我已经联系过学校了，是美国人办的国际学校，校长也是美国人，采用的全是美式课程，小巍马上就能适应。"

昭阳左手往袁婕肩上一搭，感慨地说道："真对不起，家里又全都交给你了。"

袁婕笑道："亲爱的，我是小巍的母亲，这不是理所当然的吗？你不知道吧，我'贿赂'了校长的。"

昭阳瞪大了眼睛，有些吃惊，他不解地看着袁婕。

袁婕笑道："我申请去学校做义工。校长詹姆斯挺高兴的，说他们正缺一个财务出纳，原先的出纳休产假。我连忙自告奋勇，把Resume电邮过去。我是会计师，又有美国的工作经验，他当然欢迎我了。这样小巍开学住校，能天天看见我，他就不会感到孤单了。"

昭阳忍不住拉起袁婕的手，由衷地说道："你真是个好妈妈。"

袁婕立刻侧着脸，盯着昭阳问道："难道我不是好老婆吗？"

昭阳看着袁婕，刚想说什么。袁婕故意学着他的口吻，拉长语气调皮地说："这—还—用—说—吗？"

这时杨昆停好车，走来问道："韩总，这里环境还可以吧？"

昭阳的手从袁婕肩上，自然地滑落下来，随即问杨昆："挺好的。公寓就在附近了吧？"

他们的不远处有一栋高楼，杨昆指着高楼说道："喏，你们看，就是那栋楼，后面一排蓝白色的建筑，就是有名的影湾园，是浅水湾的标志性建筑。好像是二十世纪八十年代吧，拆掉了浅水湾酒店重建的。浅水湾酒店，你们大概不知道——"

袁婕抢着说道："我知道，许鞍华的电影《倾城之恋》，就是在那儿取景的。"她对浅水湾是有些了解的，在张爱玲的笔下，那是范柳原和白流苏拉锯的战场。无论他们在浅水湾酒店"拍拍打打"，还是漫步在绵长的细沙滩上，两人推拉纠缠的"倾城之恋"，她在荧屏上不知看过多少回了。没想到，现在她要在这儿定居，有那么一瞬间，感觉有些不真实。

杨昆笑道："没错。酒店前有设备齐全的泳滩，是最富有异国情调的景点，夏天的时候救生员、快餐厅、烧烤区、泳屋、更衣室、淋浴设施全面开放，还有个沙滩排球场，小巍可有地方玩耍了。"

昭阳插了一句："这儿像长岛的Johns Beach，应该很安全吧？"

他们一边说着，一边徐徐地往公寓方向走去。

袁婕满意地微笑道："这儿的水质还行吗？"

杨昆连忙介绍说："哦，这个可以放心，浅水湾这里水清沙细，大肠杆菌指标低于标准，绝对没问题的。"

不久，他们便来到浅水湾的海滩公寓：丽景苑。杨昆走上前出示了证件，然后告诉大门警卫说："我们来看房子，我上午联络过你们的Superintendent，他答应带我们参观楼里的设施。他们过几天搬过来，预约电梯搬家的时间。"

杨昆介绍道："这里的安全措施非常好。据我所知，上午七点至下午六点，大门岗亭配置警卫一人，专门负责栅栏门禁及车辆管制。大厅内配置队员二人，一人负责门禁管制，另一人负责代办访客登记；二楼有二个人负责巡逻。下午六点至第二天上午七点，有专人在大厅值班，负责整栋大楼的门禁及巡逻，负责秘书处的夜间收件工作。公共地段都有CCTV监控，住在里面绝对安全。"

警卫翻开访客登记簿，的确记录了杨昆的预约，立刻打电话联络负责人。这时昭阳的手机在裤袋里震动。他拿出来一看，来电显示是钟培文，心里一惊，又不能对袁婕说实话，灵机一动说："是西蒙，你先去，我马上过来。"

他步出大堂，径直朝海滩方向走去。空旷的海滩渺无人迹，他小心翼翼地回头看了一眼，身后也没有人，这才放心地接电话。他纳闷：这么快就有调查结果了吗？

他期待着好消息。

第七章　证券化——华尔街的金融诈骗术

　　早上到了公司，昭阳泡好一杯咖啡，坐在办公室的靠背椅上，尽量掩饰着兴奋的情绪，又莫名地紧张起来。他在等一封快递，是钟培文的第一份调查报告。

　　钟培文曾经问过他："我们以后用什么方式交流信息？电邮是最快的方法。"

　　他没有同意。

　　他本身就是电脑专家，非常清楚当今网络世界相当危险，到处都是黑客，他们往往以利欲为目标，通过破解密码入侵他人的电脑，去获取不法利益。有些黑客侵入政府网站，盗取信息，发泄对社会和政府的不满情绪。全球网络犯罪金额已高达千亿美元，比毒品犯罪更加猖獗。

　　还在菲勒上班的时候，他也曾经畅游过网络世界，在网上炫耀高超的电脑技术。"Top Gun"是他的网名。他热爱计算机编程语言，坐在电脑旁敲打键盘，指尖下流出一长串编码，瞬间创造出威力无比的软件，为他打开一扇扇通向未知世界的大门。

　　他自忖，自己是一个有道德标准的人，入侵网络系统的时候，心怀"黑客精神"，一旦发现安全漏洞，便会留言提醒，有时候甚至还主动帮着修补漏洞。然而他心里很清楚，即便如此，那也是非法入侵。

所以他从来不会为了私事，非法入侵网上的任何系统，现在迫于情况紧急，今天他又想发挥"黑客精神"，无论是于公还是于私，都有一股无法抑制的冲动，想侵入塞斯证券的电脑系统，寻找莫里森的犯罪证据。

原来挑战法律底线的禁忌，拥有不能被人发现的秘密，是如此富有刺激性和兴奋的快感。他被自己隐藏着的破坏欲望，吓了一大跳，不由得心下暗想：莫里森策划车祸杀人滴水不漏，警察至今都无法破案，他是出于刺激还是贪婪呢？

人同此心。

他采取的所有行动，也不能够掉以轻心，必须谨慎，谨慎，再谨慎！所以他在寻觅侦探之前，做了全盘的部署和安排。他先在中环邮局租了一个邮箱，想着每天上下班的空隙，走几步路就能到邮局，去查看侦探送来的报告，既方便，又快捷。如果遇到紧急的情况，可以使用公共电话，或者采用抛弃式手机联络他，以避免暴露在公共场所。这回他要躲在暗处，彻底打垮莫里森，绝不能输掉这场战斗。

窗外正下着大雨，天色阴沉沉的，犹如一块用脏了的灰色抹布，豆大的雨点"滴答滴答"敲打窗框，看样子一时半会儿也停不了，快递还得等一阵才会送来，他猜想。

眼下他手头的工作千头万绪。他是华银风险管理部的第一位员工，今后开发项目的定向，具体招募多少员工，工作如何分配的琐事，都由他全权负责，当然希望自己的团队具有凝聚力，富有抗压能力，共同实现团队的目标。

幸亏海军接受了他的建议，以攻为守，先采取法律行动诉讼塞斯，为自己争取时间。趁着暂且无须他操心的工夫，加快进行开发"章鱼"的步伐。西蒙下午就到了，再过两天，其他几个人也会如期前来华银报到。

他最后需要确认的一位干将，是巴莱证券的老同事李庆。李庆是耶鲁物理系的高才生。他们曾经在同一个部门共事，两人间的深厚友情，因为萧燕的关系，变得更加牢固。

金融海啸爆发前夕，萧燕刚办完离婚手续，便去了香港，委托他处理她在纽约的房产，当时的市值是六十万美元。萧燕急需用钱在香港安家，希望房子尽快脱手。于是他把萧燕的房子照片，放到了公司的网站上，因为自卖的话不需支付中介费，又快又省钱。

刚巧李庆需要买房子，他便自作主张以五十五万美元，把萧燕的房子卖给了李庆。

几个月后，房价疯狂地飙涨至七十万美元，李庆兴奋得两眼发光，逢人便说自己运气好。却殊不知，巴莱正濒临破产的边缘，在解雇第一批员工的名单中，李庆不幸在其中。李庆是加拿大国籍，凭借TN签证在美国工作，一失业，即意味着必须返回加拿大。

此时美联储一年之内连续升息十几次，零首付购房的房主本来就不富裕，经不起浮动利率的上扬，偿还不了房贷的个案越来越多。房贷银行等待的就是这个结果，可以名正言顺地没收不还房贷的购房者的房产，然后放到市场上去拍卖。泡沫渐渐地被挤破，楼市跟着下跌，一场大浩劫就此开始。

李庆可不是零首付的购房者，给银行首付十万美元，再加上五万美元装修费，楼市大跌百分之十五，市值从七十万回到了六十万。但是在有行无市的房屋市场，李庆的房子被买家砍价十五万，算是客气的了。如果能够卖四十五万，正好是从银行借来的房贷，虽说李庆每个月都支付房贷，但归还的都是利息，本金四十五万美元是一分都没付。要是通过经纪人卖房子，还要支付一万美金的中介费，外加一笔律师费！

一天，李庆咬牙切齿地说："他们不让我好过，我也不会让他们称心如意。"

李庆索性不出售房子了，而是把整栋洋楼的草皮掀了，花园的照明路灯也砸得稀烂，还掀掉房间的地板，墙壁上东一块、西一坨的黄色油漆，拆卸了卫生间的门，让银行去接收这破烂房子吧！银行收到一栋千疮百孔的房子，难道把李庆告上法庭吗？反正李庆已经身无分文，顶多录得一个不良的贷款记录。七年之后，记录会自动消失，李庆又将是一条好汉。

　　这种迫于无奈的抗争，非亲身经历无法体会。李庆带着一家四口被美国移民官带到美加边境的彩虹桥。李庆揽着哭哭啼啼的女儿，他太太怀抱尚不懂事的儿子，他们一步一回头，慢慢地走向大桥的另一端。李庆返回加拿大以后，日子过得相当艰难。失业，使人到中年的李庆一家，走向了破产之路。

　　李庆一家的悲惨遭遇，登上了各大电视台的新闻栏目。昭阳永远不会忘记在电视荧屏上，李庆的脸因为愤怒而扭曲，眼里充满失望、恐惧、愤怒和心酸。

　　昭阳至今感觉很内疚，很自责。毕竟是他把房子卖给李庆的。在欧美国家保持中产阶层的地位，确保子女有更好生活的唯一办法，就是保证就业。然而在金融海啸爆发后，华尔街陆续裁掉两万名从业人员，一大批中产阶层遭受失业潮的冲击，致使许多家庭因为还不出房贷，像李庆那样被迫成为无产者。

　　中产阶层要是缺乏收入来源，就只有两条途径，来维持他们的生活水准：要么出售资产，要么再去借贷更多的钱。而中产阶层绝不肯轻易出售资产，因为他们的资产就是房子，总不能把高价位买入的资产，以亏本的低价卖出去吧。中产阶层更不愿意再去银行借贷，他们已经负债累累了，这就是华尔街极力向全球推广的信贷消费模式——用明天的钱圆今天的梦！

　　而当今的世界格局和游戏规则，说到底，是以美国为首的西方国家建立并维护的，包括联合国、红十字会、世界银行、国际货币基金组织……这些组织的活动细则、规章制度和法律法规，以及跨越国度的控制权，似乎都为各国度身定好了标签。对这样一个任人摆布的世界格局，绝大多数国家无可奈何地认可了，参与并服从了这种游戏规则。但有一小部分国家不甘心，便被世界格局孤立在外。

　　也就是说，许多国家放弃了自由的氛围，将自己投向世界规范的格局中，去追求效率和效益，钻进充满诡计的圈套。于是敏锐的猎人消失了，随之出现的是可怕的狮子、虎豹和大灰狼。

　　而中国改革开放加入世贸组织，实际上就是投入了世界格局的游戏中，经济效率和效益飞速提高，国家财富快速地积累增长，今天的世界正在走向中国。外国投资商将他们的企业与精致的展示厅，一一落户在上海和深圳那样的对外窗口。世界各国的投资银行纷纷挺进中国，在各大城市开设分支机构，国外的闲散资金也不甘落伍，大量地涌入。中国也正以强国的姿态大踏步地走向世界。

在非洲，无数条由中国工人修筑的铁路，令非洲人民由衷地从心里说出："感谢中国！"在南美洲，中国不断需求的大豆与牛肉，增加了他们的出口，带动了当地的繁荣。在泰国北部，中国工程师炸沉了湄公河上游的暗礁，疏通了河道，使得满载中国物资的货船顺利地抵达西南亚，活跃了贸易市场，增加了就业机会，中国的商业触角也伸向了澳大利亚、加拿大……

中国越来越国际化的角色，引起了华盛顿的注意，坎尼斯·里伯塞尔认为：中国，正以比过去更积极的方式，不但是地区性的，而且是全球化的完成了它制定的策略。我们已经看见一个巨大变化中自信的中国。

里伯塞尔是克林顿总统任期内，掌管亚洲事务的国家安全委员会高级顾问，他发现了中国渐进式的改革战略，在过去三十年行之有效。

当然啦，两百多年来，中国经历了外来侵略、羞辱、内战以及无以言状的恐怖与灾难。她沉睡了太长时间，是该醒来掌握自己的命运了！中国经济腾飞的奇迹，使她再一次亮相国际舞台，爆发出前所未有的能量，面对压抑了两百多年苦难与屈辱的民族，全世界都听到了她苏醒后站起来的脚步声。拿破仑曾预言：中国一旦被惊醒，将震撼全世界！

在这场金融海啸中，狼吃羊的兽行在华尔街丛林已司空见惯，可一旦羊被狼吃光了，狼繁衍的速度超过了羊，也就到了狼吃狼的时候，巴莱吃掉菲勒就是明证。

这些年来，金融衍生品在华尔街大行其道，形成了全球最大的金融市场，其规模是美国所有股票价值的好几倍，各大金融公司全在暗中较劲，期望在这场竞技中脱颖而出。但是决定胜负的重要因素，首先是对人才的争夺战。

华银想要挤进全球企业的领先地位，就要像华尔街的投行那样，争夺世界超级人才。还在菲勒证券的时候，莫里森就招募过苏联的导弹专家，为他领导的衍生证券部开发高杠杆的金融产品——"香草兰"。

"香草兰"风险巨大，即使市场利率微小的变化，都可能使买家大赚或者巨亏。菲勒也是因为"香草兰"而倒闭。

一个成立了近百年的老牌投行，竟然由于一款金融产品，一夜间突然坍塌！

昭阳身临其境震惊万分，觉得不可思议。经过周密的调查研究，他发现证券化的形成，始于美国二十世纪七八十年代。那时美国通胀高企，美联储只能提高利率来遏制通胀，结果银行很难赚到利润。

与此相反，新建立的货币市场基金却有着超高的投资回报，诱惑着存款资金全部涌向那儿。再说二十世纪八十年代初，许多银行野心勃勃失策贷款给拉丁美洲国家，那些国家没有妥善管理贷款资金，导致数亿美元的违约。八十年代中期和九十年代初，储贷危机倒闭了将近八百家银行，纳税人为此承担了1300亿美元的金融灾难。

金融市场的变化无常和"储贷"机构的金融欺骗，最终不得不以财政（融资）手段来解决危机。无奈中，决策者设立了一个叫Resolution Trust Corporation（简称RTC）的机构。

RTC优雅地采用了一种金融技术——证券，将利息和本金以交易的形式出售给投资者。由此，一个新的群体出现了：证券投资者。他们变成了贷款的拥有人，有权获得利息和本金。于是证券化便一发不可收，从汽车贷款到商业抵押贷款全都制作成证券，出售给广大的投资者。证券化竟然出人意料地解决了储贷危机，这就减轻了纳税人的负担，简直是振奋人心之举。

然而证券化并不是RTC首先使用的，这一荣耀当归功于房利美和房地美和美国联邦住房管理局（FHA）。不过RTC首先证明证券技术适用于所有商业类型的贷款。不仅如此，RTC为了能够使证券化通行无阻，居然还建立了一套法律和会计规则，以及投资者交易买卖证券所需的基础设施。到了九十年代中期，RTC由于营运不善出现问题倒下了，华尔街便兴高采烈地接过了"驾驶"证券化的方向盘。

投资银行家采用证券化，首先在信用卡这一大众市场——利用借款人的信用分数，以及具有针对性的直接营销技巧，使银行将信用卡发放到数以百万计的中等收入，甚至低收入的家庭。

这一领域对银行唯一的限制，是来自于他们自己的资产负债表——缺乏足够的存款或资本。这就限制银行放开手脚大干一场，不过证券化迅速解除了这一束缚。

一旦信用卡被证券化，银行不需要存款便可以放贷。这时资本已经不是问题，握有资本的投资者购买了由信用卡抵押支持证券提供的资金，是投资者拥有了持卡人的贷款，而不是发卡银行。结果美国信用卡贷款剧增，到了二十世纪九十年代中期，应收款增加了一倍。

证券化的威力如法炮制，也运用在繁荣时期的房屋净值贷款和住房建造贷款上。当美国国会取消对非抵押贷款债务利息的减税，第二次按揭贷款在二十世纪八十年代后期上升巨大，因为房屋净值信贷额度的利息依然可以抵税，房主如果缺钱花，可以用自家的房产做抵押，廉价和简便地贷到所需款项，来购买游艇、豪车、珠宝项链……

这种独具创新的营销手段，使得独栋小洋楼颇具吸引力，有取代公寓的趋势。到九十年代中期，房屋净值和住房贷款几乎增加了三倍。但是最活跃的信用卡、房屋净值和住房建造的放贷人不是银行，而是金融机构。这些金融机构无须吸收存款，因为贷款已经被证券化了。

正因为无须吸收存款，金融机构便不像银行那样受到监管机构的监控。如果金融机构翻白眼死了，纳税人不会受损失，只有金融机构的股东和其他债权人会亏损。金融机构因此而为所欲为，越来越疯狂，毫无顾忌地降低或完全违背传统的贷款标准。

所以银行保持资产负债表的贷款模式，迅速让位给新模式——贷款证券化，并出售给广大投资者。银行业这一变化模式被监管机构全面认可。因为银行并不拥有贷款，也就无须承担风险，这就减少了储贷危机再次发生的可能。但事实上，这些贷款所涉及的风险没有消失，只是被转嫁到了投资者的身上，推而广之，风险实际上被更广泛地延伸到了金融体系。

目前主宰世界的金融体系，说到底是华尔街的金融体系，他们不遗余力推动的这一金融体系，说穿了是一种垄断的权力体系，当人们对于交换媒介的金钱依赖越来越严重，那些握有权柄的人，便越来越乐于创造金钱，并滥用权力来决定谁能获得金钱。

华尔街制造的金融诈骗术，使得金融投机分子得以从世界范围的政府和大众手中，获得垄断权力进行投机，开创了一个不平等的社会财富分配机制，就是最大限度地以提高股东权益为合法的幌子，疯狂劫掠全球财富。银行采取的证券化是劫掠财富的手段之一，金融衍生产品的发明，则达到了证券化的极致，继而演变成现代炼金术。

这些参与"缔造财富"的金融机构的权贵，像是塞斯集团那样的大财阀，在金融杠杆的作用下，开创了各种光怪陆离的衍生证券，比如石油期货合约对赌协议，犹如变魔术把"财富"堆积出来，编织出一个完美的庞氏骗局。

当对方受到诱惑，上钩之后赌输了，财富消失，债务金字塔瞬间崩溃。而站立在金字塔顶端"缔造财富"的魔术大师，早就把金字塔底部的财富扫荡一空，留下一片残垣断壁。

狼群总是跟着肥羊走的。

目前全球最肥的羊就是中国。金融证券化已然对中国构成严重的威胁，掉进证券化陷阱的中国财富已是天文数字，也是中国在原始丛林中行走的时候，所付出的代价。中国只要洞悉了狼群的习性，认识和剖析衍生证券化的实质，便能在经济丛林中与狼共舞，更好地守卫国家财富。

也正因为中国经济一枝独秀，吸引了西方各个阶层的"淘金客"，不远万里来到中国，各显神通，求得自身发财的机会。

昭阳自然不会放过这绝佳的时机。他已招募了几位正失业的过去的老同事，前来华银的风险管理部，协助他开发项目。他这也是吸取前人的经验——浪里淘沙。就像每一次重大的股市大崩盘，股票几乎都被"腰斩"，而投资专家每每会在那个时刻，大捡便宜的优质股。

抢夺人才也是一样的道理。前两天，昭阳发了一封电邮，邀请李庆加盟他的团队。

李庆是风控建模专家，他狼狈地返回加拿大之后，伤痕累累，犹如被打败的一头雄狮，也顾不上舔一下伤口，便踏上找寻工作的旅程，结果却不尽如人意。不是他嫌别人薪资给得低，就是人家觉得他overqualified，所以只能零零散散地打些散工，来挣钱维持四口之家。

本来这也没什么不好。可是李庆不服气。想他好歹也是耶鲁的高才生，难道就这样窝囊地度过一生？他心里的这口恶气，实在是无法咽下去。恰好昭阳来电邮，请他去香港工作，薪酬丰厚，无疑是雪中送炭。而且他们要对付的人是巴莱的宿敌莫里森，那个害他丢了工作，失去家园的大混蛋。所以这天昭阳来电话问，他们什么时候可以抵达香港。

李庆连忙说："我机票已经订好，过完圣诞节马上过去。反正我是无产者，最珍贵的财富就是两个孩子，香港国际学校是正宗的英美式教育，实施的学制、教学内容和教学资料，全经过教育局的审核，我送孩子上国际学校，只要退掉租赁的房子，我们一家提起箱子就能上路。"

昭阳的心里踏实了。他放下电话，翻阅着杨昆递来的信件，这时上衣袋里的手机震动了，拿出来一看是小阳。

"哥，老爸脑中风进医院了。"

"医生怎么说？"昭阳对中风的病情了解，中风二十四小时以上，脑神经功能缺损，很可能会死亡。不过假如是暂时性的脑缺血，并能及时送到医院治疗，便可减少永久损伤的机会，存活率很大。

"还好我当时在场，发现老爸眼睛发直，讲话不利落了，我们马上叫了救护车。医生说幸亏及时送医，不然就麻烦了。"

小阳不好意思告诉昭阳，他父亲是被他气病的。

昨晚上，他父亲在董事会上，完全否定了他的策划提案报告。他在报告中建议，暂缓烧钱的新饮料的研发，明年公司着重房地产开发项目，等获利之后有了足够的资金，再进行饮料的扩大再生产，以及新饮料的研发。

他父亲一听就急眼了。

"我们国家发展的这些年，每年GDP的固定资产投资，都超过了百分之五十，甚至百分之六十，实际上我们每年的生产盈余呢，就拿我们的百佳乐来说，增加值很难做到百分之十。这些固定投资的钱从哪儿来的？你考虑过吗？"

说实话，他没有考虑过这些问题。

"我们最难的时候都过来了，你不抓紧研发新产品，非要插一脚开发房地产。你造房子将来卖给谁去？现在有钱人都好几套房子了，穷人是有刚需，他就是没钱买你的房子。到时候你怎么办？"他父亲两眼炯炯有神，苦口婆心地规劝他。

他发现父亲老了，观念太陈旧，看问题缺乏前瞻性。因为金融海啸使得美国的需求减少，美国是中国商品的最大进口国，这样一来，中国企业拿不到订单了，各行各业都叫苦连天，饮料行业也是如此，生意很难做。中国政府出于无奈，收回原本打算用来调整房价的政策，期望拉动房地产市场来弥补出口领域的损失，只得向房地产企业大量放贷。

也正因为金融海啸，中国风景这边独好，大量热钱撤出美国和其他的受灾国家，全都涌进中国来了，房价因此火箭般飙升。老百姓为了买一套房子，可以动用祖孙三代的积蓄，造出来的房子，怎么会卖不掉呢？

这样一想，他的底气就足了，因此毫不示弱地说："啊呀，央行已经宣布双降，降准降息，贷款成本超低机会难得。此时不开发房地产，更待何时啊？"

他父亲听了他的话，有些生气了。

"我不是政府官员，他们制定货币政策、财政政策，有他们的指标和数据。前几年我也开发房地产，而且执行得还很积极。现在情况变了，当大家都热衷开发房地产，我们的脑袋瓜就要多一根弦。房地产和国家政策紧密相关，当前鼓励开发楼市，不等于今后也会如此。我是个生意人，我只按照市场规律思考问题。像欧美这些发达国家，固定资产投资只占GDP的百分之十，最多百分之二十，我们一直保持在百分之六十，你动脑子想一想，这种状况能够持续多久？政策早晚会变的。"

"所以我们趁早开发，趁早获利，回过头来再投资百润的实业，这样是不是更明智呢？"

"搞房产开发是资本游戏，风险极大，它涉及国家的货币政策，是我们不可以控制的。你想用我们仅有的资源做判断，这就是赌博。我从做生意的第一天起，就专注于实业。你忘了？我不搞合资，不被外资控股，不上市圈钱，就是预防金融风险。美国金融控制能力比我们强大，还照样爆发金融海啸。"

"您觉得我们会崩盘吗？"

"你涉足生意场这么些年，难道看不出来吗？你真令我失望。我们投入巨额资金到楼市，产出的是大量财产，不是资产。这就像投资黄金。因为失去货币属性的黄金，不会带来回报，不像货币能带来利息；相反，储存黄金还需要支付交易费、保管费，只能依靠买卖的差价来谋利。但是，我们每年生产的百佳乐果汁，是正儿八经的资产，房地产不会生产东西，还需要大量资金去维护。你看不出来吗？"

小阳当然清楚了。近年来，他跑遍中国各大城市，在开发区热、加工区热、旅游区热、乡镇企业热和房地产热中，接触了不少地方官员。他们全都热衷 GDP 增长率，致使耕地资源逐年递减，土地（耕地）价格年年飙升。不管是民营企业，还是地方国有企业，甚至包括央企，负债率都相当高，总额达到了百分之六十五，换来GDP的高速增长。

这是国家统计局公布的数据。也是客观存在的现实。像他们这样的私营企业，融资尤其困难，生存状况更糟糕。他能怎么办？最聪明的赚钱方法就是面对现实顺势而行。改变游戏规则，不是他这个小人物的责任。再说等萧燕恢复记忆，她有着"通天"的关系，介绍几个行长给他认识，还不是小事一桩嘛。所以他试图做最后一搏，说服他父亲。

"爸，我绝不会放弃百佳乐果汁，问题是，现在做实业越来越难，全球经济不景气，百佳乐走向国际市场的前景，依我看越来越渺茫，卖楼不失为一条赚钱的捷径……"

大概是这句话，彻底惹恼了他父亲。原本他父亲的两眼炯炯有神，顿时发直了，舌头僵硬，说话困难。

"要是你——你，一意——孤——行，我，我……"

他慌神了，意识到自己触犯了父亲的经营原则，本来百润引进台湾意通集团，就已经是极限。去年因为他的决策错误，导致公司走到了生死存亡的边缘，当时意通提出的条件不错，他们愿意斥资两亿，换取百润百分之五的股权，双方共同组建合资公司。百润便能搭乘意通这趟快车，直通东南亚扩大外销，轻松获得那儿的市场，来对抗国内的劲敌碧波集团。他心里很清楚，百佳乐果汁走向国际市场，是他父亲长久以来的梦想。他赌博式的经营理念，惹恼他父亲引发脑中风，也就不足为怪了。

"小阳，小阳，这两天我走不开——要不让袁婕带小巍先过去，多一个人，多一个帮手，我忙完手头的事情，马上过去。"

昭阳的话，打断了小阳的思绪。

"哥，我也不跟你客气了，说实在的，老爸一进医院，公司里的事情——唉，我妈急得没了主意。嫂子能来再好不过，只有自己人陪在医院，我才放心。你跟嫂子说，具体的事情保姆都会做，她只要在旁边看着，如果医生找家属，不至于找不到人联络。"

昭阳无意识地看向窗户，窗外一片昏暗，雨还在不停地下。他的心情就跟这天气似的，沮丧极了。他想起了刘禹锡的诗句：世上空惊故人少，集中惟觉祭文多。

他应该没到这个份上，他父亲是一棵大树，还得为他们遮风挡雨呢！

"哥，你觉得这样安排可以吗？"昭阳不说话，小阳急忙追问了一句。

"行，就这么办，我马上订机票，你等我消息。"

昭阳说完，挂了电话。他没有收起手机，立刻拨通袁婕的手机，她又要为他做出牺牲了。

第八章　开启华尔街征途，中国必须与狼共舞

在中环的康乐广场上空，一只蜻蜓忽而盘旋半空，忽而俯瞰下面的人群，然后环绕着怡和大厦，迂回穿行于圆形的"月洞门"窗旁，随即悄无声息趴在一扇窗户沿上——一个狭窄的空间，窥探房间内的动静。

这是一只极其特殊的蜻蜓，是英国研制的微型遥控无人机，其灵感来自生物蜻蜓，它只有普通人的手掌一般大，有着两对扑翼和四条腿，身上携带着传感器，外带一个微型太阳能电池板的微型"背包"，动力十足，能无缝翱翔于空中，或栖息在窗台上，通过传感器无限制地传输声音和图像，为英国特工侦察敌人阵地，收集恐怖分子的情报。

康乐广场上，人们熙来攘往，没人留意这只微型遥控无人机。可见其技术登峰造极。突破无人机技术的最大挑战之一，就是缩小飞行器的面积，作为间谍使用的器具，当然是越小越好，便捷迂回地飞行于狭窄的空间。

另一些科学家绕过了蜻蜓飞行的研究，开始把活着的蜻蜓用作无人机，试图通过微小生物的身体，产生长时间飞行所需的能量——对蜻蜓脊髓中的"转向神经元"进行基因修饰，使其对光敏感，从而把蜻蜓眼中微小的光纤状结构的光脉冲发送到它的大脑，研究人员通过遥控器，控制蜻

蜓的飞行位置。

前不久，美国《探索》杂志介绍了哈佛大学研究的结果——一种生物激发无人机，类似蜂蜜的微型机器人，由钢丝绳提供动力，可以通过空气和水进入体内，然后将自身弹回空中，悬停在天空的任何地方，从空中潜入水下，游泳至指定地点，再从水中起飞，并降落在水面上，是世界上第一台能够在复杂的环境中，反复移动的微型机器人。

这种科学技术既令世人惊喜，又使人毛骨悚然！

人类面对的一大突破，是微型机器人将在不远的未来，会以全新的方式了解世界，像是冒险进入人类永远无法抵达的太空。而修饰高级物种的遗传基因技术，甚至可能使瘫痪病人再次站起来。

但是很难想象如果有一天，天上飞满间谍昆虫无人机，每一个人都变得神经兮兮的，他们无处遁形，毫无隐私可言，人人可能被"昆虫"窥探监听，那会是多么可怕的景象。

不过对于钟培文来说，微型蜻蜓无人机的发明，却是壮大他的侦探事业的大好事，客户获得了他们想要的结果，他的业务也因此而剧增。

此时此刻，钟培文手握遥控器，身体倚着墙角，熟练地操作着蜻蜓无人机，窥探莫里森的一举一动，监听房间里的谈话内容，是他给韩昭阳准备的第二份礼物，这位客户不讨价还价，付款爽快，调查的又是一个自命不凡的伪君子，有可能还是个杀人犯。

他乐意为韩昭阳效劳。

"狄龙，你搞什么鬼，你的六个客户，倒有三个想要告我们。你向我保证过，你有办法阻止他们，阻止那些婊子养的上法庭。你必须迫使他们清算交易，不管采用何种手段，尤其是华银集团金额巨大。他妈的，这些狗娘养的想赖账，门儿都没有！"

"你放心，莫里森，搞定华银绝对没问题。我的保证依然有效，我已经和沈丁约好了，我有办法让他信服，如果把塞斯告上法庭，他自己也完蛋。"

"听着，狄龙。这件事情没这么简单，你最好想清楚再行动。你可别怪我没有提醒过你。"

"我知道。"

"嘿，拜伦，你是律师，对付这件案子，你有什么好建议？"

昭阳从荧屏上看见狄龙，心里一怔。狄龙是莫里森的老部下，菲勒最棒的交易员，因为成功推销"香草兰"，引燃了菲勒灰飞烟灭的导火索，最后被菲勒当作替罪羊，无情地抛弃在华尔街之外。原来狄龙又被莫里森招募在麾下了。如此看来，狄龙与沈丁之间，似乎有暗箱交易。

昭阳坐在办公桌上，两眼盯着电脑荧屏，因为发现了重大秘密，手心直冒汗，紧张地等着拜伦的回答。

"现在，塞斯不适合正面进攻。中国人有一句谚语，叫'兵来将挡，水来土掩'。我们最好根据实际情况，采取灵活的对付方法。"

"很好，你说灵活应对。现在问题来了。他们要把塞斯告上法庭，你说我们怎么应对？"莫里森环顾左右，生气地追问。

房间内寂静一片，没人回答。

"你们不知道吗？疯狗逼急了会咬人的。塞斯不能被告上法庭。拜伦，你给我仔细听好了，塞斯不接受庭外和解。如果他们的阴谋得逞，我们的损失会相当惨重，我绝不允许出现这种被动局面。到时候，我不是失去三个客户，而是所有客户。狄龙，你是知道后果的，是不是？"

"你的意思我明白，莫里森。我马上准备迎战。"狄龙立刻站起来，消失在莫里森的办公室。

莫里森目送狄龙走了之后，转身对拜伦说："你也知道，拜伦。中国市场经济才刚起步，金融市场如何运作，他们懂个屁。前几年，我们采取资本控股的方法，渗入中方的决策层，游戏规则由我们制定，把衍生产品带进中国，已经大大地赚了一票……"

昭阳盯着电脑荧屏，脑子转个不停，就好似一架工艺复杂精细的歼-14战机，正蓄势待发准备翱翔天空。

中国进入世贸之后，中国公司开启了华尔街上市的征途，承销商的角色，使华尔街在中国公司上市的过程中，大捞特捞。当年中国大信集团在香港和纽约上市，计划筹集三十六亿美元，除了巴莱和汇源这两大证券公司担任承销商，后面还有二十几家金融机构争相参与，可见利润之丰厚。

这条灰色地带猫腻太多，极其容易被滥用，传出来的丑闻也不止一两起，表明承销商说一不二的地位。因为没有独特的技巧，能够精确地计算股票的发行量和价位，上市公司本身也无法确定市面上的需求量。按照常规操作，上市公司犹如待宰的羔羊，必须听任承销商说一不二的游戏规则，当一切都尘埃落定，上市公司就只有支付承销商专家费的份儿。

发生在承销商这儿最恶劣的情况，则莫过于使投资者买了新上市的股票在几天、几个星期，或者几个月之内，价格急速下降。所以华尔街总是倾向于在低价位上成交，以保证股票上市后上涨的趋势。不过承销商也想让上市公司高兴，使他们在一个合理的价位筹集到所需资本。但承销商更想让买了上市公司股票的大客户高兴，当下一次再筹集资金上市的时候，他们还是要回头，去找那些相同的客户们。

通常来说公司公开上市的目的，是期望进一步壮大公司的规模，尤其对于小型公司而言，公司上市最明显的优势，是能够集资用于技术研究和发展生产，甚至用集资来偿还现有债务。

公司公开上市的另一大益处，可以提高公众对公司的辨识度，因为首次发行股票，往往是向潜在的客户宣传新产品的最好时机，促使公司增加市场的份额，也不失为个人功成退隐的一种策略——卖掉股份开溜。

其实公司公开上市也是一把双刃剑，会面临诸多新的挑战，最重要的变化，是必须向投资者公开公司的信息，还必须定期将财务报表向证监会报告。这就增加了各种财务上的开支，面临市场的巨大压力，导致管理层把重点放在短期效益而非长期规划，又因为投资者不断寻求盈利的增长，致使管理层为了追求高额利润，做出丧失理智的疯狂决策。

原本中国的银行都是国有商业银行，中国政府主权独立完全不受别国控制，中国的财政政策和货币发行权全都掌握在国家手中，而且国有银行在中国的业务是垄断的，利润是丰厚的。就因为中资银行利润丰厚，华尔街早就跃跃欲试，等不及想瓜分利润，但苦于中国金融业不对外开放，国际资本找不到突破口，无从下手。眼看到口的肥肉吃不着，他们岂会善罢甘休。

真是"道高一尺，魔高一丈"！

于是，华尔街大肆唱空中资银行和中国股市。二○○二年一月，塞斯出台了一份研究报告，宣称中国银行系统不良贷款率为百分之四十，是亚洲最差的银行。

到了第二年的上半年，西方各大媒体的经济版面、塞斯、巴莱和汇源证券，纷纷对中国银行系统提出警告，一再强调中资银行不良贷款存在极大的风险，如果处理不当将毁坏中国经济的改革成果。这些西方媒体和金融机构众口一词，在国际国内大造声势，尽其所能地贬低中国银行业。

同年的年底，标准普尔等国际信用评级机构，将中国的主权信用评级定为BBB级，是"可投资级"中最低的级别，还把十三家中资银行的信用评级定为"垃圾级"，以便国际金融财团在股权收购交易谈判时，拿到谈判的价码。

退一步说，哪怕中资银行确实存在不良贷款，也不至于离谱到西方所形容的地步。中资银行听信了"善意"的谎言，在银行系统内，全面启动人事与激励约束机制的改革，这项改革包括用人制度、用工制度、薪酬制度和培训体制，使银行成为较为完整的体系。

中资银行走到了这一步，西方列强还是不满意，因为掠夺财富的桥梁还未搭建。塞斯又发布了一份《中国银行业的风险与出路》的报告，给中资银行指明了一条"唯一的康庄大道"——由国家财政注资并引入战略投资者，然后海外上市——以其定价的垄断权，先掠夺巨额承销费，再购进价格低廉的股权。

他们把孙子兵法学到了家——赢在开战前。

二○○四年元旦刚过，中国国家银行和华商银行对外公布，将实施股份制改造试点，而且注资四百亿美元。这条消息一经公布，立刻引起华尔街的极大关注，狼群闻风而动，进攻的机会终于来临，像巴莱和塞斯这样的国际大财团，打着帮助中资银行改革的旗号，大举挺进中国，为争夺银行上市这块蛋糕的战争，打得硝烟弥漫、烽火连天。

第二年，塞斯注资国家银行二十亿美元，换取百分之七的股份，每一股定价九毛五港元，都不到一港元。四年后，塞斯又从另一家公司的手上增持六十亿股，追加至持有百分之十七的银行股份。

到了二〇〇八年一月，塞斯在香港以每股三元九毛二，售出百分之二点五的股份，获利十三点三亿美元，国家银行的股票当日下挫百分之五点八四，香港恒生指数跟着下跌百分之零点五三。同年五月，塞斯又以每股四点九六港元，售出三十五亿国家银行的股票，获利高达七十三亿美元。塞斯在不到四年的时间里，从中国国家银行获利接近一百亿美元，投资回报率高达百分之二百，还不包括每年几亿美元的红利！

昭阳的心里明镜似的，在整个华尔街的金融体系中，像莫里森这样的角色，说穿了只是一颗子弹，真正握着枪杆子的人，是莫里森背后的金融体系，而设计这一金融体系的财团，才是扣动扳机者。

西蒙曾经在他的书中阐述过，历史上美国总统与黑暗的金融势力，进行了两百年的殊死搏斗，美国经济依然被银行家的资本所控制，为了获得更多的利润，他们贪婪成性，不择手段。

中国只有学会与狼共舞，逐渐在游戏中胜出，才能握有筹码制定游戏规则。金融市场的胜算说到底关键是人才，招募、培养经得起国际金融市场考验，具有道德良心的金融从业人员，是中国银行业和金融机构走向国际的当务之急。否则中国作为买方的投资者，像华龙"购买"的对赌协议，因为辨别不清金融产品的风险，只能就市场走势和专业知识等问题，去咨询作为卖方的国际投行，这就好比大米缸里掉进了老鼠！

眼下，只需盯住莫里森、狄龙和沈丁的言行，围绕着华龙的事件便会迎刃而解。

西蒙来到办公室，见昭阳傻瓜似的坐在桌旁，一动不动，不由得打趣道："韩，你愣在这里干吗？坐禅吗？卡特和李庆都在等你呢。"

昭阳的思绪被打断，见来人是西蒙。他敲了一下鼠标，脸色阴沉地抬起头，指着电脑荧屏说："西蒙，你还认得出他吗？"

西蒙斜睨着荧屏，两眼盯着画面，脸上渐渐地露出讥讽的笑意。

昭阳从西蒙脸上的表情，知道西蒙已经看出来是狄龙了。"西蒙，你都听见了！他们瞄准'大象'级别的猎物，是不会轻易放手的。历史是一面镜子，以史为鉴可以明今昔，也能预测未来。根据过往的规律，毋庸置疑的事实已摆在我们眼前，金融巨霸已经把目标对准中国了，他们以华尔街为战舰，用强大的金融资本为武器，以股市房市泡沫为暗器，对中国进行全面进攻了。"

"你想听听我的调查吗？"

"当然。"

"根据我近来的调查，金融海啸使华尔街投行受到了致命的打击，死里逃生的汇源和塞斯，前者仗着华盛顿的大笔注资喘了一口气，老牌的塞斯因为与美联储有着千丝万缕的关系，也被'担保'下来。他们收起狐狸的尾巴，把自己转换成银行控股公司，以便接受存款。也就是说，从前的华尔街受SEC（美国证监会）监管，现在摇身一变，他们被收归在美联储的管辖范围内，真好比老鼠掉进大米缸，美联储是不亦乐乎。"

"哼，表面上那些大投行已死，事实上他们人还在，心不死，只要气候和温度发生变化，幽灵马上复活。因为市场这块诱人的蛋糕还在，而分割蛋糕的混蛋少了，金字塔的游戏照样会玩下去，争夺还会更加猖狂。"昭阳气愤地说。

"这也是我最气愤的。"西蒙说道，"这些'霸道'到不能倒的银行相信，他们冒险快速获利的鲁莽行径，即使触碰了海底冰山，政府也一定会出手相救，美国政府、华尔街和美联储已经唇齿相依，谁也离不开谁，从塞斯以往和今日的能量足以证明这点，我的下一本书会论证的。"

塞斯自从成立以来一直采用合伙人制度。几十年来，合伙人之间为了公司是否公开上市争论不休。二〇〇〇年，塞斯做了一个历史性的决定，首次公开招股，把一小部分股权投放市场。但是百分之四十八的股权依然采用合伙人制度，分配如下：百分之三十的股权配给高级雇员，百分之十八的股权分别给退休的合伙人，长期的合作伙伴良友银行，以及夏威夷卡温联活动社。公开上市的股份仅占百分之十二。

由此便可想而知了，塞斯的利益就是众多合伙人的利益。所以无论塞斯的合伙人走到哪里，他们竭力维护塞斯的利益也就不足为奇！

塞斯一共走出三位美国财长，这些举足轻重的权贵联合美联储，与华尔街投行各司其职掌控美国乃至世界的经济走向。塞斯这个最大、最凶狠的国际金融集团不仅"出产"财长，他们的人马密布各个领域——政府、媒体、证监会、纽约证券交易所、世界银行……他们全是一伙的，都是自己人，简直就是翻手为云覆手为雨。

美国财长中争议最大的是雷夫·贝茨。

贝茨任期结束离开白宫，总统夸赞贝茨"是继亚历山大·汉密尔顿以来最伟大的财政部长"。但是公众的眼睛是雪亮的，贝茨是否伟大一个人是不能下定论的，历史和人民会做出公正的判断。

不久之后，贝茨被颇有影响力的新闻网站"市场观察"，定性为"商业领域的十个最不道德的人之一"。

贝茨的卑鄙之处在于破坏社会公德，他作为国家公仆拿了纳税人的供奉，干的却是危害社会的缺德事。在贝茨就任公职期间，他利用权力联合美联储主席，推倒了银行的防火墙——美国历史上最严厉的一项法律，使这场金融海啸遍及全球，贝茨成为美国金融业的千古罪人。

塞斯除了"盛产"美国财长、州长，更有一个常务董事马科·桑托斯登上了权力的巅峰——担任白宫办公厅主任，美国总统的高级助手，权力仅次于总统，可谓"一人之下，万人之上"。他负责监督白宫所有工作人员的行动，周旋于不同的行政部门，管理着总统的时间表，并决定谁可以与总统会面。由于桑托斯重要的工作性质，被看作是白宫的"看门人"，又被称为"总统的影子"。

塞斯不仅在美国势力强大，世界银行也在他们的掌控之中！

安东尼·布罗菲，前塞斯集团的常务董事，去年五月被美国总统任命为世界银行总裁，经由世界银行董事会的批准，七月份正式走马上任，成为世界银行总裁。

人们或许要问，世界银行代表着一百八十四个国家，为什么总裁要由美国总统命名（名义上必须经过其他成员国的同意），而且必须由美国公民来担当？高调提倡民主的美国，却牢牢地掌握世界银行的独霸权，无论如何不肯松手。

为什么？

因为世界银行是美国和西方国家的工具，被少数几个经济强国掌控和管辖，那些国家的经济利益才是世界银行的首要业务，这早在二十世纪六十年代就已经暴露无遗。

一九六八年，美国总统任命罗伯特·卡西迪为世界银行总裁。卡西迪的履历从哈佛MBA、哈佛商学院助教、克莱斯勒公司总裁，一直到美国国防部长。先撇开卡西迪作为国防部长的业绩，毕竟他化解了古巴导弹危机，又指挥过越战……卡西迪进入克莱斯勒从规划部经理做起，并且兼职公司的财务分析。他运用从哈佛学来的削减成本和控制成本的技巧，研究和开发新车型，改革管理行政混乱的局面，使克莱斯勒摆脱了二战后濒临崩溃的厄运。

然而卡西迪任职世界银行总裁的十三年内，他一改世界银行扶持贫困国家的政策，把贷款的目的转向设立大项目：建造学校和医院，外加大规模的农业改革——只有让贫穷国家上了大项目，西方强国才能有利可图。

卡西迪建立了新的系统，专门收集潜在借款国家的信息，以便银行加快贷款审批的过程。为了筹集贷款量增加所需要的资金，卡西迪命令财务总监威尔·休斯，去寻求新的银行资金来源。休斯便利用全球债券市场大幅增加的资本金额，提供给银行放贷。

结果扶贫贷款的迅速崛起，使第三世界国家的债务发疯般地增加，可谓越扶越贫，巨额庞大的债务使这些国家被卡住了脖子，永世不得翻身。更可怕的是在四年间，第三世界的债务年均增长率为百分之二十，只能像奴隶般听任富裕国家的摆布。

世界银行的本质至今尚未改变，也就毫不奇怪，塞斯的常务董事安东尼·布罗菲当上世银总裁后，不会停止控制世界经济的脚步。

布罗菲可谓久经沙场，之前他曾担任多个政府要职，包括美国贸易代表，为美国总统制定贸易政策，代表政府进行双边或多边贸易谈判，首席助理国务卿——负责外交事务，是个非常活跃的人物。

不过中国毕竟是大国，不至于被超级强国以债务的方式卡住脖子，然而却能够以另一种形式——就像韩昭阳所判断的那样——在华尔街的战舰护卫之下，利用强大的金融资本为武器，以股市房市泡沫为暗器，对中国进行全面进攻，掠夺中国百姓的劳动成果。

去年六月在北美经济论坛上，布罗菲演讲结束时被记者追问，中国是否打算减少购买美国国债了。

布罗菲听了一脸严肃，蛮横地警告道："中国任何突然单方面的行动，都可能进一步恶化全球脆弱的金融局势。"

布罗菲唯恐那个记者听不明白，立刻补充说："随着时间的推移，我想今后中国的外汇储备可能会多样化，但必须指出中国维持其汇率兑美元一直非常敏感，中国不能不购买美国债券，除非中国不买美元了。如果中国购买美元，就必定持有美元证券。所以它体现出一种真正的共生关系……在这种环境下，如果中国的保护主义爆发，不管表现在哪个方面，或者对金融市场产生疑问，这些因素都能使脆弱的局势和情况变得更糟糕。"

布罗菲无视他国的利益，捍卫美元作为全球储备货币的选择，毫不掩饰地溢于言表。潜在之意中国被我们绑架了，美国债券你买也得买，不想买也得买，没有第二条路可走，中国必须借钱给美国。全球经济的恢复必须靠牺牲中国的利益来拉动和提升。

因为美元疲弱，人民币便升值，中国外贸出口便下降，这就给美国企业创造了就业机会，同时中国在美国的资产——债券，由于美元疲软而贬值。他们深知舆论的重要性。于是，布罗菲便利用世界银行总裁的身份，在全世界最有影响的场合上，制造舆论维护美国的利益，更准确地说，他代表的是金融集团的利益。

华尔街的"幸存者"塞斯，去年财务报表继续报亏损，在美国本土损失惨重，但是由于中国经济繁荣昌盛，他们在中国的业务倒是硕果累累，操作房地产生意的方式，与破产倒闭的巴莱如出一辙：在亚洲市场建立房地产信托投资基金，由海外的"中国买办"充当铺路石，在GDP增长作为主要考核政绩的制度下，将挡道的地方官员一一贿赂收买，并依靠当地的地产公司作平台，取得联合开发项目的权力，随后再将中方公司的股权买过来，控股之后操纵房地产的定价运作。

西蒙心里很清楚，他的这些深度的调查内容，昭阳也全都知道。他俩经常在电邮中探讨这些问题。他决心著书立说的目的，是要维护公平的游戏规则，昭阳则多了几层原因。昭阳立誓找出制造萧燕车祸的凶手，挽救家族生意，维护华银集团的利益……

他看着荧屏上的莫里森，因贪婪和恐惧，渐渐地被逼向失去理智的边缘。这证明起诉塞斯触碰了莫里森的"蛋糕"，昭阳的决定是聪明的——争取庭外和解，使华银的损失最小化。不过如果莫里森发现，是昭阳在背后主张起诉塞斯，阻碍他发财的道路，昭阳也可能会遭遇暗算。

这样一想，西蒙的心里有些不安了："韩，你的处境很危险，你知道吗？"

昭阳从座椅上站起来，看着西蒙坚定地说："当然知道。所以我送袁婕和小巍去了杭州，我父亲生病，正好让他们在那儿待一阵子。我必须把莫里森拿下来，越快越好。"

"你不怕吗？"

"我当然害怕。"

"那你还要做？萧燕还没有康复，你哪来的勇气？"

"西蒙，去年你写揭露华尔街的书，不是也遭遇死亡威胁吗？一个人有勇气不等于不害怕，有勇气的意思，是虽然害怕但还是会去做，因为你知道这样做是对的。"

"韩，我知道了。无论你做什么决定，我都会支持你。我们下一步该怎么做，你打算好了吗？"西蒙问。

昭阳微笑道："当然。现在除了跟踪莫里森，狄龙和沈丁也在我的跟踪名单上。我感觉，离破案的日子不远了。"

"需要我的地方，尽管开口。"

"谢谢！你能来华银集团，已经是在帮助我了。"昭阳拍了一下西蒙的肩膀，然后诡异地笑道，"你听说了吗？塞斯董事肯尼·彼得森，因涉嫌向中国官员行贿，违反了美国的《海外腐败法》被SEC调查。彼得森已经被迫离开公司了。"

西蒙看了一眼昭阳，耸了耸肩说："这不奇怪，你是怎么知道的？"

"《华尔街日报》。彼得森讲一口流利的中文，他在中国楼市可谓春风得意，在上海涉及几宗大项目的运作，曾经是华尔街冉冉上升的新星。彼得森一案，只揭开中国楼市丑闻的冰山一角。你知道的，在中国又何止一个彼得森？"

"你的意思是——也包括莫里森吗？"

昭阳振振有词地回答说："当然。莫里森将是下一个彼得森。中国楼市的炒作空间极大，普通百姓人人想买房，银行又学习美国放松信贷，我的小弟都想放弃实业，投身房地产开发，房价上涨的趋势不可阻挡。如此疯狂的市场，造成中国各地'地王'频现。这与塞斯、汇源、巴莱等投资银行的炒作不无关系，去年塞斯在全球就募集了四十二亿美元房产基金，百分之五十投入亚洲房市。"

"韩，塞斯在中国的投资板块，我通过他们的年度报表，做了深度的调查。塞斯在中国拥有一家投资银行、一家国内银行、两家基金公司以及六个地产投资基金，外加数量不明的私人理财和私募基金。如此庞大的巨物活跃在中国经济领域，中国哪个监管部门在监控它呢？难怪肯尼·彼得森依靠行贿手段，获得大项目的开发权。近日塞斯全球房地产负责人兰尼·古德温在东京公开表示，今年在中国将追加三十亿美元投资，总投资为四十五亿美元。"西蒙如数家珍一般，得意地说出自己掌握的信息。

"等等，你看我收集的数据，你写书或许用得着。"昭阳坐下来，敲打了一下鼠标，不一会儿，荧屏上显现出一张试算表，上面列举了一排数字，包括图表分布说明。

昭阳滑动鼠标，抬头看着西蒙说："你看上海土地出让金收入，去年的设定是三百亿元，由于开发商疯狂竞价，实际成交的底价几乎翻番，有的甚至超过底价的三倍。两年前上海每公顷地价约两千五百万元，今年已跃升为四千两百万元。按照这个趋势再过几年，地价将占整个国家财富的过半以上，资金全部涌入房市，企业扩大再生产的成本也会成倍增加，将严重阻碍实体经济的发展，使中国整体经济衰退恶化。"

"韩，这些信息和扳倒莫里森，有什么因果关系呢？"

昭阳心想：韩元清为了置换土地，曾经送礼行贿王蓉，还被政府官员约谈过。王蓉在上海这样的寸土寸金之地，开发地产大项目会没有猫腻？怎么可能呢？

他这样想着，便说："当然有关系。在这场房地产的盛宴中，莫里森在巴莱的时候，就参与其中了。陆达龙是萧燕的前夫，他以前是莫里森的亲信，他们联合王蓉开发了"上海曼哈顿"的大项目。现在王蓉被政府关押审查，莫里森不为人知的秘密，比如行贿官员的把柄，一定捏在陆达龙的手里。依我看，陆达龙是很爱萧燕的，我相信到时候他会拿出证据，来指证杀害萧燕的凶手莫里森。"

"这样说来，陆达龙也不干净呀。他会把屎盆子往自己身上扣吗？"

人类的行为是很容易预测的。陆达龙交出录音笔，指证莫里森想杀害萧燕，说明他没有泯灭人性。心灵的创伤，复仇是最好的良药！

陆达龙会作证的。昭阳想。

第九章 "章鱼"与"蜜獾"

在街边的一间酒吧内,下午时分,客人零零落落并不多,黯淡的灯光照着角落的一张四人桌,狄龙和沈丁西装革履,面对面地坐在那儿注视着对方,一副剑拔弩张的样子。

狄龙手握酒杯,一口喝干杯中的酒,仗着自己捏着沈丁的把柄,底气十足地向沈丁施压:"沈先生,你不能起诉塞斯,这对我们都没好处。"

"克罗德先生。你用欺骗的手段,骗我签署了期货对赌合约,这不地道,是你违规在先。"

"很遗憾,签约的事情你情我愿,不能怪我,你也从中得益了。你这么快就忘了吗?你那笔逃税的大交易,需要我帮你重新记忆吗?所以我不客气地告诉你,你们必须履行合约,尽快清算这笔交易。你们所剩的时间不多了。请你记住,时间就是金钱,不要等到不可收场。"

"对不起,我也明确地告诉你,现在局面已经失控,我无法控制。"

"什么局面失控?你是华龙说一不二的主管,你可以决定不起诉塞斯。"

"你错了。华银集团空降了一位高管,他曾是华尔街的技术大拿,主管风险管理部。他主张起诉塞斯，以保障华龙的最大利益，集团总裁也赞成他的方案。所以说，你盯住我也没有用，我的权力有限。"

"华尔街的技术大拿？他是谁？在哪家投行供职？"

"他叫韩昭阳，曾经在菲勒、巴莱任职。"

"韩昭阳？他在菲勒做过？"

沈丁见狄龙眉头紧紧地蹙着，感到一阵轻松，仿佛心头的一块石头落了地。他刚才几句话，巧妙地把狄龙的注意力，转嫁到韩昭阳的身上，也就意味着，狄龙占据优势的筹码——他们之间的那桩交易，失去了要挟的作用，起码暂时是这样。他暗自欣喜。

但是狄龙毫不让步，继续威胁道："You're not quite off the hook yet! 如果事件进一步恶化，你是负责人，你逃避不了责任，明白吗？我不会放过你的。我跟你说清楚，告诉你的上司，你们最好清算这笔交易。"

沈丁怒视着狄龙，一秒钟前，他还庆幸自己很聪明，终于甩掉了压在心上的包袱。他早该意识到的，狗急了会跳墙。很显然，狄龙是急眼了，像条疯狗似的，逮着谁都能咬一口，扔给他一个韩昭阳，依然不能满足他。越是这种时候，他越是不能低头妥协，被要挟一次，接着就会有第二次，没完没了，直到被狄龙彻底打败。他宁愿输给自己人，也不能如此狼狈地败在对方手里。这场谈话该结束了。

想到此，沈丁木无表情，推开面前的酒杯，站起来放下狠话："克罗德先生，我也跟你说清楚，我的问题我自会解决。但是，请不要把你的问题变成我的问题。对不起，你最好不要再找我了。"说完，大踏步地朝门口走去。

狄龙狠狠地盯着沈丁的背影，直到他消失，随即抓起桌上的手机，给妮娜发送了一条短信："我有急事找你，请马上联系我。"

在华银集团的小会议室内，昭阳正与西蒙、李庆、凯文和卡特，商讨新的风险模型方案。

昭阳看了看在座的各位，发表着自己的看法："耶瑟夫说过，没有一个数学模型是完美的，它总有一个死穴，'章鱼'也一样……"他突然意识到，李庆没有在菲勒工作过，便立刻补充道，"李庆，耶瑟夫是哈佛大学的教授，数学模型专家，有机会我介绍你们认识。"

凯文立刻说道："昭阳说得没错，'章鱼'在巴莱测错了方向，令做空德国债券的巴莱巨额亏损。"

昭阳的心里比谁都清楚，菲勒被巴莱兼并之后，因为他和凯文最了解"章鱼"的运作功能，被留在巴莱风险管理部。不过，远在菲勒的时候"章鱼"就预测：随着欧元的启用，意大利、丹麦和希腊政府的债券，与德国债券的利息差额会缩减，菲勒因此大量持有意大利等国家的债券，而卖空德国债券。由于"章鱼"的预测与市场的走向惊人一致，"章鱼"变成了印钞机，财源滚滚而来。所以巴莱才买走了"章鱼"。

然而"章鱼"不是上帝，它是根据人的假设来确定影响因素的，是建立在历史数据的基础之上，试算出来的结果难免会有偏差。因为在数据的统计过程中，一些概率很小的细节常常被忽略不计，因此而埋下隐患，小概率事件还真就发生了。当时，由于国际石油价格下滑，俄罗斯外汇储备的最大来源几近枯竭，经济不断恶化，俄罗斯政府没有选择，只能宣布卢布贬值，停止国债交易。投资者便发疯似的退出发展中国家市场，转而投资美国、德国等风险小、质量高的债券品种。

"章鱼"的致命错误，使卖空德国债券的巴莱巨额亏损。这一金融市场交易中使用的定价模型，没有考虑到流动性风险。因此使用这种模型的非流动性市场的所有参与者，都面临了金融系统性风险——衍生品CDS引发整个系统和公司的破产倒闭潮，就连金融巨头巴莱也无法逃脱厄运。

李庆环顾四周，见大家默不作声，似乎都沉浸在对往事的回忆里，便打破沉寂说："昭阳，过去我们的数学模型，大多都建立在布莱克-舒尔斯的模型基础上，华尔街流行着各种版本，虽然每个模型都很精准，但是因为使用相同的理论基础，以及金融市场与经济之间未知的关系，加剧和导致系统性风险。现在是人工智能时代，我们应该与时俱进。"

昭阳笃定地笑道："当然。华银集团拥有世界一流资源，包括在座的各位精英，欢迎你们来到华银。我们这次设计的模型，不能出现'章鱼'的致命错误。"

卡特转动着手中的圆珠笔，看着昭阳微笑道："韩，经过这场金融海啸，人工智能崛起了，越来越多的算法、高频交易系统，甚至高频加算法交易系统被开发应用，金融机构之间已经展开技术性的'军备竞赛'了。我们将要开发的'章鱼'——"

昭阳立刻打断卡特的话，诡秘地笑道："对不起，卡特，我们的项目叫'蜜獾'，我重新起的名字。"

"韩，你把项目名字改了？"

"蜜獾？蜜獾是什么鬼呀？"

昭阳含笑而不答。"章鱼"是菲勒风险监控系统的心脏，汤姆当年开发"章鱼"的最大目的，是希望今后研发的新产品，能把风险控制在一定的范围之内，就像章鱼的八条触爪四平八稳，为公司创造利润。

然而对于华银来说，"章鱼"的时代已经一去不返，昭阳是希望华银的风险监控系统，除了具备"章鱼"防守的特点，还要像蜜獾那样具有敏锐的嗅觉，并兼具凶猛进攻的特质。

蜜獾身体厚实，头部宽阔，是一种凶猛的肉食性动物，它最为人熟知的就是猎蛇本领——用爪子抓住蛇的后颈，再用强韧的下颚杀死蛇，甚至在十五分钟内吞噬一整条蛇。

电影《上帝也疯狂II》里有一只蜜獾，被男主角踩到之后为了报复立即咬破随行飞机的轮胎，并且锲而不舍长途追踪，即便在烈日暴晒之下坚持不放弃，几近昏迷还依然咬住男主角的靴子不放，其无所畏惧的特性表现得一览无余，可以说是一种看淡生死、拼死一搏的动物。蜜獾胆大和无所畏惧的名声，使得世界上愿意收容蜜獾的动物园屈指可数。眼下，华银想在困境中成功突围出来，就是需要蜜獾拼搏的精神。

昭阳看着身旁的老同事，心里清楚他不能把自己的愿望，强行灌输给他的团队成员，好在华尔街人都有一种专业精神，既然拿了丰厚的酬薪，自然会干好本职工作。

这时西蒙站起来笑道："韩，蜜獾的意思我明白。孔子曰：gentleman rather than weeks, villain than and not[①]，过去我们都是汤姆的部下，又都想打败莫里森，我们的目标是一致的。你们觉得呢？"

昭阳一愣，心想西蒙到底是天才，他连孔子的"君子周而不比，小人比而不周"的典故都知道，眼见大家纷纷拍手响应西蒙，他高兴地向他们拱手致意。

凯文模仿昭阳的样子问："韩，你这是什么意思啊？"

李庆笑着解释："这个是谢谢的意思。"然后收起笑容说，"关于开发'蜜獾'，我说一下我的想法。事实上，十年前欧洲投行就开发了Chi-X电脑高频交易系统，由电脑系统监控证券价格，一天的交易记录容量巨大，竟然超过十五万笔。Chi-X能够盯住同一证券在市场的买入价和卖出价，只要买入价比卖出价高出哪怕一分钱，它就立刻交易，同步买入或卖出，赚取买卖之间的差价。这种高速电脑交易程序大大减少了交易成本，使得利润最大化。"

凯文马上响应道："街上不是流传这样一句话嘛，能够战胜共同基金的是大盘，能够打败对冲基金的是绝对收益，而能够摧垮高频交易的，就只有自己的算法了。"

西蒙感叹道："是啊，华银要是能够分析出市场走势，也不至于陷入被动，签订这份石油期货对赌协议。"

大家听了西蒙的话，默不作声，会议室内一片寂静。

这时，昭阳的手机在桌上震动。他瞄一眼来电显示，拿起手机高兴地说："嗳，是耶瑟夫的电话。"说完，立刻打开了免提键。

刹那间，安静的会议室马上热闹起来，凯文、卡特和西蒙纷纷问候耶瑟夫。

昭阳掉头对一旁的李庆说："耶瑟夫是我老上司汤姆的导师，可以说也是我的导师，他曾经参与过'章鱼'的设计。我请他春假来香港。耶瑟夫非常睿智，人也和善。到时候，请他看看'蜜獾'的设计，提供一些设计的新

---

① 即"君子周而不比，小人比而不周"。这里西蒙说的是中式英语。——编注

思路。"

李庆点头"哦"了一声，便听见此起彼落的问候。

"耶瑟夫，好久不见……"

"耶瑟夫，你什么时候过来玩？"

只听耶瑟夫大声说："嗨，听见你们的声音真好！你们在香港玩得开心吗？等学校放春假，我来香港看你们。"

"好啊，我们等你来——"

"我们请你吃粤菜。"

"一言为定！希望能尽快见到你们。韩，我想和你商量一下具体时间。"

昭阳拿起手机，关掉免提，抱歉地对大家说："你们继续商议，我马上回来。"说完便朝门外走。

他和耶瑟夫商谈好一切事宜，并感谢耶瑟夫能来香港，亲自指导"蜜獾"的设计方向。刚挂断电话，他的手机又震动起来，这一次是袁婕打来的。

"亲爱的，眼看小巍就要开学了，我这里一时也走不开，你说怎么办才好？"

"小婕，你别着急。这样吧，我这个周末去接小巍。"

"真的？你父亲会高兴的，小巍也会很开心。正好趁你在杭州，我去一趟上海，去看我爸妈去。"

"有我在，你去上海没问题。对了，我上网查了一下，中风病人经过手术抢救之后，复健疗程是挑战的开始。关于我父亲的复健疗程，医生怎么说？"

"医生说了，能否恢复活动能力，全看病人的毅力。事实上，复健治疗和你的专业倒是一样的，也是一种风险控制。避免病人再次中风，最重要的就是控制血压、血糖，预防并发症像是褥疮、食物流入肺部感染。"

"小婕，我都能想象在那儿顶着，你一定很辛苦。那个……你——"

"这倒还好啦。医院成立了一个复健的治疗团队，共有七个人负责你父亲的康复计划，由一位主治医生主导，配合物理治疗师、营养师、语言医师，甚至心理辅导师。他们评估了他的病情，康复概率很高，估计三到六个月会看到效果，这也是康复的黄金期。你父亲的脾气你是知道的，他想出院回家，也就意味着马上进行复健治疗。"

"好极了。"

"医生说百分之五十的病人，即使无法完全恢复中风前的状态，也可以恢复到照顾自己的水平。"

"以我父亲的坚强意志，他完全可以百分百地康复。"

"你知道我到了杭州后，最高兴的是什么吗？"袁婕停顿了一下，听昭阳没有接她的话茬，便接着说，"我从你父亲的眼神里看到了愧疚，是愧对我的眼神。我感到自己是韩家的媳妇，不再像是一个过客了。"

"这是你用真心换来的结果，他们就该用真心对待你！"

昭阳从心底里觉得，袁婕是一个好妻子、好母亲，更是一个通情达理的人，本来就该获得应有的尊重。她去杭州照顾他父亲，也是基于对他和小巍的深爱，好让他无后顾之忧，做自己喜欢的事情。现在她因为得到他父亲的认可，满心欢喜，他也跟着高兴起来。

快乐的情绪好像会传染似的。两天后，昭阳的杭州之行，竟也获得意外的收获。萧燕在毫无任何征兆的情形下，被遗忘的记忆突然复苏，至少在昭阳的观察看来是这样。

昭阳滞留杭州只有两天，返回香港的那天早上，昭阳前去探望萧燕说再见。当时萧燕正趴在书桌上练习钢笔字，他一眼便认出，那是上大学的时候，他父亲送给他俩的派克金笔。

他清楚地记得，那天韩元清又来学校找他，邀请他和萧燕去和平饭店吃饭。饭桌上，韩元清拿出两支派克金笔说："这是一套钢笔，你们一人一支，读书人嘛，钢笔总是需要的。"

他父亲非常喜欢萧燕，作为家长送给他俩钢笔的含义，连傻瓜都能看得出来。眼下，萧燕的手上握着这支钢笔，旁若无人似的在练字。昭阳的心里多少有些失落，便从上衣袋掏出同样的钢笔，在纸上写下几行字。

当昭阳转身离开的时候，萧燕意想不到地开口了："韩昭阳，你就这样走了，也不说声再见？"

昭阳一怔，嘴巴微张，也不知道是太高兴了，还是感觉太意外，一时间竟有些手足无措。他回头看着萧燕，兴奋得语无伦次。

"萧燕？燕子——你，你的记忆回来了？"

"我也不知道。我只是，我只是……我觉得自己好像在做梦，一个可怕的噩梦。"

"萧燕，这非但是你的噩梦，也是我们大家的噩梦。你无法想象我们有多担心。"

昭阳只顾着高兴，特别护理张颖在一旁，似乎还沉浸在震惊之中，他顾不上她的反应，只一味地说："张颖，你通知小阳和袁婕，把这儿的情形告诉他们。我陪萧燕去一趟医院，请医生检查一下，我们会尽快回来，但是别等我们吃饭。"

昭阳急切地想知道，萧燕是否真的痊愈，因为许多事情等着她，他需要萧燕与他共同战斗，尽快侦破制造车祸的幕后黑手，坐实莫里森违反《海外腐败法》的事实。陆达龙是一个关键人物，只有萧燕能够说服他，找出莫里森的犯罪证据。

萧燕的确恢复记忆了。

不过，萧燕的主治医生解释说："萧燕是由外伤引起的失忆症，说明原先产生神经障碍的信息传递通路，因为某一起事件，或者某一个物件，又建立起新的突触联系重新畅通，又可以提取原来'记住'的信息了。"

这解释听着有些勉强，要是放在过去，昭阳会提出一连串的问题。他今天也懒得追根寻源，萧燕的记忆恢复如常了，管它什么原因呢。

主治医生看着萧燕自信的模样，相当有成就感，担心他们不理解，饶有兴致地进一步说道："我这里有一个患者，他因为过度惊吓失忆了。通常在受到惊吓时，脑内局部产生的动作电位值会突然增大，从而对信息路径产生扰乱，使得先前已建立的突触联系中断。有一天，他再次受到惊吓，同样会突然产生超强的动作电位值，重新搭建突触联系，恢复了对原有信息的提取功能。我那个患者恢复了记忆，他痊愈了。"

萧燕听了之后，对主治医生说："是钢笔。是我朋友的钢笔，突然打开了我封闭的记忆。"说完，从包里掏出一支钢笔，指着昭阳说，"他也有一支这样的钢笔，是他父亲送给我们的。这支笔——"

萧燕斜睨了昭阳一眼，欲言又止。其实她本来想告诉医生，早上练钢笔字的时候，昭阳掏出派克金笔的瞬间，她脑海里突然闪现出一幅画面，韩元清在餐桌上送她钢笔的情形。是那支派克金笔，使她的大脑建立起新的突触联系，她又可以提取原来的'记住'的信息。

这个天大的好消息迅速传开。萧燕的家人、朋友、电视台的同事纷纷打来电话祝贺，小阳和袁婕也异常高兴，韩元清都来电话问候她。

萧燕的心情很复杂。一方面，她庆幸自己躲过一劫，但是两个同车的同事因车祸去世，心里终究不是滋味儿。所以，得知昭阳带着小巍下午返回香港，她坚持要去机场，试图了解近来发生的事情，越多越详细越好。

小阳让他父亲的司机小李送他们。

昭阳也不愿意浪费时间。一路上，小巍顾自玩着iPad，他则向萧燕娓娓道来，详细述说了发生的一切。说着，说着，他想起上午发生的奇迹，不敢相信萧燕真的痊愈，担心下一刻她又要失忆似的，因而又问："过去的事情，你还记得吗？你能告诉我，耶瑟夫是谁吗？"

"哼，耶瑟夫是哈佛大学教授，我还不知道吗？你什么意思呀？"

"太好了。你还记得耶瑟夫，我没有别的意思，他春假来香港。我，我是想问你，你不害怕吗？你经历过死亡威胁了，你不怕莫里森再——"

萧燕打断昭阳的话，看着他，一脸认真地说："我不怕莫里森这个王八蛋，但是和失去记忆相比，他的威胁根本不算什么。失忆的感受是死过一回又活过来，那种恐惧才深入骨髓呢。"

"萧燕，说实话，我不该让你再卷进来了，海军也不想你这样。但是我又需要你配合，或许我太自私——"

萧燕再次打断昭阳："你说什么呢？我要是被莫里森打趴下，我就是他孙子。"

昭阳暗自欣喜，他认识的萧燕又回来了，便毫无顾忌地说："我建议你先去找陆达龙，他掌握着莫里森的黑材料。"

"你不说，我也会去找他的。"

昭阳张嘴刚想说话，手机在裤袋里震动。他掏出手机按下接听键，是袁婕。

"亲爱的，我知道你没有到机场。刚才李翔找你，说是有急事，叫你到了香港给他打电话。"

"李翔——他找我？他找我什么事情啊？"

"好像是关于华银集团的，具体什么事情，他不告诉我。"

昭阳见小巍专心玩着iPad，便说："行，我会联络李翔。小婕，你放心，我和小巍一到香港，会立刻给你电话。再见！"说完，收起手机放回裤袋里。

萧燕关切地问："昭阳，没什么事儿吧？"

"我有一种不好的感觉。袁婕的老同学李翔突然要找我，说是和华银集团有关。李翔是KPWG的审计员，还是高级经理。你说，KPWG的高级经理来找我，会有什么事情呢？莫不是——"

昭阳都不敢猜测了。

萧燕却大胆猜测道："现在是出报表的季节，KPWG是审计华银的会计师事务所，莫非华银的报表有问题？"

"这倒也奇怪了，如果华银的报表有问题，李翔不去问财务总监，他来找我干吗呀？我跟他又没有交情。"昭阳看着萧燕，像是自问，又像是在问她。

"依我看，这绝对是工作上的事儿。行了，咱也别替古人担忧。你回去打个电话不就知道。你告诉海军，我处理完这儿的事情，马上回香港配合你们作战。"萧燕笑着宽慰他。

眼看萧燕完全康复，他父亲的病情也在逐渐好转，昭阳确实感到很宽慰。不过，当他返回香港，一个重大的考验正等待着他，谁也没有料到事情会发展到这一步。

他惊呆了。

第十章　查出猫腻，CFO畏罪自杀

海军一早来到公司，习惯地泡了一杯咖啡，站在窗口向外眺望。楼底下人来人往，不乏端着咖啡匆匆去上班的男女，不禁陷入沉思。

香港每人每年平均喝掉五十杯咖啡。而西方人早起坐上餐桌，便是一杯咖啡，到了公司又是一杯咖啡，午餐过后下午茶时间定会再喝一杯。对于西方人来说，一天三杯咖啡根本不算什么，就像每天三顿饭，天经地义。如果能源价格一直这么便宜，并且供应量充足，谁会在乎咖啡的产地，加工过程需要消耗多少能源，运到市场的货架上又需要多少路程？

现代人的生活几乎离不开能源，当今全球化的经济模式，更离不开便宜的能源。就拿咖啡来说，蓝山咖啡出产于海拔2300米的加勒比蓝山山脉，口味清纯不带苦味，价格不菲，一磅蓝山咖啡大约八十美元，属于咖啡中的贵族。

咖啡在采收、加工祛湿、消除发酵、干燥防霉、抛光、烘烤和装箱的工序中，每一个步骤都需要使用人类发明的机器来加工。然后，装箱的咖啡豆被送进干净、通风和干燥的特殊货柜运到港口，经过海上几个月的漂流运往世界各地，中间每一个细节都会烧掉许多能源，也就是石油。

过去几十年华尔街提倡的消费模式，是建立在低油价的基础之上。现在是可以用天然气和煤炭来发电，但目前世界上的汽车、卡车、货船、飞机和机械设备，就只能使用石油来运转。这意味着全球所有的经济活动都无法离开石油。

根据一位地质学家的计算，任何一个油田当石油储量被开采过半之后，技术上称之为到达"峰值"，再开采一桶原油需要投入更多的资金。而全世界大多数油田都已然到达这一决定性的转折点。石油无可替代日益减少的真相，是国际油价从三十美元一桶，被破纪录地炒到近一百五十美元。

海军看了看手上的咖啡，暗想：随着石油枯竭及高油价的来临，制作和运送咖啡所耗费的燃料也将上涨，成本上涨了，咖啡豆的价格也会跟着上涨，人们很自然地会计算起咖啡的价格。当咖啡的价格变得昂贵，大家便会从每天喝三杯减少到每天只喝一杯，因为投入昂贵的能源，从千里之外获得咖啡，被喝掉的咖啡与能源的交易，就变成一笔不上算的买卖，在经济学上称之为"削弱的回报率"。

驾驶汽车外出与咖啡的消费是一样的。如果油价上涨了，人们便会减少开车的次数。美国这个号称"车轮上的国家"，平均每一千人就拥有汽车765辆，几乎每一个成年人都拥有一辆汽车，高居世界之最。当油价上涨到150美元一桶的时候，美国人外出开车减少了约241公里。他们开着车去上班，开着车接送小孩上下学，开着车去超市购物，又开着车到健身俱乐部的走路机上减肥……他们的生活离不开汽车，没有了车就像没了腿一般。

不过从二○○三年开始，中国已成为世界第二大石油消费国，石油对外的依赖度已由二○○一年的29.1%，上升到二○○六年的47%。近年来中国交通运输领域消耗的石油，超过了全国石油消耗总量的40%，这一比例在二○二○年可能会达到60%以上。中国的汽车销量从二○○九年一月份，第一次超过美国，成为划时代的一个月份，中国变成了汽车消费大国。

然而全球的石油储藏量逐年减少。全球自一九六六年发现新油田一直到产油高峰期，从此以后便一落千丈。去年底巴西宣布发现了新油田，石油公司并没有像发现"新大陆"似的，召开记者会向全世界大声公告。因为全球每年石油消耗接近四百万桶，正以三倍的速度消耗着新油田的产量。巴西新发现的油田，与消耗比起来简直是小巫见大巫，根本不值一提。

这也就意味着，全球必须找到每天产油量高达二十万桶的油田，才能在未来几年抵得上目前全球的消耗速度，油价高企的道路正在逼近。不过，中国媒体不愿意报道石油短缺的事实，特别是当石油价格便宜、石油供给丰富的时候。

正如英国《金融时报》的专栏作家拉赫曼所描述的："中国和印度正变得日益富有，这两个国家的新兴中产阶级，似乎想得到我们想要的所有东西：包括汽车、洗衣机，乃至肉食品。我们这些西方人则必须强忍自己，才不至于说出这句话：'别呀！你们不能像我们这样生活。这个地球会受不了的，我们的钱包会受不了的，你们看看油价都涨成什么样子了！'"

针对拉赫曼的无耻之言，巴西的一位评论家回应道："这就像我有几位有钱的邻居，他们一直吃着大餐，等吃完大餐他们请我喝咖啡了，却让我一起来分账。"

这显然不公平！

正因为不公平的事情时有发生，作为弱势的一方更应该知己知彼、未雨绸缪，以防范不公平的事件降临头上。华龙就是在这样的大背景之下，签署了石油期货对赌协议，杀伤力犹如核武器般，让他和华银高层的所有人都手足无措。他自忖以往的正确决定，奠定了他现在的地位，不能因为一次错误决策，而毁掉自己远大的光明前程。但现实却总是极其残酷，稍有疏忽便会麻烦缠身。

海军一杯咖啡尚未喝完，刚静下心来处理业务，昭阳神色紧张，急急忙忙来到他的办公室。

"海军，这事儿本来不该我过问，但事关华银集团的声誉，我不得不来找你。"

"没关系，昭阳。什么事儿啊？你说。"

"是这样的。昨儿晚上，袁婕的一个发小来找我，他是KBWG审计部的高级经理。他跟我说，华银的年度报表有问题，那些会计术语，我也闹不明白。但听他说话的语气，似乎有些复杂。不过他跟我保证，在得到我的回复之前，暂时不向上级声张。"

"是吗？"海军听了大吃一惊，仿佛一枚重磅炸弹袭来。如果问题不是很严重，袁婕的朋友是不会私下找来的，于是便说："公司年报一直是俞华负责的，一般不会出问题。或许我应该盯紧他的，尤其是现在的非常时期。我马上联络他，一会儿给你回话。"

海军看着昭阳离去，不由自主地想：俞华来到华银担任财务总监，是通过沈丁的太太谢琳的关系。俞华和谢琳是中学同学。他不想驳了沈丁的面子，再说俞华毕业于中央财经大学会计学院，有资历挑起这副担子。

他相信自己不会看走眼，商海浮沉，形形色色的人他见得多了，这点自信他还是有的。而且过去几年来，俞华在华银的表现还不错。

然而人事儿是面子，是人脉，当一个人的权力达到巅峰，这些都将成为把柄变成累赘。

海军也是后来才意识到，或许是他过于信任自己的部下，相信他们会兑现承诺，坚守以公司利益为优先的道德守则，彼此信赖，简化上下级之间的关系，不伤害他作为公司最高领导的决策。

但是从现在的情况来分析，假如华银的会计报表真有问题，那就是他低估了"信任"这两个字必须承受的风险。说明他做的决策和下属的决定有所不同，或是出于价值观的差异，抑或是他们滥用了他的信任。

他们背叛了他！

海军这样想着，拨通了俞华的电话，希望他的担忧是多余的。

下午三点，阳光灿烂，在怡和大厦底层的"星巴克"咖啡店，可能是上班时间，店堂内顾客不多，只有一对年轻的恋人坐在那里，他们一边喝着咖啡，一边呢喃细语。

店门外的吸烟区，莫里森右手夹着雪茄，送进嘴里吸了一口，看着烟雾冉冉地蔓延于空气中，随后转过头，盯着站在身旁的狄龙，两眼射出两股严厉的光，仿佛要看穿狄龙似的。

"我没听错吧？韩昭阳在华银集团？是他坚持把塞斯告上法庭的？"

"对呀。沈丁亲口告诉我的，绝对错不了。"

"又是那个王八蛋？"莫里森自言自语地嘟哝了一句，心头的新仇旧恨，像电影碎片般一一闪现在脑海。若不是韩昭阳在暗地里使用阴招，他何至于落得今天的地步，早就应该坐上CEO的宝座。

华尔街自互联网泡沫破灭后，就像是一潭死水，死气沉沉，上市项目少得可怜，因为"羊少狼多"竞争激烈。恰逢中国大信集团在香港和纽约上市，巴莱在众多的竞争者中，一举夺下大信的承销业务，而且带着巴莱的衍生产品KODA雄心勃勃挺进中国，以赚取巨额利润。正当巴莱在中国的业务蒸蒸日上的时候，不料韩昭阳横空出世，控告巴莱欺诈性兜售KODA，阻挡了他的发财道路。

为了打败巴莱赢得胜利，韩昭阳聘请美国老牌律师事务所"Shearman & Cravath LLP"——世界最负盛名的法律事务所，在全球拥有近千名顶级律师，在法庭上与巴莱一决高下。结果，就像当初Shearman & Cravath把菲勒逼上悬崖，巴莱在与韩昭阳的交锋中，也只能狼狈地寻求庭外和解，最终以赔钱了事。

莫里森直到今天都在后悔，后悔没有像除掉萧燕那样，把韩昭阳也一并干掉。

狄龙见莫里森双眼露出怨毒的凶光，一反常态，狠狠地猛吸了一口雪茄，便连忙赔着小心说："韩昭阳现在是华银的大红人。听说周海军现在就听他的话。华银已经发来律师函了，下一步我们该怎么办？"

莫里森把雪茄置于烟灰桶盖上，双手往裤袋里一插，盯着狄龙的眼睛说："这是他们惯用的伎俩。我不管你采取什么手段，反正你要不惜一切代价，给我处理好这件事情，绝不能让这个狗娘养的阴谋得逞。你听明白我的意思吗？"

"当然。"狄龙非常清楚，他必须为生存而战，当鲨鱼停止游动，便离死期不远了。他一口喝干咖啡，灰溜溜地跟在莫里森的身后，向电梯口走去。

在小会议室，海军临时召集紧急会议，各部门的高层李凯、昭阳、沈丁、赵伟、李勇胜全都到了。

海军不停地抬腕看表，已经三点十分，会计总监俞华还没有来。今天他召开会议的真正目的，并非听取部下汇报工作，而是调查会计年报的事情。眼下华银不能再出半点瑕疵，任何负面新闻都会连累公司股价下跌，还有他的业绩和仕途前程。过去他受到过多少赞美，现在就得承受相同的压力，这就是权力的代价。所以他得私下进行调查，对其他的高层暂时保守秘密，尽量缩小影响范围。

海军若有所思的表情，严肃而又不同于往常，在座各位也都不想多说什么，会议室显得异常寂静。

突然，会议室的门开了。

海军的秘书小吴走进来，神色慌张。他凑近海军的耳边，小声嘀咕了几句。

海军心里"咯噔"一下，嘴巴微张，惊愕地睁大眼睛，抬起头来问小吴："这个消息可靠吗？"

小吴看着海军，只是默然点头，然后扫了一眼其他的高管，低头走出会议室。

海军双手捂住脸，仰天叹了口气，站起来看着他的部下，声音低沉地说道："刚才小吴告诉我，大约两个小时前，俞华跳楼自杀了。"

会议室里所有的人，听了海军的话，都大为震惊。

沈丁背脊一阵发凉，他看着海军不禁愕然道："天呐！今儿中午——中午我还给俞华打过电话，我说顺道去接他过来开会，他说不麻烦我了。"

"我前两天还见着俞华呢。他什么事情想不开，非走这条路呢？"

"俞华是不是生重病啦？"

…………

俞华自杀的死讯太突兀，大家显然被惊着了，七嘴八舌，喋喋不休地议论起来。

只有昭阳默然无语。这样的生死场景他并不陌生，为了利益付出生命的代价，在纽约的时候他已经经历过。他的老上司汤姆一家的遭遇，比俞华更加悲惨。

他冷静地观察着每个人的反应，最后把目光锁定在沈丁和海军的身上。他的思路异常清晰，因为正确的答案可能就是最简单的那个——"奥卡姆剃刀"的简单有效原理，为他清楚地分辨出一个事实：俞华确实在华银年报上动了手脚，预感到海军会追根究底，这才被逼走上绝路。

俞华修改年报谁会从中得益呢？首先华银暂时能够避免陷入丑闻的漩涡，毕竟石油期货对赌合约是沈丁签署的，背后隐藏着不可告人的猫腻，海军也签字认同了，爆出丑闻来对他俩都极其不利，而漂亮的会计年报，能使整个华银高层获得丰厚的奖金分红，俞华可能急需这笔钱。

昭阳这样想的时候，他的目光正好与海军撞个正着，神情中既带着点狐疑，又带了几分忧虑。

海军从昭阳的眼神里，捕捉到了隐隐的不安。今天开会之前，因为俞华修改年报的来龙去脉，他尚未调查清楚，所以没来得及给昭阳回话。他也没有料到，华银起诉塞斯的案子还在进行中，华银的会计年报又出问题，现在俞华自杀身亡，真是屋漏偏逢连夜雨，麻烦事儿是一桩接一桩，把他推到了风口浪尖上。幸亏萧燕完全康复，马上可以回香港了，可谓"不幸中之大幸"。

但是如果被危机缠上了，就要在力所能及的范围内承担风险，并在危险中寻找反败为胜的机会。他在美国MBA的一堂课上，教授讲述的一个危机案例，令他印象深刻。

事故发生于一九八二年九月底，芝加哥大都会地区发生了毒品致死事件，共造成七个人死亡，受害者全部服用含有氰化钾的超强力泰诺胶囊，氰化钾是致命的毒药。

警方知道泰诺的供药来源被置换了，因为那些药瓶来自于不同的制药公司，氰化钾泰诺不可能是生产过程中遭到破坏，因此排除了制造商作案的可能。警方的结论，是犯罪嫌疑人从各个零售点购买了泰诺，最有可能是超市和药店，罪犯将氰化物添加到胶囊内，然后有条不紊地返回商店，把毒药瓶放回货架上。除了导致遇难者死亡的五瓶泰诺，还发现了另外三瓶被置换的瓶子。

危机事件发生之后，为了使公众放心，泰诺的制造商强生公司在第一时间做出一系列措施，首先向医院和经销商发布紧急通告，停止了所有产品的生产和广告宣传，并且从全美召回泰诺产品，约有三千一百万瓶泰诺流通在市场上，零售价值超过一亿美元。强生公司确定了只有这些胶囊可能被置换后，在全美的媒体上宣传禁止使用泰诺胶囊产品，承诺将公众购买的泰诺胶囊换成固体药片，提供十万美元作为奖励资金，积极配合芝加哥警方参与破案。

强生公司诚实公道处理危机的举措，获得美国公众的认可。《华盛顿邮报》的一篇文章评论道：强生公司站在公众的立场，帮助防止事故进一步扩大，有效地展示了一个品牌企业该如何应对灾难。

奇迹因此而发生了。毒药事件最恐慌的时候，强生公司的市场份额从百分之三十五，下降到可怕的百分之八。然而，当强生十一月重新推出泰诺胶囊，采用了新的三层密封包装，再加上大幅度的降价促销，不到一年市场份额反弹了。几年之内，泰诺创下美国非处方止痛药最高的市场份额。

泰诺事件最重要的意义，就在于激励了美国制药、食品和消费品行业开发新的包装防范产品被置换，发明了感应密封控制质量的包装，多种瓶装药品添加了防窃启的安全封条。

与此同时，美国食品药业管理局引入了更严格的规定，来避免产品被置换——固体片剂替代了胶囊，而且制定了非处方药品包装和联邦反篡改法律，产品置换被定性为联邦犯罪。

结果，强生公司减少死亡和警告公众中毒风险的行动，被广泛赞誉为应对公共关系危机的典范，列入了全球工商管理学课程的研究，是有史以来最成功的危机管理案例。

当年海军在课堂上听教授讲课的时候，绝对没有想到若干年后，他会执掌华银集团，公司可能因制造假账而损害国家、公司和公共利益，当然还有他的个人利益。

在当前危机四伏的紧要关头，他要挺身而出勇于承担责任，以积极的态度去调查、分析、判断、做出决策，寻找到解决问题的契机，变被动为主动，使不利因素变为有利因素，尽最大可能地控制事态的恶化和蔓延，把危机造成的损失减少到最低程度，赢得了时间，就等于维护公司形象。

原本俞华修改年报的事情，海军还想暗中进行调查的，可是此时此刻他改变了想法，现在最要紧的是团结他的部下，防止他们在不明真相的情况下，对他失去信任而产生逆向行为。

想到此，海军见大家依旧在议论纷纷，便冲他们摆出打住的手势，镇定地说道："大家听着，俞华今天离开了咱们，我跟你们一样感到震惊和难过。首先我得向你们道歉，俞华自杀我有责任。他是我们的朋友，我居然没有察觉出一点迹象来，是我——我的——失责……"

海军说到这儿有些哽咽，便停顿了一下，然后继续说道："古语'逝者为大'。沈丁，一会儿散会，你代表公司先去问候俞华的家人，他的身后事就劳驾你了。今天召集大家紧急开会，是因为华银的年报出了问题，具体情况我不十分清楚，听KBWG反馈过来的信息，好像是俞华修改了年报。为了尊重俞华的名誉，我希望这件事对外暂时保密，避免因为误解传出谣言，影响华银的公司形象。当然，等事情调查清楚之后，华银会本着实事求是的原则，在年报中向公众公布事实真相。李凯着重负责调查修改年报的事。李勇胜，你们法务部务必跟进，全力配合李凯的调查。"

昭阳手握钢笔记录着会议要点，听海军说到此，笔尖顿时停在笔记本上，顾自点头表示赞赏。

香港是一个重要的金融中心，从二十世纪八十年代末开始，美国证券交易委员会和香港证监会在美国和香港两地，通过建立交换监管信息的正式渠道，分享着受监管实体的信息，包括投资顾问、经纪商、证券交易所、市场基础设施提供商，以及信用评级机构，以提高监管跨国公司的能力。执法合作谅解备忘录保证了这两个监管机构有能力收集海外信息、调查证券违法行为，并在可能的情况下赔偿证券欺诈的受害者。

华银集团在纽约、伦敦和香港都设有分公司，也是上市公司，一旦公司变成了上市公司，持有该公司证券的投资人的利益，就会受到《1934年证券交易法》的保护——证券发行人必须定期向公众披露（periodic disclosure）公司信息。

人们最容易理解的《1934证券交易法》，就是物理概念上进行证券交易的地方，纽约证券交易所、美国证券交易所、辛辛那提证券交易所、费城证券交易所和太平洋证券交易所，人们俗称的二级证券市场，投资者在那里购买和出售证券，像是股票、债券、票据、债券……

在二级证券市场上，交易商、经纪商或专家作为中间商，通过代理投资人购买和出售证券，他们为了利益相互竞争。专家的一个重要功能，是为市场注入流动性和价格的连续性。每年通过在二级市场盈利或亏损的交易高达数万亿美元，因此专家在证券交易所扮演的角色和作用相当重要。

所有证券在二级市场挂牌交易之前，根据《1934年证券交易法》，证券发行人首先必须注册证券的类别，直至证券发行人申请注销为止。法律规定：证券发行人只要是在《1933年证券法》的框架下注册发行证券，公司资产又超过一千万美元，并在美国证券交易所挂牌交易，每年就必须定期向股东和SEC公开重要的公司信息。

这些信息必须披露在年报（10-K）中，包括通过审计的会计报表、公司运营状况、公司高管和证券发行的情况。而管理高层对公司财务状况的描述和分析尤其重要，特别是高管的名字、职务、薪资和股票期权等信息，必须详细地写清楚。

在注册登记表上签字的公司、主要承销商和其他相关人员，对文件中所陈述的任何内容都负有不可推卸的责任。这种带着相当高的责任风险和付出巨大努力的行为，被称为"due diligence"（尽职调查，又称谨慎性调查），目的在于确保文件的完整性和准确性，有助于巩固和维持投资者的信心，以支持股票市场的正常运行。

具体而言，根据《1933年证券法》的第十一条，当证券注册登记表生效后，如果有谎报和遗漏的重大事实，将被追究"注册陈述缺陷责任"，投资者可以起诉在登记表上签名的所有人。这些人大多是公司的CEO（首席执行长）、CAO（首席会计师）、CFO（首席财务总监），以及相关的主要承销商、审计师和税务律师。

在诉讼过程中，买方无须证明他（她）是依据登记表上谎报或遗漏的重大事实而购买了证券。比如，注册登记表没有透露新的贷款金额，或高估公司的现有资产等；买方也无须证明他（她）是从被告那儿购买的证券，她只需证明被告是第十一条框架下的责任人之一即可；第三，买方无须证明被告故意谎报或遗漏的重大事实；相反，被告只要证明他做了"尽职调查"（due diligence），便可摆脱承担第十一条框架下的法律责任。

想到此，昭阳不禁抬头，发现沈丁面露愧疚之色，双手牢牢地握在一起，惶恐不安地望着海军。这印证了他调查得来的结果，修改华银年报的不止俞华，沈丁作为华龙的CEO也逃不了干系，他俩其实是各怀心思。

早上，昭阳从海军的办公室出来，向秘书和西蒙交代了一下工作，便径直去了李翔的公司。华银的年报究竟是怎么回事，他打算弄清真相。过去几个星期来，他从钟培文送来的报告中，获得了相当的信息，沈丁的那些见不得人的猫腻，现在看来全都变得合乎情理了。当然，他不想把海军牵扯进来。

在华龙的航空业务中，燃料是仅次于劳动力成本的第二大支出，会计处理相当简单：在每个时期，公司列出燃料的实际成本和销售机票收到的实际收入。

华龙原先使用的会计方式，是初始成本计价准则。然而，今年俞华修改为按照市值计价，又被称为公允价值会计准则，对资产和负债计价基于市值或其他客观标准，能代表"真正的经济价值"。与初始成本计价准则相比，按市值计价可以按市场状况的变化，去改变资产负债表中的价值。

由于华龙与塞斯签署的是长期合同，按照市值计价会计准则的要求：一旦签订长期合同，就要把收入估计为未来现金流量净值的现值。

俞华选择市值计价是有道理的。因为石油期货合约的可行性，以及相关的费用很难估计，为了追求利润和现金以弥补其中的巨大出入，投资者通常被给予虚假或误导性的报告。因为使用这种会计方法的同时，塞斯两百多万的收入已记录在账，尽管还没有收到钱，却增加了账簿的财务收入。那么油价狂跌亏损的资金，俞华又是怎么处理的呢？

俞华以华龙航空的股票做抵押，通过一位独立的赞助商，在开曼群岛注册了一个名为"拜士达"的有限公司，专门用来满足资产管理风险的特殊目的。

在开曼群岛注册公司手续简单，因为不需要政府监管部门的批准，其过程只需要一天，与其他司法管辖区相比，最初的公司注册和年度续展费用都很低廉。

此外，在开曼群岛注册公司，提供了灵活性的选择。公司的董事和高管不一定是合法居民，充分享受隐私权，所有与开展业务相关的公司文件（如股东名册或会议记录），都不必向开曼群岛的政府机关登记，并可存储在世界任何地方，也不需要举行年度股东大会或年度审计，这对华银集团来说最为重要。至少俞华是这样认为的。

任何人都不得查看董事和高级职员的登记册或股东名册，公司的账户在这个辖区内完全是隐秘的。尤其重要的是在开曼群岛注册公司，不需要前期的资本投入，只要在银行或托管中存入法定资本，只需要一位股东、一位董事，而且股东、董事可同为一人，除了银行、保险、军事等需要申请外，公司用途毫无限制。

当公司将股份转让给第三方时，没有税收或任何印花税，除非这些股份与房地产投资有关。在开曼群岛南教堂街上有一幢五层的办公大楼，为万家公司提供了办公地址。只不过，俞华注册的拜士达有限公司，拥有的只是一个邮箱地址而已。

说穿了，拜士达有限公司就是一个空壳子，这可是俞华的"特殊目的实体"，只选择披露极少的信息，借助独立的股权投资者为债务融资提供资金——是用来为华龙隐藏债务的。

拜士达不仅仅被用于规避债务，违反会计惯例的结果，就是资产负债表低估了负债，高估了权益及收益。现在国际油价已经跌至每桶三十九美元，华龙的亏损已是天文数字，即便瞒天过海并非长久之计，也不能赤裸裸地暴露在阳光下。

俞华把拜士达的情况，披露在年报的附注中，沈丁在报表上签字画押了，他们两人中到底是谁想出来这个馊主意，也只有天知道了。当李翔审计完华银集团的年报，发现了华龙航空的问题，他因为袁婕的关系，没有向上级汇报。

直觉告诉昭阳，逼迫俞华走上绝路的，除了恐惧和负疚感，可能还另有别的隐情，至于是什么样的原因，海军自会调查清楚的。因为人人都会犯错，人人都想回到过去，去弥补错误。但是过去的一切，即便后悔也无法重新再来一遍。他的任务就是盯紧莫里森，迅速破案，使华银及时脱离险境。

他知道，举报泄密向来都是遭人嫉恨的，哪怕是为了维护正义。他不便去捅破这层窗户纸。

第十一章　家仇国恨

　　夜已经很深了，街上的车辆逐渐稀少，无论是跑车、的士，还是小巴士都开得飞快。中环的兰桂坊依然灯红酒绿，夜生活才刚刚拉开序幕，游客满街乱窜不停地拍照，男男女女陆续地走进酒吧，要在里面度过一段暂时忘却烦恼、一醉方休的时光。

　　此时的兰桂坊多了一些"亮点"，游弋于酒吧的吸烟者，或坐在吧台旁边，或端着酒杯站在街头，点亮他们的烟卷，优雅地吞云吐雾。有几个老烟枪索性点燃雪茄，丝毫不掩饰他们炫耀和摆阔气的嫌疑。

　　夜生活多了雪茄和香烟，味道当然就不同了，星星之火在酒吧的常客群里点燃，迅速蔓延至几乎任何角落，室内空气变得浑浊起来，整个房间立刻充满"三五牌"的甜味儿，雪茄的烟雾也冉冉地蔓延于空气中。美酒加上雪茄，身旁再有一位女伴作陪，可谓兴致盎然，是达到夜生活的最佳境界。

　　狄龙下了班，便约了郑妮娜来到酒吧，这时已经喝得微醺了，借着酒劲向一旁的郑妮娜，大吐心里的苦水："妮娜，你不知道，我为了这块'事业敲门砖'，付出的代价有多大吗？"

　　他就着几碟开胃菜，不知不觉一杯鸡尾酒下肚了，于是招来女侍者，又点了啤酒。他对数字很敏感，账单上来时一眼扫过去，发现啤酒的价格比价目表上的标价要高，便随口说了一句："哟，这啤酒涨价了。"

谁知狄龙不经意的一句话，女侍者马上把他的账单拿了回去。几分钟之后，女侍走到狄龙跟前表示抱歉，指着那瓶啤酒说："It's on the house！"

这意思是啤酒由酒吧做东请客，不收钱了。这下倒弄得狄龙不好意思起来，执意要付账。但女侍坚持说这是酒吧的规定：当账单上的商品价格和价目表有出入，客人可以免费享用。

妮娜见了笑道："好了啦，你就不要再抱怨了。你看嘛，你运气多好啊，过来喝喝酒，都给你免单了。"

狄龙不屑地笑道："其实店家提供的免费商品，用经济学的术语来描述，就是'商品并不稀缺'。因为社会对免费商品的需求是无极限的，在社会机会成本为零的情况下，当然是越多越好。"

狄龙见妮娜露出不解的神色，情绪好转了起来。妮娜总能满足他的男人的自尊，所以他喜欢约妮娜出来喝酒。

"妮娜，你不明白啊？我来告诉你，零价格提供的商品不一定是免费的。比如说，刚才女侍者用库存的啤酒进行了促销，我下次再来这里，可能还会点相同的啤酒。这就是商家为何重视信誉服务。但生产啤酒仍然需要使用稀缺资源。这包含了生产这种商品的'创意'，因为'创意'在零成本，或者成本几乎为零的时候，可以被拿来进行一遍又一遍地再生产。比如有人发明了一种新设备，大家都可以复制这一发明，直到这一'创意'的资源用完为止。你明白了吗？"

"哇，我每次出来跟你喝酒，总会学到新的知识，交你这样的朋友胜读十年书呢。"妮娜使劲地夸赞狄龙。

狄龙也毫不客气地照单全收："那是当然。就好比我现在这份高薪的工作，也并不是零成本的，我付出的代价，说出来会吓死你。"

"我胆子大，你说来我听听，吓不倒我的。"妮娜用手撩了一下垂到前额的一缕头发，故意妩媚地说了一句。

"妮娜，我不想吓唬你。你还是先告诉我，那件事情怎么样了？他们打算撤诉吗？我的上司是一个狠角色，他不会善罢甘休的。"

"撤诉的事情不好说，你也知道，华银集团是国家企业，不是一个人说了算的。你的上司如果逼得太紧，你可以跳槽呀，干吗非在一棵树上吊死呢？"

"太迟了，我已经和他拴在一条船上，去哪里都是一样。"

"我说你是有把柄，被你上司抓住了吧？我能帮你忙吗？"

"这件事情你帮不了我的。我替他杀过人。"

"杀人？你开玩笑吧？"妮娜吓了一跳，挑起眉毛问。

狄龙不敢直视妮娜。他拿起酒杯，躲闪着她那审视的目光，心虚地说道："看你害怕成这样，还说自己胆子大，哈哈……我当然是开玩笑，你还当真了。"

恰好，妮娜的手机铃响了起来。她立刻从桌上拿起手机，一看是萧燕来的，赶忙说道："对不起，我接个电话。"说罢，按下了接通键。

电话里传来萧燕清亮的声音："妮娜，我回香港了。你在哪儿呢？"

"萧燕，你总算回来了，太棒了。我和好朋友狄龙在兰桂坊。"

"哟，真巧，我在La Dolce Vita，你们过来吧。"

"行，行，行，咱们一会儿见。"妮娜挂了电话，见狄龙正一脸震惊地看着她，不禁问道，"哎，你怎么啦？像见了鬼一样。"

狄龙的心里是再清楚不过了，此时此刻猛然听见萧燕的名字，当然像撞见鬼一样。因为他早已把萧燕列入死亡名单，后来听说她身受重伤，罹患失忆症，那也犹如活死人一般。他和妮娜在一起喝酒，几乎没有提起过萧燕的名字，现在马上要去见她，当然震惊万分。如果不去的话，势必引起妮娜的怀疑，便硬着头皮苦笑道："你不是要去见朋友吗？我们走吧。"

狄龙留下了一些小费在桌上，拖着半醉半醒的步子，随着妮娜走出酒吧。其实他是有些不甘心的。今晚，他原本想做最后一次努力，说服妮娜规劝沈定和周海军撤诉，老老实实支付因不履行交易，未能提供充分保证而产生的实际损失6140万美元，外加拖欠的利息206万美元，欠款总额共计6346

万美元。

然而很显然的，狄龙没有达到目的。所以走在去La Dolce Vita的路上，他虽然心情沮丧和郁闷，可也带着些许好奇和迷惑。莫里森极其憎恨萧燕。这个女人阻挡财路，毁了莫里森做大投行CEO的梦想。说真的，萧燕的命倒是挺硬的，同车的人都死了，她居然活过来，现在还恢复了记忆。既然机会送上门，那就去一睹萧燕的真容。

狄龙沉浸在酒精的亢奋中，不停地跟妮娜东拉西扯，希望她能从中斡旋，使得双方因意见分歧、危如累卵的对立面，通过第三方讲和的方式，彻底解决这场争端，他的处境也可转危为安。不然，就只有以极端的方式来解决问题，尽管他也不想这样做。没办法，如果有必要，他还会再干一次。

只是这个计划需要筹划数天，乃至好几个礼拜，其中的细节最是考验他的谋划能力，最后采用什么样的方法，干掉他们的绊脚石，才能看起来像一场意外，非常之重要。因为这次与上一回的情况不同，他们的绊脚石一目了然，必须安排好不在现场的证据，最终把杀人的幻想付诸实施。

不过，狄龙与萧燕见面的一刹那，竟不由自主地产生犯罪感，立刻后悔了。他不该过来的。然而内心也有些庆幸，萧燕恢复了健康。可是他当见到大名鼎鼎的劲敌韩昭阳，就坐在萧燕的边上，一双锐利的眼睛看着他，带了几分戒备，一场"针尖对麦芒"的战争，似乎就要开战了。

不过，出乎狄龙的意料，昭阳向他招呼的时候，却是出奇地友好和热情："你就是妮娜的好朋友啊！这个世界可真小，我们是菲勒的老同事，你大概不认识我，我可知道你的哟。"

此时昭阳的脑海里，闪现出偶遇狄龙的特殊的一天。那时菲勒与蓝敦因为"香草兰"继续在打官司，有关菲勒的负面消息接连不断。下午，组员凯文走来告诉他："蓝敦的威尔斯被偷偷调离财务部了，因为威尔斯，蓝敦亏损巨大，他不适合坐那个位子。"

那个时候，"章鱼"项目还尚未结束，他担心工作发生变动，便敏感地问："威尔斯去哪儿了？"

凯文摇头说："媒体没有报道。你还不知道吧，狄龙和蓝敦的交易电话录音，一共有六千多条，全都泄露给蓝敦了。"

他吃惊道："什么？真的吗？"

凯文冷笑道："哼，狄龙的上司保罗也休想脱身！他妈的活该，他俩的游戏结束了。"

他不解地问凯文："此话怎讲？"

凯文解释道："这不明摆着嘛，美国证监会规定，公司的交易过程都要受到监控，我们与蓝敦的交易电话录音，是菲勒内部系统记录的，只有少数的人能接触到。"

他脱口而出说道："你是说菲勒出了告密者？"

凯文耸了耸肩："可能吧？"

第二天一大早，他在公司的大堂内，见狄龙和他的上司保罗抱着纸箱子，由公司保安押送着走出大门，被许多前来上班的同事撞见。围观的人群内有人悲悯，有人冷漠，有人庆幸，有人窃喜。转眼间，狄龙变成了公司的罪人，并且罪不可赦。任凭狄龙在莫里森的跟前喊冤叫屈，在铁一般的证据面前，美国证监会做出裁决，惩罚狄龙五年不得涉足金融业，并且罚款一百万美元。狄龙被菲勒第一个推出去"开刀"祭旗，没有人去救他，包括相当器重狄龙的莫里森。

刚才，萧燕说狄龙要过来见他们，昭阳就觉得机会来了，便和萧燕商量决定采用"离间计"，用计谋离间莫里森和狄龙的关系，引发他们发生内讧，使狄龙成为打败莫里森的武器。

最近几个礼拜，他从钟培文发来的视频里，发现莫里森一直在威胁狄龙，暗示狄龙去执行一项任务。他根据逻辑推理有理由相信，狄龙就是莫里森的炮灰，棋盘上的一颗棋子，萧燕的车祸案，可能与狄龙不无干系。他只是还不确定而已。他需要抓住狄龙的软肋，找出莫里森的犯罪证据。准确地说，他应该利用狄龙，逼迫莫里森做出反应，一举拿下这个大坏蛋。

眼下，昭阳要强迫自己让狄龙深信：莫里森是不值得信赖的，当危机降临的时候，他会再次成为莫里森的替罪羊。所以，他才会故意摆出友善的姿态，拉拢狄龙以示友好。

　　昭阳和善的态度，倒使狄龙的心中又升起新希望。他心想：韩昭阳现在是周海军的左膀右臂，用心下点功夫，说不定会产生意想不到的成果，也可避免采取极端的行动。

　　这样一想，狄龙不敢怠慢昭阳，也相当热情地招呼道："很高兴认识你！原来你也曾任职菲勒，看来这个世界确实很小，却足够装得下你、我和这些漂亮的女士，是不是啊？"

　　"你真幽默，克罗德先生，难怪妮娜喜欢找你喝酒。"萧燕知道狄龙找妮娜，是充当说客来的，她也不捅破这层关系。

　　妮娜听了萧燕的话，想着一路上，狄龙为了期货合约的事情，喋喋不休，快要崩溃的样子，便泛起了同情心。心想萧燕跟海军交情好，趁着机会难得，还真当起了说客，为狄龙说情。

　　"萧燕，我有一个不情之请，不知你是否答应我。"

　　"咱俩谁跟谁呀，你说，是什么事儿？只要我能办得到。"

　　于是，妮娜瞥了一眼昭阳，对着萧燕吞吞吐吐地道出她的请求，希望华银与塞斯以协商的方法解决问题，能够撤诉是再好不过了。

　　狄龙的目光投向妮娜，感激之情溢于言表。

　　昭阳则不露声色，等着听萧燕如何作答，心里却暗自气愤：他们在这儿倒是说得轻巧。俞华为了隐藏这笔巨额亏损的交易，连自己的性命都搭上了。华银的状况要是上头查下来，高层被连锅端都是有可能的，绝不能便宜这帮贪心的家伙。

　　"哟，这事儿呀——妮娜，你也知道，我刚刚回香港，对事情的原委还不清楚，我可以去帮你问问海军。但是我觉着呀，我跟海军私下关系是挺好。不过，这毕竟是生意上的事儿，我不便插手的吧。除非——"

　　萧燕欲言又止，她明面上答应，心里却推辞的样子，昭阳看在眼里很是赞赏，他相信妮娜和狄龙也感觉到的。于是，他灵光一闪，心生一计，还没等萧燕说完，便赶紧补充道："克罗德先生，塞斯和华龙航空已经走法律程序，我身为华银集团的员工，不便谈论案子的情况。但是，有些技术上的问题，我倒是可以跟你探讨一下的。"

"没问题，你的看法对我很重要，我很乐意听你说。"狄龙正怀疑前面没有路了，听昭阳这样一说，仿佛前往罗马的道路又通了。

"我接下来说的话，不能作为法律依据，请萧燕和妮娜为我作证。克罗德先生，你同意吗？"

"当然。"

昭阳看着狄龙，这才慢条斯理地说道："克罗德先生，我的团队经过仔细计算，假设华龙没有终止塞斯的合约，按照约定在国际油价暴涨和暴跌期间，双方的应付和未付款项互相冲抵，华龙只需向塞斯支付1364.58万美元，而塞斯计算出来的索赔金额，却高达6346万美元，中间整整相差4.5倍。你看，塞斯与华龙签订合约的代价，只有两百万美元，但是向华龙开出的交易损失索赔金，是实际支付成本的四十倍。华龙付出的是天价，你怎么解释呢？是不是涉嫌——"

昭阳本想说涉嫌"欺诈"，可碍于他的目的尚未达到，因此话到了嘴边，又忍着咽了回去。他心里相当清楚，这就像当年巴莱销售KODA一样，塞斯只一味介绍和宣传产品的优点，对于隐藏在产品背后的巨大风险，因无法履约将导致的巨额亏损，却忽略不提。而华龙签署合约的初衷，是因为信任塞斯能帮助华龙达到避险的目标，结果却掉进塞斯设下的陷阱。这口恶气他无论如何咽不下去。

而狄龙听了昭阳的发问，一时语塞，无法回答。他没有料到，韩昭阳会提及赔偿金的计算问题。关于终止合约损失的相关算法，需要根据每天的油价走势分段来计算，过程相当复杂，第二份合约实际是复合期权，而石油复合期权的定价尤为复杂，他只了解大概的情况。因为石油衍生产品的定价无法通过石油现货的价格确定，必须先推导出石油远期的曲线和隐含波动率曲线。

他暗想：韩昭阳计算的赔偿金数据，可能只是一个大概的数字，不会精确到分毫不差。如果韩昭阳的计算结论，能够获得法律支持，那么塞斯签订的两份合约，从一开始就具有产品定价的欺诈之嫌。因为在签约之前，他曾经向华龙保证，期货合约是塞斯为华龙量身定制，是一款无风险的套利产品。韩昭阳为何向我公开他的计算结果？而且还叮嘱他答应，这些都不能作为呈堂证供。

想到此，狄龙困惑了。

萧燕也是一脸的迷惑。昭阳的脑袋瓜好使，鬼点子特别多，从前她是领教过的。她记得那一年，陆达龙向小阳推销KODA产品，按照国际投行的评定标准，KODA属于高风险结构性金融衍生产品，最高级别为5A级。

昭阳经过研究之后发现，KODA就像"香草兰"那样，由于巴莱具有定价权，其中关键的"行权价""实际股价"和"取消价"，是巴莱在格式合同中事先确定的。

事实上，巴莱没有拿着小阳的资金，真的到市场上把股票买回来，而是向小阳推销了一份合约。这份合约带有和巴莱对赌的性质，与其挂钩的实际上是某一只股票的实际股价，所有的结算都是纸面的：

首先，买入股票的行使价格比现行价格低10%至20%；其次，当股价超过现价3%至5%的时候，合约自行取消；此外，当股价跌破行使价时，投资者必须双倍吸纳股票，合约期为一年，投资者只要有合约金额40%的现金即可购买，因此KODA的金融杠杆很高。

也就是说，假如股票跌到一美元，在合同期内，你必须每天买，每一股以双倍的价格购买，而且要购买一年。当投资人账户里的资金用光后，巴莱会根据客户的信用和资产状况，自动借钱帮助他们继续买入。

巴莱为了确保巨额利润，在印有KODA字样的文件上附有一行小字：巴莱承担的风险必须是有限的，但投资者承担的风险可以是无限的，即使投资者发现KODA面临巨大风险，也无权要求巴莱银行停止交易。小阳非但赔光了本金，还欠下银行巨额债务。

眼下，塞斯与华银签署的石油期货对赌合约，背后所隐藏的欺诈性猫腻，这么重要的法庭证据，昭阳居然要放弃作为呈堂证供，他到底是唱的哪一出啊？她瞪着昭阳，心里干着急。

狄龙下意识地瞥了一眼萧燕，发现她神色慌张，便越发感到昭阳所言不虚，但就是猜不透，他葫芦里究竟卖的是什么药。

妮娜环顾左右，误以为自己看出了端倪，在一旁暗自思量：虽说我和韩昭阳不熟悉，以前只听说他精明干练，刚才已经充分证明了这点，现在他抓住了狄龙的短处，却不作为呈堂证供，看来此人还是通情达理的。

妮娜觉得事情还有回旋的余地。但是她也不愿意辜负华龙，毕竟沈丁还有生意委托她，海军待她向来不薄。这样一想，她站在昭阳的立场对狄龙说："你看，韩先生刚才说得有凭有据，我觉得，他是诚心诚意想要解决问题。你回去跟上司请示一下，如果大家能各退一步，双方也不至于闹到法庭上去。你说呢，克罗德先生？"

狄龙为难了。莫里森给他的最大权限，只能免去利息收益，最多两百多万美元，华银必须支付的巨额罚金，才是他们的冤大头，莫里森是不可能松口的。

昭阳的嘴角，反而露出一丝不易察觉的讥笑。狄龙和妮娜的反应，正是他想看见的效果。他深知莫里森的脾性，此人心狠手辣，贪婪成性。莫里森是不会放过狄龙的，就像当年对付汤姆那样，会用尽手段摧毁狄龙。

想当年，莫里森领导的衍生证券部，因发明和销售"香草兰"，闯下大祸，造成菲勒巨额亏损，官司一桩接一桩，在华尔街名誉扫地。在此危急时刻，汤姆怀着拯救菲勒之心，开发了风险监控系统"章鱼"，使菲勒扭亏为盈。可是到头来，莫里森经过"宫斗"夺权，反倒以"章鱼"为筹码，请求巴莱兼并菲勒，还坐上了巴莱的高位。

一夜间，"章鱼"落入莫里森的手中，汤姆怎么会甘心呢？便展开了报复行动。

他无论如何没有料到，汤姆的报复换来的是毁灭性的灾难。那天在公司，他遇见四个陌生的壮汉，连同两名大楼的保安，他们径直闯进汤姆的办公室，惊动了所有的同事。大家交头接耳，议论纷纷。他听见有人说："像是联邦调查局的人，好像是偷窃电脑软件和机密资料，想跳槽保险公司。"

不一会儿，他看见汤姆低着头，双手被手铐锁住，慢慢地走出办公室，两名保安各人怀抱一台电脑，那是汤姆办公用的，他们跟在汤姆的身后，另外两名壮汉则把办公室的门框贴上了封条。

顿时，整个大厅鸦雀无声，大家全都注视着汤姆。

他犹如被人猛然一击，脑中一片空白，等回过神来，便不由自主地挪动双脚，一直追到电梯旁，摁亮下楼的按钮。他想当着汤姆的面，说一声再见。电梯到达一楼后，他冲出电梯跑到大门口。只见汤姆停在大门外，踌躇了一下，回头朝刻着"菲勒证券"的小铜牌，凝望了一会儿，眼里充满了不舍与苦涩，最后轻叹一声，掉头便走。

这一幕，那一张脸，依旧刻在他的脑海里，至今难以忘怀。汤姆出事后，他决定换一个环境。于是三年来，他第一次密集休假七天，为跳槽做准备。其实他每年有三个礼拜带薪假期，可是每一次就只敢休息一天。在菲勒这样的大投行，如果一下子休长假，再返回公司，或许世界全变样了，很可能被淘汰出局。

然而，等他休假后回到公司，这世界果然变了。至少他的世界完全改变了。这天像往常那样，当电梯停在三十楼，他跨出电梯，走进法式玻璃大门，接待小姐莎莉不怎么热情，只是拘谨且心不在焉地招呼他。一种不祥的预感向他袭来。

他忐忑不安地径直到大厅，过道两旁的同事或三五一堆窃窃私语，或装腔作势地在忙碌，平时吵吵嚷嚷的大厅静得出奇，空气中弥漫着沉重和诡异的气氛，很像一个半月前，汤姆被联邦调查员带走的那个早晨。

他一面走，一面四下张望，心想：这回又轮到谁倒霉了？他见汤姆曾经的秘书凯芮在拭泪，便大步朝她走去，低声问道："凯芮，发生什么事啦？"

"汤姆……他，今天凌晨自杀了……"凯芮哽咽道。

他怀疑自己听错了。

汤姆非常爱他的妻子和孩子们，怎么会舍得弃他们而去？再说那件案子还远未定性，为什么要自杀？他忍不住说："这……这怎么可能，孩子们怎么办？"

凯芮失声痛哭起来："泰莉和两个孩子也死了，只有小天使安吉拉还活着。"

他心跳加速，震惊得说不出话。天啊！一个曾经幸福的家庭，瞬间几近灭门……他困惑了，回到自己的办公桌，顺手拿起电话，想要告诉袁婕这个不幸的消息，却发现有一个电话留言。

他按下收听留言的按钮，惊奇地听见汤姆熟悉的声音："韩，非常抱歉，我走了。谢谢你教孩子们学中文，现在，他们不需要了。我相信，我们会再见的！"

汤姆不想伤害他人，那就只有狠下心来对付自己和家人。汤姆留给他的遗言，语气里满是决绝和无奈。他当时听了，悲怆的情绪像潮水般淹没全身，这情绪一直持续了很久，才渐渐地被埋藏在心底深处。

他曾经一遍遍地自问：假如他知道汤姆的生命将在那晚结束，假如他接到了汤姆的这通电话，他会和汤姆说些什么呢？他一遍遍地陷入这些假设里，无法自拔。

也是在那个时候，他为自己树立了一个人生目标，决心用写作的方式，揭露华尔街的贪婪本性。因为海外的金融霸权从古至今，从来不会放弃资本逐利的本性，他祖父开创的百润面粉厂，就是陷入英国商人的算计，破产倒闭了。

二十世纪初，上海变成冒险家的乐园，莫里森的父亲理查·葛朗特两手空空来到上海，此人在英国控制的上海众业公所担任要职。葛朗特答应他的祖父韩卿亭，帮助百润发行股票，集资八万银圆，实际上是觊觎百润的设备和创利潜力，想方设法要把"百润"窃取到手。

葛朗特施计夺走百润面粉厂，逼迫韩卿亭交出金龙锭。金龙锭是百润的镇厂之宝，他祖父不甘心，拒不交出金龙锭。葛朗特便指派租界"工部局"的警察，缉拿了制作金龙锭的"打金师傅"，经过逼供得知金龙锭藏在韩家。

"工部局"的警察冲进韩家翻箱倒柜，昭阳的祖母系出名门，意欲上前阻拦，被见色起意的警察轮番羞辱，闻讯到家的祖父目睹此景，与警察拼死搏斗，不幸被打成重伤。金龙锭被他们抢走，他祖母也因被羞辱上吊自杀。家中顿时飞来横祸，他的父亲刚满十三岁，守候在奄奄一息的祖父身边。他祖父留下遗言：一定要找回金龙锭，韩家世代不得沾染股票买卖。

他父亲韩元清坚守祖父的遗言，为了预防潜在的金融风险，采用"不合资，不被外资控股，不上市融资"的三不经营之道，千辛万苦使企业发展到了现在的规模，但也遇到了进一步发展的瓶颈。

每当想起自己的家史，他常常不由得暗自感叹：人的一生并非活在此时此刻，而是从原生家庭来的，原生家庭的背景又是从政治环境而来。历史也一样，包含了现在、过去、未来，记取过去、争取现在、创造未来，才不枉走过大时代。

现在，金融霸权借助外国资本挺进中国，"协助"中国的金融改革大捞了一票。更绝妙的是，他们打着解决中国就业的旗号，靠着剥削中国工人的廉价劳动力，开辟了依赖于美国的出口导向型经济，以此来拉高GDP的增长率。

在以美元作为国际货币的格局之下，中国出售大量的商品和廉价的劳务给美国，得到美国印制的美元，这是自然而然的事情。无论按照什么样的理论和原则，得到美元的中国应当、也可以在美国购买美国商品和劳务，以完成真正的经济交易得到国际贸易的益处，构造实实在在的国际贸易自由往来。

但是，号称以自由市场经济为精神支柱的美国，总是以种种理由，拒绝中国购买想要的商品。他们自然资源不准卖，高科技不准卖，工商企业不准卖，银行很小比例的股份也不准卖。

当美国越来越大规模地享有中国商品，以及廉价劳动力的同时，中国的美元储备大量增加。从这个角度上来说，中国外汇储备特别是美元储备的巨额增长，在相当大的程度上不是中国政府的初衷，而是"被迫"获得的结果。

为了减少中国大量增加的美元储备对美国未来商品和劳务市场的巨大冲击，美国一方面加大美国国债在市场上的流通量，使中国的美元储备不得不大量地变换为"美国国债资产"，从心理上认为"美国国债安全"，在稳固保有美元储备的同时，美国政府能像当年对付日本那样，利用中国工人以血泪换取的外汇储备，通过低回报的债券形式又回流美国——大量购买美国政府债券，把钱借给美国政府，中国便越来越被美国经济所捆绑，承担起美国金融市场的风险。

美国政府可以为了减轻债务负担，竟然不顾脸面，使出耍赖的手段贬值美元，于是中国资产大幅"蒸发"，美联储趁机大量印制美元，降低基准利率，听任美元进一步贬值，并且不断制造舆论，期望通过中国，乃至整个世界的"通胀"，帮助他们稀释债务。

为了保值美元资本和追逐利润，以华尔街为首的金融机构纷纷投资全球楼市，尤其炒高中国的房地产大捞特捞。为了赚取更大的利润，他们逼迫人民币升值。一旦美国经济喘过一口气，美联储调高利率，全球资本必将回流至美国，中国的房市和股市必定遭殃。

美国需要借钱的时候，美元就变得强势起来，需要赖账了，又成弱势稀释债务。美元已玩儿到了最高境界，对外贬值，对内保值，想低就低，想高就高，大斗进小斗出，不断地循环，完成对全球财富的掠夺。

所以说纵观世界经济，从来都与政治息息相关！

他根据过往的数据，经过研究有理由相信，华尔街炒高油价，原本是为了抑制中国的快速发展，没料到却让俄罗斯大得其利，在西方列强的眼里"两害相权应取其轻"，俄罗斯经济强大的危害要大于中国崛起，因此油价视西方列强的需要忽而被炒高，忽而被炒低。

谁控制了石油，谁就控制了所有国家！

中国已是全球最大的石油进口国，中国的汽车发展到二〇二〇年，每年石油需求量将达到五亿吨，中国自身可以开掘出一点八亿吨，届时还有三点二亿吨的石油缺口，除非中国能够控制石油，否则就将被人控制。

中国也确实意识到了威胁，在发展战略中首先提出走向全球，鼓励企业海外投资的策略，海外并购的案子却是"伤痕累累"。因为中国海外并购是在争夺他国的经济利益，或者说是在与发达国家"争夺"资源，他们不可能轻易松手的。

华银先前的两起并购案先后夭折，足以验证"有钱并不都是爷"。从表象上来看，并购失败似乎是技术性失误，诸如公关、谈判技巧不到位，实际上是金融霸权在背后操纵。只有夕阳工业——汽车业，才会轻松地被送到中国去，高科技产业和紧缺资源，人家是不会白白送上门的。

只要中国抵挡不住诱惑，跨出发展汽车的第一步，就必须以石油来支撑汽车业。发展了汽车业，就不得不修建高速公路，而修建高速公路势必侵占可耕地，可耕地日渐减少，一定会影响粮食的产量，简直是步步为营，一环紧扣一环。

三年前，他从纽约返回上海探亲游玩，汽车飞驰在沪宁高速公路，蜿蜒曲折颇为壮观。小阳非常自豪地告诉他："哥，那边的沿江地区，正在建设第二条沪宁高速公路，第三条沪宁高速也要开始动工了。"

他听了，不由得感叹万分。他惊奇祖国建设高速发展的同时，也担忧起国家粮食安全的问题。沪宁一带主要是平原，修路占用的基本上是可耕农田，江南鱼米之乡的面貌会大为改观。沪宁公路全长280公里，每修建一公里六条车道的高速公路，直接占用优质农田75亩，整条高速公路直接占用耕地约为21,000亩，"水泥巨龙"俯卧于稻谷粮田旁，粮食的安全很难保障。

展望未来，中国人口逐年增长，土地却逐年减少，而城乡居民改善生活对粮食的需求在逐步增长，以粮食为原料的食品工业和粮食加工业，也需要进一步发展，自力更生保障粮食安全的国策不容改变，谁控制了粮食，谁就控制了全人类。

但是现在是金融霸权的跨国公司，控制了百分之九十五的世界粮食储备，人类赖以生存的粮食和水资源，发展经济所需要的石油和钢铁等，全是大宗商品，定价权又掌控在华尔街手上，购买这些商品需要支付美元。

去年，世界主要粮食品种价格飞涨，全球食品价格指数上涨了将近三分之一，创下一八四五年以来的最高值。中国一旦有求于华尔街，被他们掐住咽喉，恶果可想而知。可以预见，今后几年中国与西方在成本、能源和汇率的战争中，硝烟会更加弥漫，尤其是保卫汇率的战争将更加激烈。

这几年，华盛顿和美联储不断对中国政府施压，要求人民币升值和自由兑换，迫使中国钻进金融霸权设下的圈套。中国政府竭尽全力，顶了一年又一年。最终，人民币兑美元从五年前的1：8.3，上升到了1：7.5。今年春节过后，人民币升值了百分之五，接近1：7.1，眼见就要突破"七"的界限。华盛顿和美联储逼迫得这么紧，就是为了霸权资本能获得更高的利润出逃。

就像2005年，美元大量挺进中资银行的时候，如果当初投入100万美元，按1：8.3的兑换率，人民币价值830万元，现在人民币兑美元变成1：7.1，当初100万美元就增值到117万美元，也就是说，中国人民创造的财富，被霸权资本活活吞噬了17%。

这事儿还不算完。人民币似乎坚挺了，老子有钱谁怕谁呀？不。有钱不一定都是大爷！

当中国去购买石油了，因为定价权在金融霸权的手里，他们可以把油价炒高。中国需要购买粮食了，他们再把粮价也炒炒高，而有些特殊的商品，他们还不卖给中国，像是中国缺乏的水资源，出再高的价都没用，他们不出售。

没办法！

人民币在目前情况下无可奈何，只有按照金融霸权的强求慢慢地往上升。因为我们有软肋被他们捏着。这么多外国资本在中国开设工厂，人民币升不升值？你不往上升，人家把工厂搬到越南、柬埔寨和孟加拉去。事实上许多工厂已经搬迁。

他不停地反复自问，霸权资本岂非进来不好，撤走也不好了吗？最后他得出这样的结论：霸权资本就像美丽的罂粟花，会令人情不自禁地看一眼便喜欢，浅尝一下立刻上瘾，等到断货的时候，会令人生不如死。

很显然，他们吃定了中国这头肥羊。如果中国效仿美国模式——提倡借贷消费、发展汽车工业和炒作房地产，中国的经济命脉就将操纵在别国手中，使他们无法用枪炮得到的东西，可以从谈判桌上轻易地囊括。

他曾经向海军建议，既然中国是全球最大的石油进口国，在下订单的谈判桌上，试着提出以人民币结算石油交易。随着人民币在交易中逐渐发挥影响力，今后便有可能反其道而行之，逐渐掌握石油的定价权。

当然，海军周围有着通天的政治资源，应该拥有这样的潜力，代表国家走上谈判桌。海军好像已经在行动了。

因此，只要发现有人做出有损华银的事情，不管是谁，他都会彻底查清楚。华龙航空签署石油期货合约的始末，俞华和沈丁所起的作用，他已调查得八九不离十，钟培文的报告和录像视频，与他大胆的猜测基本吻合，将来上头要是查下来，连累不到海军的身上。这些详细的情况，他会借助第三者萧燕去告诉海军的，免得引起不必要的误会。

他当前的首要任务，就是把狄龙逼到无路可走，然后再亮开底牌。如果狄龙不想进监狱，就必须站在他的战壕内，连同萧燕获得的证据，送莫里森进监狱。所以后来应付狄龙的时候，他谨慎对待自己的一言一行，家仇国恨在身，容不得半点疏忽。

这是他走向目标的第一步。

第十二章　推动金融市场的，是贪婪和恐惧

"对不起，海军，请原谅我。"

俞华自杀之前，给海军留下了遗书，字迹潦草。遗书装在白色的信封内，封面上清楚地写着"周海军亲启"。

那是重案组的一名警探，在俞华家的书桌上发现的，里面还有一把银行保险柜的钥匙。当这封遗书和钥匙辗转到海军的手里，他无法相信，一个鲜活的生命就这样没了，生活中最不公平的事情，就是人的死亡了。

他是经历过朋友去世的。小的时候，萧军在游泳池为了抢救萧燕，脑袋在他的臂弯里耷拉下去，失去了生命的迹象。他内疚，后悔，恨自己为什么带他们兄妹去游泳。如果不去游泳，死亡就不会发生。

渐渐地，他学着宽慰自己，萧军的悲剧，是不可抗力造成的。而死亡给他带来的唯一好处，就是提醒他要珍惜生命，善待亲朋好友。世上最珍贵的东西，莫过于生命。俞华为什么夺去自己的生命？

他自忖，他是了解俞华的。

俞华的家境并不富裕。他的父母是中学教师，父亲不幸早逝，家里的经济重担，自然便落在长子俞华的肩上，贫穷是万恶之源的观念，似乎深入他

的骨髓。

好在俞华凭着专业知识致富了，可是贫穷的耻辱感没有消失，有时候会更加绝望。因为家人嫌他带回家的钱太少，自私自利，只顾着自己享受。家人的责难，令他非常生气，并自有一套说辞：我不能给你们我没有的东西。如果我不首先想到自己，赚取更多的钱，让自己先富起来，我哪来钱给你们用呢？

俞华的存款越多，便越想赚更多的钱。不像他的弟妹们，购买彩票祈祷菩萨让他们中大奖。他不可能祈祷上帝帮忙，于是便用钱来生钱，为自己的未来筹集投资资金。

俞华讨厌他的弟妹们只想着过舒适安逸的生活，却又不努力。沉浸于舒适的生活，对俞华来说，无异于是毁灭性的。他养成在不确定性中寻找安慰，努力工作赚钱。当他拥有一百万美元，下一个奋斗目标，便是一千万美元。为什么不呢？

大多数人与金钱之间，似乎存在着功能失调的对抗关系，看待金钱像敌人一样，总觉得金钱是稀缺的，钱很难挣，而且难以持续并一直拥有。所以中国流传着"富不过三代"的俗语，所谓的一代创，二代守，三代耗，四代败。

俞华则不这样看。他视金钱为最好的朋友。钱能帮助他建立更强大的关系网，甚至当健康出现问题，钱还能挽救他的性命。其实摆在他面前的唯一难题，是选择投资什么商品才能赚钱，这是一场游戏竞赛，他一定要赢得胜利。

不过俞华深知，推动金融市场的主要情绪，是贪婪和恐惧。他自忖深谙投资之道，不会受制于这两种负面情绪，入行股市十几年，可以说是赚多赔少。他赢得胜利的投资策略，就是用很少的启动资金，利用杠杆原理放大投资，来积累财富。他对杠杆的期货游戏，已经到了痴迷的程度。可事实上呢，他像美国的西部牛仔，赢得多，输得也惨。

就在华龙航空与塞斯签署期货合约期间，国际油价飙升到最高点，俞华不想错过这个绝佳的时机，期望利用杠杆大赚一笔。为了避免利益冲突，他不能直接做多原油，便自信地选择做多咖啡期货。

俞华选择咖啡作为原油参照物，来确定期货的价格走势，自然有他的道理。

由于世界万物都是息息相关的，有些是相辅相成的关系，有一些则此消彼长，属于统计学上所称的正负相关，像房地产和银行贷款利率之间，就属于负相关的关系，只要银行贷款利率向上升，房价就会下跌，股市也一样，像纽约和伦敦的股市就是正相关，伦敦股市相比纽约早五个小时开盘和收盘，通常只要伦敦股市上涨，纽约股市也会跟着上涨。

俞华擅长统计学的方法，明白投资收益高低的根本原因，就在于各种因素之间的相互影响。只要他的选样有效，就可以根据过往的金融数据，来推断各个事物间相互影响的程度，究竟是一比一，还是一比二。

咖啡是全球第二大宗交易商品，交易量仅次于国际原油，从技术层面上来看，两者碰巧都是深褐色，原油是一种液体矿物质，人们用它能不停地移动，咖啡豆则是一种农作物，喝了它能保持清醒的头脑。

但是，从经济层面来分析，咖啡作为大宗商品，便意味着买卖的方式与原油相同，买方的目标是尽可能以低价买进，再以高价出售，而咖啡的投资者和炒家，是根据咖啡市场的供求关系来定价的。

俞华太自信，他过高估计了自己的能力。

全球共有四个主要的大宗商品交易市场，包括纽约期货交易所、大阪关西交易所、新加坡商品交易所和伦敦泛欧交易所。黄铜与小麦，黄金和农场，曾经是正相关的期货拍档，现在却被原油和咖啡所替代，它们的价格就像是一对好"兄弟"，上下起伏，紧密相关。

精明的俞华经过研究发现，去年五月中旬，原油下跌百分之十五，咖啡在第二个交易日，也下跌百分之十五。随后，原油触底回升上涨百分之二十二，咖啡也跟着上涨了百分之二十，咖啡和原油的相关性，在图形上的起伏波动，甚至以小时来计算。

当塞斯和华龙航空的往来账户上，应收款逐渐增加，俞华跃跃欲试，等不及地进场做多咖啡。他认为，咖啡和原油这一轮价格波动，应该是美国超宽松货币政策引发的现象，应该尽快趁机大捞一笔。

不过，宽松货币政策影响金融市场的巨额波动，有一个"开启"和"关闭"风险的分水岭。通常"开启风险"是在大宗商品和股票上涨，以及债券下跌的时候，当谨慎行为盛行市场了，风向改变为"关闭风险"。

然而从理论上来说，当借贷成本上升了，投资者会转变投资策略，将采用"小米步枪"，而非"大炮"狂轰滥炸的策略。因为"小米步枪"成本低廉，虽说杀伤力小，但是目标精准，每一颗子弹都能消灭一个敌人。

这个理论听起来似乎很合理，但是却不适合咖啡的特性。因为咖啡的价格受多种因素的制约，首先是供应量的变化，对价格的制定具有决定的影响，是短期价格变动的决定性因素。市场的主要焦点将集中在巴西、泰国和哥伦比亚，这些主要的咖啡生产国。

如果咖啡最大的生产国巴西，一旦政府决定储存大量的咖啡豆，短期内便会拉升咖啡豆的价格，大量释放咖啡豆，价格便会骤降。不过巴西政府担心其他咖啡生产国强占市场份额，轻易不会使用这一招数。

谣言，是咖啡投机客防不胜防的意外因素。当咖啡主要出口国的码头工人，传出将要罢工的谣言，市场预期心理会造成库存增加，因此可能导致短期内抬升咖啡豆的价格。而且咖啡豆主要生产国，大多是发展中国家，罢工谣言时有所闻。

压垮俞华的最后一根稻草，并非上述因素，而是气候的变化。

因为植物的生长受制于气候状况，还有害虫的侵蚀，咖啡树的生长也一样。虽然拉丁美洲的多数国家气候温和，降雨非常稳定，只有巴西的气候不太稳定。每年的六七月份，是巴西的霜降季节，因其产量丰硕，在咖啡市场的地位举足轻重，霜害便成为影响价格的重要因素。

俞华预测到了巴西的霜害，会致使咖啡豆的价格飙升，却没料到一场百年不遇的金融风暴，使得冬季成为北半球咖啡豆最大的消耗季节，订单骤降影响价格飙升。

随着原油价格的暴跌，投机客疯狂抛售，"关闭风险"的分水岭立刻决堤，"开启风险"。他们卖掉手上的咖啡持有量，即使春季达到几十年的高点，也仅仅持有一个做多的净头寸。咖啡价格从最高点的每磅1.5美元，跌破1美元大关。

殊不知，每磅咖啡豆售价需要高于一美元，咖啡小农才有利润可以回收，也因此当咖啡豆跌破一美元关卡，便会造成咖啡生产国的紧张与施行储存剩余豆子的措施。

俞华的保证金账户内，时刻处于不够用的状态，经纪人的催缴电话又不断打来威胁，再不缴纳保证金，就要强行平仓。他连着三个交易日，分三次，补充了五千万保证金。自此之后，他的账户内可以动用的资金，一直是负数。

俞华赌红了眼，不肯服输，像他这样老资格的投资专家，股市就是一架提款机。他所有的身家不都是赢来的吗？他不能输掉这一切，便决心再赌一把。他首先想到年底的高额奖金分红，说不定能帮助他躲过一劫。

很可惜，俞华的努力是徒劳的，咖啡期货连着三天，都跌停百分之八左右。他的精神防线彻底崩溃，那是十倍的杠杆，一晚亏欠三千万港币，总共亏损九千多万港币。

他没有能力再翻身了。

凌晨一点，外面冷风阵阵，细雨霏霏，俞华穿着一身笔挺的西装，离开家里，在大街上拦下一辆计程车，直奔丽思卡尔顿，入住酒店的十楼，他的幸运数字，一〇八号房间。

在俞华生命的最后时刻，他坐在顶楼的OZONE酒吧，白兰地一杯接一杯，直往肚子里灌下去。

凌晨两点，俞华返回客房，没有丝毫犹豫和踌躇，从窗子隔火层的位置攀过围栏，香港醉人的景色也仿佛空无一物，毅然决然地纵身一跃。他笨重的身体头朝下，坠落，坠落，压碎大厦十余层凸出的玻璃窗，最后倒卧在环球贸易广场的士站附近。

钱，可能是通往幸福的途径，但是幸福的生活，用钱是买不来的！

海军怀揣俞华的遗书，以及那把银行保险箱的钥匙，心想：俞华对不起的不是我，而是他自己。这个家伙自负，傲慢，贪婪，指望炒咖啡期货赚快钱，一整堵墙似的大钱，结果那微小的铜钱，渺小到就像煮咖啡滴滴答答流下来的咖啡。

没办法，俞华做假账的严重事件，海军在不知内幕的情况下，例行公事走程序的时候，在年报上也签了字。俞华曾是他信任的部下，出了这种事情，他负有不可推卸的责任，自然会被牵扯进去。

海军相当好奇，银行保险箱储存的多半是隐私物品，俞华藏着什么宝贝东西，临了托付给了他。当天，他便去银行查看。打开保险箱的盒子，他看着一摞拜士达的公司文件，俞华在附件中所做的解释，他读着读着实在吃了一惊。

俞华顾不得与沈丁的深厚私交，抓住沈丁的短处——因避税与塞斯妥协签署对赌协议。他威胁、利诱连带着逼迫，胁迫沈丁签字，在开曼群岛注册拜士达有限公司，不惜做假账，篡改华银的年报。

这样一想，海军虽说同情俞华的遭遇，可不知怎么的，心里却窝着一股火。他的两个得意部下，竟然背着他，暗地里干着不可告人的勾当。他先前的猜测被证实了，他们背叛了他。

他开始有了不祥的预感。华龙航空巨额亏本的交易，再加上华银的假账事件，变得相当棘手，种种迹象显示上头会派工作组下来，调查追踪华银所有的业务和交易，到时候他是如实地向上级汇报，还是编造理由来推脱搪塞？抑或……

海军心里有了主意。

但是他转念又一想，修改华银报表的真相，昭阳是知道的。如果他对此事处理不当，是否会产生副作用？他可不是落井下石的人，昭阳要是这样看，便失去一个真正信赖的人。他的损失可就大了，风险管理部缺少昭阳这样的灵魂人物，岂不是聋子的耳朵，成为摆设了吗？

海军立刻想到了萧燕。昭阳和萧燕的交情非同寻常，把他们同时约出来吃饭，他在席间倒是可以试探一下昭阳，对整起事件的看法，旁边坐着萧燕，谈话会轻松方便多了。时间紧迫，刻不容缓，他必须尽快拿出对策。

这天临下班，海军来到昭阳的办公室，站在门口问道："昭阳，小巍今晚回家吗？"

这些天来，昭阳是忙得不可开交，公司的几位高层干部，几乎天天窝在会议室里开会，想对策寻找解决问题的方案，有时候一直要到深夜才能回家。上个周末，他只好把小巍托给西蒙照看，答应孩子这个周末飞杭州，去看望袁婕。所以他反问海军："小巍在寄宿学校，得周末回家。怎么，你有事儿吗？"

海军连忙说："你跟我走，去铺记。燕子回到电视台上班，难得今晚有空，咱们好好儿聚一聚。咱得赶紧走，要是她先到了饭馆，不定怎么唠叨呢。"

就这样，昭阳被海军拉到饭店，萧燕果然已经坐在那儿，见了海军白他一眼，故作生气地说："哼，真是的，说是请我吃饭，是真心请我吗？这么晚才来。"

海军看着昭阳，两人相视一笑。

海军抱歉地笑道："对不起，我的姑奶奶，行了吧。"说罢，左手拉开椅子示意昭阳坐，自己顺势在萧燕旁边坐下了。

萧燕满意地笑了。

"我说，这平白无故的，你怎么想起请我来了？"

"咱们多久没这样聚会了？上回一块儿吃饭，好像是在纽约吧，昭阳？"海军转过头来，看着昭阳问道。

昭阳微笑着回道："没错。因为华银购买三A债券的事儿，我们在纽约的华银总部，小聚过一回。"

他清楚地记得，那个时候，萧燕刚和陆达龙办完离婚手续，便决定变换一种生活方式。她卖掉长岛的房子，辞去投行的高薪工作，接受凤凰电视台经济频道的邀请，来香港当起了节目主持人。

他相当佩服她的勇气。当时，适逢金融海啸爆发前夕，萧燕完全可以利用自己的资源，为海军牵线搭桥做几笔债券交易，凭着合法的佣金和奖金收入，舒舒服服地享受下半辈子。

也就是那天，他出于战略上的考虑，向海军提出自己的建议，牢牢掌握国家资源和优质实体不松手。金融市场也暂且不要对外开放，包括人民币汇率，筑起一道铜墙铁壁，使金融集团的阴谋不能得逞。而石油是国家发展离不开的工业血液，当美国要求中国购买债券时，中国可以讨价还价，提出购买美国控制的资源——石油。

然而结果却似乎不尽如人意。但是，他觉得自己的建议大方向并没有错，今后国家的安全保证，还是要依靠实业。实业是皮，金融是毛，皮之不存，毛将焉附。金融的本质是服务实业的，没有实业的发展，金融只能是华尔街的炒作游戏。

一瞬间，昭阳内心浮想联翩，发生在去年的事情，回想起来竟恍若隔世般，连海军说了些什么，都没有听清楚。

"韩昭阳，你在想什么呢？一副心不在焉的样子。"萧燕善意的呵斥声，打断了昭阳的思路。

"哦，我刚才在想，这一年多来，发生的事情太多。像我们这样聚在一块儿，好像挺奢侈的。"昭阳感叹地说。

海军点了点头，立刻附和道："是啊。我刚才跟燕子说，今天我请你们过来，一来是燕子恢复了记忆，值得庆贺。这二来呢，有些事情我想跟你们商量。"

海军的话音刚落，包间外面传出一些动静，是女侍者打开房门，端上来三个冷盘，一瓶红酒。她拿起红酒，意欲给大家斟酒。

"谢谢你，我们自己来吧。"萧燕笑着，从女侍者手里接过酒瓶，朝海军和自己的酒杯倒了半杯酒，却在昭阳的杯中只倒入小半杯。

"燕子，昭阳不善喝酒，你倒还记得呢。"海军开了一句玩笑。

萧燕不自然地放下红酒瓶，故作生气，狠狠地白了海军一眼，仰起脸尴尬地笑说："要你管？多管闲事。"

"好好好，我不管。但是我的事儿，你得替我想一个两全之策。"于是，海军打开话匣子，道出了俞华自杀的内幕。说完，他看着萧燕，其实是在等待昭阳的反应。

萧燕首先坐不住了，红酒杯握在手上晃动起来，不相信地说："沈大哥不是这样的人，他不会为了这么点诱惑，做出对不起你的事儿。"

海军两手一摊，无奈地说："我也不愿意相信。但事实摆在那儿，不由得你不信。"

这时，昭阳开口说话了。

"萧燕，你也知道，原本我只想把莫里森送进监狱。前些日子我告诉你的事儿，全都是涉及莫里森的。刚才海军提及关于沈丁的事儿，我这儿有证据，能证明沈丁签订石油期货合约，背后确实存在利益输送交易。我也是因为调查莫里森，无意间获得这些资料的。我不想成为告密者，所以这件事儿被我压着，我觉得海军总有一天，会通过自己的方式知道。但是，俞华事件惊心动魄，如果我再知情不说，就等同害死俞华的帮凶。因此，我必须说出真相。"

萧燕瞪大眼睛看着昭阳，海军也是一脸懵懂的模样，两人不约而同地问："你有什么证据啊？"

昭阳见了他们的样子，心里有些小得意，便娓娓说起请侦探调查车祸案的全过程。当然，为了不使萧燕对他产生误会，在叙述的时候，他着重强调莫里森的恶劣行径必须受到法律制裁，而省略了担心她的焦急心情。

然而，昭阳越是不提这些，萧燕听了越是感动，他是爱护她的，只是以另一种方式在爱着她，这种爱要比男女之情更为长久。这样一想，她内心充满温暖喜悦的幸福感。不过，萧燕克制和掩饰着真实的感受，手里握着红酒杯，满不在乎似的喝红酒。但她看着昭阳的近乎崇拜的眼神，被海军发现了。

此时，海军的心情相当复杂。昭阳道出的实情，使得一切都真相大白了！他也爱护萧燕，那是大哥般的关爱。萧燕至今还爱着昭阳，这无疑是自讨苦吃，将来还有谁能够走进她的生活？不过他不得不承认，昭阳确实有男人的魅力，居然动用私家侦探破案子，对莫里森穷追不舍，就好似一串大闸蟹，连带着把沈丁和俞华的事件，也调查得八九不离十。他颇为吃惊。这是他万万没有料到的。难怪萧燕会死心塌地爱上昭阳。

有了昭阳的录像作为证据，上头要是来人调查，责任显然都在沈丁和俞华身上，这要省却他的多少口舌。而且，妮娜和狄龙的关系非比寻常。海军曾经吩咐过沈丁，委托妮娜的丈夫以私人公司的身份，协助华银收购海外的能源公司，这个计划必须马上中止。

只听昭阳颇为担心地说："海军，今天的新闻你看了吗？最近内地反腐之风刮得很紧，尤其对于海外收购案的投资项目，中纪委已经对另一国企的老总，展开全面调查。在这种风声鹤唳的时候，石油期货合约的事情还未了结，公司又一连出了几起人事件，你看这把火会烧到华银吗？"

海军当然意识到了，中纪委对石油相关企业的反腐整顿，完全可能发生在华银。他早已嗅到危险的气息。实际上，昭阳提及的另一国企的CEO老陈，他也是认识的，两人经常在行业汇报会上撞见。

两年前，老陈领导的弘大石油钻井公司，在加拿大阿尔伯塔的项目投资成本高昂，花费一百亿美金收购了一处油砂田的所有股份，并对油田进行一系列的整顿投资。不过原油价格的大幅下滑，使得弘大措手不及，原油上游行业极度依赖油价，低油价令盈利非常艰难，已亏损了八亿美金。

弘大在阿尔伯塔的巨额投资，因为设备老旧，在收购之前发生过恶性火灾事故。油砂田这项投资造成的巨大亏损，老陈作为公司CEO，却说不清楚中间的财务细节。经过上级派人对项目进行投资评估，发现弘大是通过控制一家避税天堂——英属维京群岛注册的空壳公司，接管了油砂田的生产作业管理，无须披露董事和股东情况，包括财务报表。而曾经对项目进行投资评估的负责人，又因收受巨额贿赂正在接受调查，事情的发展越来越复杂，简直是扑朔迷离。

他可不愿像老陈那样，落得如此被动的局面。幸亏昭阳的信息来得及时，否则在这个节骨眼上，他很可能惹上麻烦。想到此，海军把酒杯往边上一推，试探地问萧燕："燕子，俞华已经不在了，处理他的事儿已经没什么争议。如果你在我的位子上，对沈丁的事儿，你会怎么处理？"

海军希望自己想说的话，能通过萧燕说出来，才不会使昭阳觉得，他是无情无义的人。

萧燕是什么样的人，昭阳的心里太清楚了。她根本不用言语，他便知道她会说些什么。

当年，萧燕的前夫陆达龙从内地带着业绩凯旋，在纽约的巴莱总部，特地请他出来喝酒。

酒过三巡，陆达龙借着酒劲，诚恳地说："昭阳啊，我佩服你有知识分子的良心，但是这年头谁在乎良心？赚钱最实在。钱是男人身上的血，有了钱，男人才能血气方刚；有了钱，我才有魅力降服萧燕。萧燕的家人才会对我刮目相看！"

当时他带着同情的眼神，纠正着陆达龙的话："男人的血性不是靠钱来支撑的。再说萧燕并不贪财。她嫁给你的时候，你有钱吗？你只是一个穷学生！"

陆达龙却反驳说："现在的女人就是喜欢有钱人。女明星都想嫁进豪门，以钓到金龟婿为荣。女人读书为了什么？还不是为了抬高身价？给你看样东西，我给萧燕的礼物。"

陆达龙拿起公事包，打开后取出一只浅绿色的小袋子，又从袋子里拿出一个浅绿色的小盒子，在他面前一晃，感叹地说道："萧燕的确与众不同，所以我就更不能辜负她。为了她，我什么都愿意做。这趟中国之行，我赚了一票，我看来看去选中这个礼物，你看……"

他接过盒子一瞧，见盒盖上印着"TIFFANY & Co."。他打开盒盖，又是一只盒子，深藏青色。

陆达龙用眼神鼓励他揭开盒盖。他打开盖子，一颗剔透耀眼的钻石戒指立刻在酒吧幽暗的灯光下光芒四射。他不由得赞叹："你从哪儿学来这一套，怎么想起买这玩意儿？"

陆达龙得意极了："连你都吃惊了，萧燕肯定会喜欢。不瞒你说，我请教了公司的女同事，她们都介绍我去这家珠宝行。猜猜看，多少钱？"

那个时候，他从来不逛奢侈品店，心里当然没底了，便随意说了个数字。

陆达龙摇摇头示意他再猜。

"两千美元？"他猜测。

陆达龙不屑地瞥他一眼，一字一句地说："两万美元！"

陆达龙见他很吃惊，便接着说："还有比这更贵、更好看的钻石，等我赚了大钱再买，萧燕值得我付出。"

"天哪，这个钻戒能买半间合作公寓了！"他不禁脱口而出。

陆达龙夸耀道："现在你知道我有多疼她了吧？"

当萧燕得知陆达龙的言行，因为价值观的差异，她选择了离婚。那天他和萧燕去波士顿出差，晚上她在宾馆的酒吧，醉得不行了。他好不容易送燕到客房，安置她睡下。

当他转身准备离开时，萧燕央求道："昭阳，不要离开我——"

他站定，犹豫着要不要转回身去。猛一抬头，梳妆台上的镜子，把他的窘态逮了个正着，便暗想：萧燕都不怕，我怕什么呢？

他勇敢地转身，看着床上的萧燕。

"你怎么不问我，我为什么要离婚？"萧燕说。

他沉默不语，心想：我怎么知道呢？

萧燕坐了起来，看着他恨恨地说："你知道，你早就知道这一切。你害怕我离婚。你怕我扰乱你的婚姻。我不离婚，你就心安了，是不是这样？是不是，你说呀？"

他被萧燕数落得摸不着头脑，便直愣愣地望着她。他们互相对视，谁也不说话。片刻之后，他问："达龙怎么你了？他最近并没有和我联络。我觉得达龙挺爱你的，他什么事都愿意为你做，你去香港之前也说了，要给自己一次机会。我以为你们俩和好了。我什么都不知道，你倒是说清楚啊！"

萧燕以咄咄逼人的口吻说："你说，他送这么贵重的戒指给我，哪来的钱，你敢说你不知道？"

他自嘲道："我是达龙最讨厌的人，他赚钱的来路，怎么会告诉我呢？"

萧燕生气地说："你——你们都不是好东西！达龙明明告诉过你，因为大信上市没有采用荷兰式拍卖法，他因为绿鞋选择权获得重奖，那个戒指你见过的。荷兰式拍卖法是谁弄砸的？别告诉我你不知道。"

他只能为陆达龙辩护说："这我知道，但责怪达龙一个人，似乎不公平，他的能耐不可能大到——"

萧燕连连摇头："你别否认，是他扣动的扳机。这两年，他扮演的角色太可恶。现在他跟着莫里森，顶着大投行亚太区执行总裁的头衔，帮助金融大鳄招摇撞骗。他明明知道股价被高估，却偏偏利用媒体，诱惑那些不懂的股民在高价时买入，让他的财团可以趁高脱手，还回来跟我强辩，口口声声说，谁教那些散户愿意被骗，愿意当傻瓜！我算看清了他的真面目，他充其量，不过是华尔街的一条走狗。"

他无言以对。

"他怎么可以这样？姑且不论他昧着良心赚黑心钱，但他这样做在美国是要坐牢的。有多少老人把退休金砸在股市里，那天电视新闻里说，有个老伯把毕生的积蓄全赔掉了，人倒在证券行的地上，再也没有起来。所以他送我戒指，我根本无法接受。我拒绝他，他就——他就骂我不要脸，心里想着别人。那天晚上，他喝得醉醺醺，手里拿着一只礼盒，趁着酒兴，发疯一样向我扑过来，逼我戴上他买的戒指，我说什么也不肯戴。他气极了，说你看不起我，你是我的，你是我老婆，我要你怎样就怎样，他居然把我……"

萧燕说不下去，两手蒙着脸哭了起来。她爱憎分明的脾性，是在成长的特殊环境中养成的习惯，轻易不会改变。她和陆达龙最终以离婚收场，也是意料之中的事情。

果然，萧燕与沈丁的私交是很不错，但是听见海军发问，却毫不犹豫地说："这还用问吗？王子犯法，与庶民同罪。沈大哥太让我失望，叫他以后还敢这样吗？"

"昭阳，对这事儿，你怎么看呢？"海军又掉头，微笑着发问。

事情发展到了这个地步，昭阳是彻底地看明白了，沈丁要被海军给淘汰，很可能变成第二个汤姆，心里倒有些同情起沈丁了。不管从哪个角度来分析，沈丁签订期货合约的出发点，是为公司利益考虑的，只是没有战胜金钱诱惑，被狄龙利用诡计拉下了水。可是明面上，他不便多说什么，于是看着海军回答说："一个人的能力多大，责任就有多大，肩负责任是很艰难的事情。我觉得萧燕说得没错。"

海军听了昭阳的话，放宽了心。他举起酒杯，对昭阳和萧燕说："我不会像晋文公'诡而不正'。为了不影响沈丁的工作，更好地共同对付莫里森，咱今晚的谈话，最好不要跨出这间包厢。"

昭阳和萧燕也举起酒杯，异口同声地说："当然。"

说罢，三个人把酒杯送到嘴边，将杯中红酒一干而尽。

第十三章　证据确凿，绳之以法

　　夜色已深，沈丁从办公室返回家中，一屁股坐在客厅的沙发上，连灯也懒得开。他就这么安静地坐着，闭着眼睛一动不动，听见手机来了短信的铃声，也都懒得去理会。

　　半晌，沈丁听见肚子在咕咕作响。中午他在会议室吃过一个便当，之后就什么东西也没碰，简直是饥饿难熬。可是他又一点胃口都没有。今天在会议室里，他发现韩昭阳投射过来的眼神，充满善意，不似以往那样咄咄逼人，甚至带着威胁。

　　沈丁感到挺奇怪的，心里没底，反倒更觉不安了。好在海军对他的态度没有改变，这让他稍感安慰。

　　可是，韩昭阳为什么要对他表示善意？

　　这个问题一直萦绕在沈丁的脑际，挥之不去。韩昭阳是想跟他套近乎吗？不像。他现在问题缠身，没了利用价值，大家避之唯恐不及。倒是俞华和狄龙利用他的秘密，胁迫他做交易。韩昭阳会像他们那样吗？他觉着似乎也不像。先排除这些猜测，他自信，他给狄龙输送利益的隐秘交易，韩昭阳是不可能知道的。

沈丁转念又大胆地猜测，难道是海军对我失去了信任，韩昭阳同情我的遭遇？如果是这样的话，一切便解释得通了，今天海军突然说，暂时取消委托妮娜的海外收购计划，理由是等待时机成熟再说。

现在仔细地回味起来，这个理由太牵强。往日跟他敞开心扉，什么话都能聊的老朋友，在海外收购案的重要事情上，仅用一个简单的理由敷衍打发他，相当反常。

这时，沙发边的茶几上，恼人的手机铃声又响了，他的饥饿感更加强烈。谁呀，这么不依不饶，接二连三不断地给他发送信息，有急事不会打电话吗？他心想。

沈丁从茶几上拿起手机，懒洋洋的，一边走向厨房，一边看短信，是从他的电子邮箱转过来的。

这一看不打紧，竟把他惊得忘了饥饿。手机上写着几行字，重复地挂满整个屏面：人在做，天在看；只要做了，必留痕迹。赶紧溜吧！哈哈哈哈……

通常来说，手机上的信息，也同样会在电脑上出现，是黑客入侵电脑了。

沈丁返回客厅冲进书房，迅速翻开笔记本电脑按下开机键，想从电邮箱里找出制造恶作剧的大混蛋。

可是，这像是黑客的恶作剧吗？无缘无故的，人家干吗要这样做呢？电邮留言分明是有所指，还建议他逃走。很显然，他和狄龙的秘密交易被发现了。而且海军一定知道，所以才会叫停他的海外收购案，两者之间绝非偶然的因果联系。

沈丁皱起眉头，再次回味着韩昭阳的眼神，那种带有同情和怜悯的目光，由事及理，寓意深刻。他确定，韩昭阳知晓海军的全盘计划，以及"干掉"他的行动。而他却成了圈外人，像个傻子似的被瞒得死死的，这是要稳住自己逮个正着啊！

海军背叛了他。

这深深地刺痛了沈丁的自尊，内心充满了愤怒。此刻他有点失去了理智，就好似非洲的罗非鱼，饿着肚子奋力往前游，只为吃上一口海藻，却甘愿冒着生命危险，去进行一场死亡游戏。

不过这冲动的情绪仅持续了几秒，沈丁马上冷静下来，他想起了自己的父亲。一次，他听见父亲在饭桌上，感叹遭受隔离审查的境遇，竟自言自语道："人情似纸张张薄，世事如棋局局新。"

从眼下的形势来分析，他已经被逼向了危险的悬崖边，应该往后退一步才符合情理。"别人对我不仁，我不该自己跳下悬崖，做出不义之举。我的老婆需要我，还有尚未出生的孩子需要抚养。生命如此宝贵，我绝不做第二个俞华。"

那么，这个黑客又是谁呢？给他发送信息是出于好意，还是另有不可告人的目的？

现在对方已占尽优势，他又无法化解和掌控局面，留下的只有三条出路：束手待擒；请求海军的原谅；逃到美国去。

但是，何时走？怎样走？

沈丁双手交叉抱胸，在书房来回走动，比较着三条出路的优劣：束手待擒无疑是彻底失败，所有脏水都会往他身上泼，他不甘心；请求海军原谅说明已失败了一半，乞求别人的施舍，他咽不下这口气；只有逃跑不能算失败。逃跑，也可以解释为撤退，说不定还能反败为胜。当然，他只是暂时避免与海军正面交锋，并非消极地逃跑，可以说是以退为进。

沈丁当下决定了，"三十六计，走为上"。不管黑客出于何种居心，听从建议"赶紧溜"，应该是最明智的出路。为防夜长梦多，他从抽屉里拿出护照，带上事先留好的现金，趁着月色离家，在街上拦下出租车，往机场方向开去。

就在沈丁逃离香港的深夜，狄龙却独自待在办公室，特别的兴奋。今天，他的宝贝女儿在纽约结婚。此时纽约恰好是正午时分，天空湛蓝，云朵的轮廓非常清楚，白云低得好像伸手就能触摸到似的。

狄龙渴望和期待女儿过上幸福的生活。他在办公室，通过电脑的MSN

视频，见证女儿婚礼的全过程。当然，他心里最大的遗憾，是工作缠身不能亲临婚礼现场，亲自把女儿的手递到另一个男人的手里。不过他的大礼是送到了：给女儿买房的首付——一百万美元，是他推销石油期货合约的年终奖。

他女儿也非常感恩，特别安排了一个节目，把她在成长过程中与父亲的合影照片，一张张地投放在教堂的大屏幕上：他充满爱怜地怀抱着嗷嗷待哺的女儿，搀扶着女儿蹒跚学步、学骑自行车，参加女儿的小学和中学毕业典礼……女儿渐渐长大，变得越来越自信，越来越漂亮。

反观他自己呢，从青壮年到中年，因抵挡不住自然法则而日渐老去……他们父女的合影，突然定格在他来香港的谋生路上。见此，他热泪盈眶，感慨在自然法则面前，自己是多么无奈。

狄龙专注地盯着电脑荧屏，女儿穿着洁白的婚纱，幸福地微笑着，纯洁得像一个天使。他舍不得漏掉一个镜头，甚至也忘记了烦恼，完全无视手机上传来的信息。

等女儿的婚礼结束，狄龙这才惊奇地意识到，黑客在他的手机和电脑信箱内，发送了一堆留言。他滑动鼠标，随意地点开一封电邮，顿时惊呆了。邮件上写道：

人在做，天在看。你是莫里森的帮凶，请赶快去自首，或许还可以减刑，揭发真凶更可以成为污点证人。否则，后果自负！

这封邮件字数倒是不多，但这些字却重复不断，铺满了整个荧屏，密密麻麻地让人瘆得慌，折磨着狄龙的灵魂。

就在刚才，狄龙还觉着仿佛身在天堂，享受着无法用语言来形容的愉悦。刹那间，他犹如掉进地狱，饱尝苦涩、痛苦和后悔的煎熬。他曾经庆幸，制造车祸的时候心思缜密，事前做足了万全的准备。一路上，他在跟踪萧燕的时候，身边带足了现金，喝咖啡，买三明治，全部以现钞结算，就是为了不留下作案的痕迹。

狄龙怎么也想不通，制造车祸干掉萧燕，只有他和莫里森知道事情的内幕。陆达龙也只是根据莫里森的只言片语，猜测是莫里森所为而已，对他根本不构成威胁。

他早就想过了，即便莫里森倒打一耙，把他供出来交给警务处，也没有足够的证据能证明，他就是肇事司机。反倒是他抓住了莫里森的把柄，只要他指认在作案的当晚，他联络莫里森使用的公共电话，有电信公司的记录佐证，车祸的真相便会大白。他推测，不可能是莫里森出卖他，他们是坐在同一条船上的人，处境相同。

此外，还有谁会知道呢？发送电邮的黑客又是谁？此人究竟知道些什么内幕？

这一夜，狄龙倒在大床上，翻来覆去无法入睡，深陷冥思苦想的漩涡中。他不敢使用手机联络莫里森，担心黑客窃听。也不敢用自家的电脑上网，怕黑客获得更多的信息。他想到了使用老方法，去公共电话亭向莫里森打探消息，又唯恐对方的电话被窃听。就这样，他辗转反侧，百思不得其解，究竟是哪一个环节出了问题。

难道是妮娜吗？

狄龙想起来了。前些天，他约了妮娜在酒吧，希望利用她的关系，劝说华银集团撤诉，否则他的日子就不好过了。她建议他跳槽，不必在一棵树上吊死。

他当时酒喝多了，一不小心，说漏了嘴："太迟了，我已经和莫里森拴在一条船上，我替他杀过人。"

他记得，妮娜因为惊吓脸都变了形，两条眉毛快拧到一起了，不安地问："杀人？你开玩笑吧？"

他躲闪着妮娜审视的目光，只能心虚地说："我当然是开玩笑，你还当真了。"

恰好此时，妮娜的手机铃响，这才让他躲过一难。妮娜后来倒是没有再追问这件事情。但是，这并不代表她不会心存狐疑，把他的"玩笑"说出来。也有可能她说者无心，而听者有意，他成为黑客的攻击目标。不过妮娜的身边有些什么朋友，他早已摸得门清，最常往来的一班朋友，就是萧燕以及华银的那帮高管。

黑夜中，狄龙睁着两眼躺在床上，把妮娜的那些朋友过筛了一遍，掰着手指排来排去，最具备黑客能力的人，风险控制的行家——韩昭阳。

不错，要是把韩昭阳放在他们的对立面，一切都变得合乎情理了。那天在酒吧里，韩昭阳假意地跟他套近乎，向他公开赔偿金的计算数据，实际上是与他斗智斗勇，坐实塞斯为华龙量身定制的合约，从一开始就具有产品定价的欺诈性质，是一款高风险的金融产品。

韩昭阳这个家伙太狡猾了，还"真诚地"对他千叮咛、万嘱咐，说这些证据不会作为呈堂证供。事实却恰恰相反，这些证据一定会摆上法庭，展示给法官看，这场官司塞斯是输定了。

也难怪，莫里森早就把韩昭阳视为鞋里的"石子"，硌得慌，欲除之而后快。是他一直拖延着，迟迟未动手。因为上次作案，他已做足了万全的准备，结果还是夺走两个无辜的生命，这个附带损失代价外大。为此他曾经换位思考过，她们也是别人家的女儿，父母的心肝宝贝。换作是他的女儿车祸死了，凶手逃逸，他无法想象，自己会做出什么可怕的事情。

想到此，狄龙再也等不及了，毕竟是做贼心虚，必须当面与莫里森统一口径，共同商量对付韩昭阳的对策。第二天清晨，天刚蒙蒙亮，狄龙便兴冲冲地来到莫里森的家里。

"狄龙？"

看见狄龙站在房门外，莫里森吃惊得原本想说："天刚亮，你来我家干什么？"但是，昨晚电脑上那些讨厌的留言，折腾得他一宿没睡好，正想找狄龙问个究竟。于是，他顺手关好房门，压低了声音说："你来得正是时候，我正想找你。"说着，两人来到门前的街道旁。

此时，一只蜻蜓绕着莫里森的房子，在高空来回飞行了几圈，最后落在屋檐上，静静地趴着不动了。

莫里森和狄龙都处于极度紧张的状况，根本没有意识到，他们头顶上趴着一只蜻蜓。

　　"你大清早来找我，你的电脑也被黑了吗？"莫里森一副慌张失措的样子，带着羞怒的口吻问狄龙。

　　狄龙从来没有见过莫里森这副模样，想着昨晚日子不好过的人，也并非只有他，因此而大笑起来，笑得连腰都直不起来了。

　　"你他妈的笑什么？"莫里森恢复了往日的暴虐脾气，厉声地质问狄龙。

　　"不是。你这个样子，我很不习惯，你知道吗？"狄龙笑道。他也是因为惊恐过度，才会失控地反常大笑。

　　"你快说，你是为电脑黑客来的吗？"莫里森命令道。

　　"是的。我的电脑昨晚也被黑了，而且我知道是谁干的。"

　　"他是谁？不会是韩昭阳吧？"

　　"我猜是他。你想，他是电脑专家，跟我们又是死对头，不是他还会有谁呢？"狄龙说道。

　　莫里森对着狄龙，喋喋不休地咆哮道："我猜也是这个王八蛋。他骂我是杀人犯，说萧燕的车祸案，我是幕后操纵人。我欠下三条人命，真他妈的见鬼，车祸分明是两条人命嘛，加上他韩昭阳，才凑足三条人命——"

　　莫里森说到激动处，见一旁的狄龙走神了，默不作声，似乎没有听他在说话，顿时气不打一处来，刚想张口开骂，只听狄龙问道："你当真要干掉韩昭阳？我还不确定——他就是黑客……"

　　莫里森不耐烦地手一挥，然后指着狄龙说："我不管。他是我们发财的挡路石。我早就让你行动了，你他妈的总是找理由推脱。狄龙，你可别忘了，年底的大红包，我可是给了你，接下来的事情，你看着办。"

　　狄龙摇着头，立刻推脱道："不行，莫里森。韩昭阳不是萧燕，你让我一个人对付他，我办不到。除非——你协助我。"

　　狄龙下定了决心，决不再单枪匹马，去完成高风险的任务。今时不同往日，他不是一条听候主人差遣的狗，女儿已经结婚，自己是光棍一条，不必走在钢丝上讨生活。今天他过来找莫里森，是共同想办法对付韩昭阳，并非采取极端的手法，用暴力解决问题。他很清楚，莫里森擅长兵不血刃，杀人于无形，像是逼迫汤姆·克雷格自我了断，也差不多把他逼上悬崖——制造车祸干掉萧燕。莫里森不会亲自动手，让自己手上沾满血腥，只要他狄龙采取拖延战术，一切便会按照他的方法进行。

"行啊。我们想其他的方法，我要叫他生不如死。韩昭阳不是有一个儿子吗？我们用他的儿子做赌注，看他还敢跟我们作对，哼哼……"莫里森说完，突然笑了起来，这阴险的笑声由近及远，回响在空旷的大街上。

在飞往杭州的客机上，萧燕坐在靠走廊的位子上，右手插在夹克衫口袋里，警惕地时不时回头观望，不停地扫视着左右前方，神色略显紧张。尽管她一再地告诫自己：我又没有干坏事，要镇定，千万不要惊慌。

萧燕的临座，一个帅气的小伙子，还以为她患有惧高症，或者幽闭恐惧症，在电梯、车厢和飞机这样的狭小的空间，会产生恐惧心理。所以当他发现萧燕害怕的模样，掏出一包口香糖，递给她说："小姐，吃一片口香糖吧，你就不会害怕了。"

"谢谢你。"萧燕接过口香糖。她确实需要转移注意力，否则一定会晕过去。

"你是第一次坐飞机吗？"小伙子问。

"我——"萧燕原本想说"我经常坐飞机"，但是转而一想，虽说对方很友善，可毕竟是陌生人，便将计就计，顺口说道："我，是第一次坐飞机，你是怎么知道的？"

"哈哈，谁都看得出来，你紧张得要命。"小伙子笑道。

"真的吗？"萧燕勉强地微笑道。她是很紧张，因为手心内攥着一个U盘，是狄龙和莫里森的录影对话。所以两个半小时的飞行航程，她始终保持着高度的警惕，不敢喝饮料，也不敢去卫生间，时间漫长得仿佛望不到边际似的，直到看见前来接机的昭阳，这才露出轻松的笑容，却假装抱怨道："韩昭阳，都是你，害得我大气不敢喘一下，像做贼似的，看着周围的人也都像贼一样。"

"行了，我的大小姐，我请你吃西湖醋鱼，向你赔罪还不行吗？那个小玩意儿呢？"昭阳顺手拉起萧燕的拉杆箱，一边说着，一边朝出租车等候区走去。

"在这儿呢。"萧燕向昭阳使了个眼色，右手依然插在衣袋内。她见昭阳心领神会，然后问道："袁婕呢？"

"她带小巍去上海了，去看她父母。我过来了嘛，让她轻松一下，医院里有我在呢。"

"啊呀，你来接机了，那谁在医院呢？伯父情况不错吧？"

昭阳感叹道："没关系，杜阿姨替换我的。我父亲呀，身体是越来越好了，可脾气却越来越大，看什么事情都不顺眼，对小阳尤其不满意。小阳现在最大的兴趣，已经转到了资本经营，他想把企业的大部分股份，押给注资的意通集团，可以拿到二十亿，准备用这笔资金开发房地产，政府对他非常支持，盈利前景要大大高于生产百佳乐饮料。我父亲坚决不同意。他认为金融危机爆发后，中国的出口订单减少了，中国制造被迫向内需化转型，这正是实业家大展雄心的时候。为了这事儿，他们辩论得面红耳赤，我担心他中风复发，只能劝小阳慢慢再决定。"

"咳，小阳也是被逼无奈。现在中国制造面临升级转型，企业如果跟不上市场需求，就会被淘汰掉。就拿中国发展高铁来说，将来高铁会抢走华龙航空的大批客源，但从整个经济的发展来看，中国对石油的依赖就会大大减少。对于小阳来说，高铁的迅速发展，因为大大缩短了旅行时间，会减少乘客在火车上对饮料的需求。小阳可能考虑了这个因素。"

"哟，到底是金融分析师，分析得挺到位嘛。"昭阳双眉紧蹙颇不以为然地说，"可你也知道，中国制造想在全球竞争中脱颖而出，必须依赖实业的蓬勃发展。要是实业家都被逼成了投资家，实业之心冷却了，中国经济可持续发展又谈何说起呢？在这件事儿上，我倒是站在韩元清这一边的。我担忧小阳的投机心态，会导致百润走错方向。"

"你看你，又韩元清、韩元清的叫开了，真是本性难改。小阳的事儿我会看着办，他就是缺乏资金闹的。等海军忙完这一阵，我去说，让华银投资小阳新饮料的开发，不参与经营和管理，盈利之后获得一定比例的回报。这样风险大家来分摊，对小阳来说减轻了资金的压力，也不一定非得投资房地产。"

"或许，你的话小阳还会听。"

"那是一定的。我这儿还有一个好消息，是你希望听到的。"

"什么好消息？"

"莫里森受贿的证据，陆达龙搜集到了，他说马上给我送过来。"

"哦。陆达龙从哪儿弄来的证据？是王蓉交代的吗？"

"不是。陆达龙的弟媳妇王娴，为了帮助她姐姐王蓉洗清罪名，证明行贿政府官员拿地的资金，是莫里森通过他香港的银行户头，转到了王蓉的公司账上。也就是说，他们开发'上海曼哈顿'的时候，用来行贿的美金是莫里森的。"

"哦……原来这样啊。"

他们聊着走着，不一会儿，便排队上了计程车。

一上车，昭阳便看着萧燕，说："现在安全了。你把U盘给我吧。你看过了吗？"

"没有。我一拿到这玩意儿，就直奔机场了。"萧燕一边拿出U盘，一边微笑道，"呐，给你，大坏蛋。也只有你会整这出戏。"

昭阳接过U盘看了一眼，开心地笑了。他恨不得立刻搬出电脑，把U盘插进去，希望看见自己策划的好戏，能起到意想不到的戏剧效果。

昨晚在医院的病房内，他父亲睡着了，发出均匀的呼吸声，周围静悄悄的。突然，他想此时正是做黑客的好时机，注意力集中没有人打扰。这一晚，他顺利地"黑"了三个电邮信箱，分别给他们留下字句。

这个秘密只有萧燕一个人知道，他急需可靠的同盟者，说来也是不得已的决定。

他早就预料到了，人在悬崖边缘，都会垂死挣扎，狄龙一旦发现电脑被"黑"，一定会有动静。他叮嘱钟培文，务必留意狄龙的行踪。因为狄龙是莫里森的敢死队员，即便要采取行动，也会通过狄龙来实现。

果然，钟培文打来长途电话，显示的公用电话亭号码，不是他以往所熟悉的，说是有非常重要的信息，十万火急，需要把U盘送到他的手里。

他在心里盘算了许久，考虑再三，萧燕正好休息在家里，是最合适的人选。选择萧燕还有一个特别的理由，她聪明能干，会替他保守秘密，他们的目标是一致的。

现在，到了他检验成果的时候。

一顿饭的工夫，计程车进入了一个安静的小区，这是韩元清给大儿子一家预留的房子，一栋八层楼高的顶层复式公寓。

"萧燕，冰箱里有饮料，你想吃什么自己动手，我得处理这个U盘了。"昭阳放下拉杆箱，说着话，直奔书房而去。

萧燕倒也听话，真的去厨房打开冰箱，找出一瓶百佳乐饮料，开了瓶盖就着瓶子，就这么喝开了。

"萧燕，快，你过来。"昭阳站在书房门口，挥手招呼萧燕。

"怎么啦？真有十万火急的情况啊。"

"嗯，你瞧瞧。"

萧燕立刻走进书房，盯着视频嘴巴微张，简直不敢相信，莫里森要把罪恶之手伸向小巍。她焦急地问道："你打算怎么办呢？"

昭阳也没有想到，钟培文所指的十万火急，居然是莫里森想绑架儿子小巍，心中相当着急。恍惚中，仿佛看见小巍被绑架，可怜巴巴地呼喊着"爸爸，快来救我"。他的心慌乱了，恨不得立刻去上海，守护在儿子和袁婕的身边。

然而经萧燕这么一问，他强作镇静，脑子飞快地转动起来，从容地说道："俗话说'打蛇打七寸'。莫里森行贿属于民事案，等我们把陆达龙的证据交给SEC，处理起来过程漫长，不可能立竿见影。绑架孩子可是刑事案件，我交给香港警方处理，只要报案马上就能立案，连你的案子也一并给破了。"

不料，却遭到了萧燕的反驳："不行。如果你直接报案，警探问起来你打哪儿弄来的录像？你怎么回答？能说是私家侦探拍摄的吗？"

"嗯……那你说怎么办？"昭阳反问。

萧燕想了一下说："不如这样。假装这录像是路人随机拍摄的，因为害怕遭遇报复，所以放在警方的网站上。"

如果不能改变世界，那就改变自己，去融入这个世界。昭阳马上点头表示同意："这个主意倒不错，我立刻按你的意思，把录像贴到香港警务处的网站上，再写一封信，解释一下录像的由来。"

"幸亏小巍在上海，不然你得担心死了。我来打个电话给袁婕，让她看着点小巍。"萧燕说着，掏出手机准备拨电话号码。

昭阳一听，赶紧阻止道："萧燕，你等等。请私家侦探的事儿，我怕袁婕担心，没让她知道。等我处理完U盘，电话待会儿我来打。"他采用暴露自己来引蛇出洞，没想到，莫里森盯上的目标是小巍，袁婕知道了会理解他吗？他考虑着要怎样向袁婕解释聘请私家侦探的事情，手上飞快地操作起来。

萧燕听了昭阳的话，只能屏住呼吸，乖乖地站在电脑旁，心里有点小小的得意，却不敢表露出来。

昭阳熟练地敲打着键盘。他发现香港警务处的网站上，还当真设有"电子报案室"，由于警务处的邮箱无法接收大于10MB的电子邮件。所以他把视频一分为二，分成两个邮件，按照要求填妥罪案资料邮寄表格，顺着电邮地址，写好邮笺，直接送到电邮信箱。

不过他还是不放心，又把同样的邮件寄往"防止罪案组"，等做妥这些，才舒了一口气，站起来，对萧燕说："我先给钟培文打个电话。我要尽快知道警方的态度，才能让小巍返回香港。好在我和钟培文相隔两地，使用家里的座机打电话，问题应该不大吧？"

萧燕摇头反对道："不行，安全第一。我们要对付一群狗急跳墙的疯子，决不能掉以轻心。我们去外面找公用电话，顺便买一部新手机，专门用来和钟培文联络，回香港把手机扔掉就是了。"

昭阳听了萧燕的话，觉得很有道理，便笑道："买个新手机，这个点子不错，像谍报人员的抛弃式手机，我怎么没想到呢。不过你钱多，站着说话不腰疼，我得省着点花。回香港只要把SIM卡拿出来，等案子结了，手机还能用。对了，我可以用新手机匿名报警，打999报警电话。"

萧燕笑道："我看你是急糊涂了。打999报警电话，应该在香港境内的吧，就好像在美国打911一样。"

昭阳急忙说："啊呀，我真是急糊涂了。行，我这就去上海，你待在这儿，有事儿我们再联络。"

萧燕的头微微一扬，说："我提一个建议。我和你一块儿去上海。陆达龙也在上海，我去找他拿资料，这样既节省时间，万一发生紧急情况，我们也好有个商量。"

说起来，昭阳也是为了破获车祸案，聘请的私家侦探，现在案情已经真相大白，莫里森即将被绳之以法，她心里是很感激他的。尤其是昭阳的父亲韩元清，在她病重失忆的时候，把她当作女儿般精心照顾。小巍是韩家的长房长孙，此刻生命受到威胁，韩元清躺在病床上，小阳忙着公司的事情走不开。她暗想：昭阳这么信任我，保证小巍的人身安全，我责无旁贷，必须竭尽全力。

昭阳感觉萧燕的一番话，还是像以前那样，说是向他提建议，口吻却总是命令式的。他早已习惯她的做派，再说两个人总比一个人强，也就不再说什么，微笑着赞同道："行，这样也好。"

在香港警务处的刑侦科，一个年龄较大的警探歪着脑袋，盯着电脑上的录像，对另一个年轻的警探说："哎，你来看，怎么回事？这个家伙好面熟啊。"

"是吗？我来看一下。"年轻警探眯缝着眼睛，把电脑推向自己面前仔细一看，非常肯定地说："哦，这家伙，我们不是审讯过他的嘛，那个恶性车祸案子。"

"对，对，对，我想起来了。我当时就怀疑是他作的案，因为缺乏证据无法立案。"

"哟，这个人想绑架孩子啊。"

"是啊。不过，仅有视频录像，孩子没有被绑架，我们也不能立案侦查。如果他们真要绑架孩子，在尚未犯案之前，我们去抓人，反而会打草惊蛇，也不符合办案程序。"

"我觉得这个视频录像，不像虚报开玩笑，大家都知道，浪费警方时间会招致刑事处分。你看，他们承认制造车祸，杀死两个人，现在可以立案侦查了。至少，我们应该通知韩昭阳，让他保护好孩子呀。"

"你不知道吗？视频录像不是直接证据，除非在审讯室里，他们亲口承认犯罪事实。"年长的警探瞥了一眼电脑上的影像，皱了一下眉头，然后自信地说，"我有办法让他们开口。"

本来侦探这个行业，依靠的是滴水不漏，以细致入微的观察来获得线索，甚至连地上的尘埃分布都不放过，见他人未见，想他人未曾想到的，就需要知识的储备量，知识储备越是丰富，破案的概率也就越大。

《博弈论与经济行为》是冯·诺伊曼一九四四年撰写的著作，在生物学、经济学、国际关系、计算机科学、政治学、军事战略和其他很多学科都被广泛运用，是二十世纪经济学最伟大的成果之一。诺伊曼也因此被称为博弈论之父。

在博弈论中有一个经典案例，叫囚徒困境，非常耐人寻味。话说有两个嫌疑犯，作案后被警察抓住，分别被关在不同的屋子里接受审讯。警察知道这两人都有罪，但缺乏足够的证据。于是警察告诉他们俩：如果两人都抵赖，就会各判刑一年；如果两人都坦白，就会各判八年；如果两人中一人坦白，另一人抵赖，坦白的放出去，抵赖的判十年。很显然，两个人都抵赖是最好的选择。然而由于互不信任对方，两个人最终都选择了坦白。

昭阳也曾经运用博弈论的思想，把台湾意通集团引进给他父亲，因为百润虽有"百佳乐"果汁饮料，但是碳酸饮料却敌不过意通。而意通的碳酸饮料相当好，但是果汁饮料的质量一直难以提升。所以两家公司联合起来攻守一致，实际上是营销链和物业链的整合，百润的"百佳乐"能够通过意通集团，走向台湾和东南亚市场，意通也能利用百润打开大陆市场，非但大大降低运营成本，还可以进行产品线的整合，使双方赢得最大的经济收益。

香港警方居然活学活用博弈论，以"囚徒困境"的审讯方法，把一宗绑架案湮灭在摇篮中，同时破获了萧燕的车祸案子，这大大出乎了昭阳的意料。

当时，昭阳在袁婕的家里，一家人正围着大圆桌在吃晚饭，他的手机铃响了。

"昭阳，我是海军。小巍还好吧？"

昭阳低头看一眼儿子，孩子手抓着煎带鱼，吃得津津有味的样子，心下暗想："平白无故的，海军干吗要问候小巍呢？是萧燕向他透露秘密了吗？"顿时，他站起来离开饭桌，露出紧张的神情低声说道："谢谢，他正吃饭呢。"

"那就好。昭阳，小巍遇到这么危险的事儿，你也不跟我说。你太见外了。我在杭州酒店，你方便过来吗？要不我去找你？"

昭阳朝袁婕看了一眼，连忙说："不，我去你那儿吧。"差不多一整天，他都和萧燕在一起，傍晚回来见了袁婕，已经是晚饭时间，聘请侦探的事儿，还没来得及说，本想睡觉前详细解释给她听。他料想海军找他，一定与小巍的事儿有关，去宾馆说话会比较方便。

"行啊，我在大堂的酒吧等你。"

海军挂断电话，去卫生间稍微梳洗了一下，便去酒吧等候昭阳。他在飞机上吃了正餐，想去酒吧点些小吃，喝一杯酒解解乏。今天下午，华银来了两位香港警务处的探员，指名道姓地要找韩昭阳。

他听了一怔。

近日来，华银高层自杀、离职的事件，已经够让他烦心的，难道昭阳又出事了？后来他才得知，是小巍可能被绑架，他们来确认孩子的安全，希望家长积极配合。

他大为惊讶。

但镇定下来仔细一想，昭阳带着儿子去杭州过周末了，人不在，怎么可能被绑架呢？所以警探一走，他放下手头的工作，立刻打电话给昭阳，对方手机老是提示电话暂时无人接听。他再打给萧燕，只听手机铃响，没有人接，便又试着打给小阳。

他打了一圈电话，得不到任何音信，心里便有些不淡定了。小巍的安危是头等大事，他不敢怠慢直奔机场，决定亲自去确认一下。反正他要去北京总部汇报工作，必须陪同工作组前去香港，展开对华银的调查工作。

巧合的是沈丁辞职了。

他是从公司的电话留言中，得知这一消息的，心里很不是滋味儿。他不知道自己是应该感到庆幸，还是应该惋惜，抑或是懊恼和生气。沈丁犯下决策性的失误，背着他做了违反法律条例的事情，给公司造成了巨大的经济损失，负面影响极大。沈丁在这种时候离开华银，不告知行踪和去向，是因为负疚无法面对他，还是想推脱责任逃避处罚？

如果华银与塞斯的违约事件不妥善解决，上头深究起来，他会因为用人严重失察，影响仕途前程。他和沈丁之间的友谊，也就此夭折了，这样一想，便懊恼不已。幸亏，昭阳在关键时刻帮了他的大忙，也算是不幸中的大幸，不然后果不堪设想。

海军吃着酒菜，正想得出神，昭阳和萧燕前后脚走进了酒吧。

萧燕看着海军莞尔一笑，禁不住地问："大哥，是什么风把你给吹来了？"说完，一屁股坐到海军的边上，笑着调侃道，"一个人喝闷酒，你有什么想不开的？说出来让我们听听！"

海军放下酒杯，见昭阳站在萧燕的旁边，心情很不错的样子。他放心了，便苦笑道："你们俩呀，要不是警探找到公司来，我还蒙在鼓里呢。这算怎么回事儿啊？"

"行了，大哥，你别抱怨了，我们有好消息告诉你。昭阳，还是你来说。"萧燕拍着旁边的高脚椅子，笑着"命令"昭阳坐下。

昭阳乖乖地坐下，然后对海军说："就刚才，我在酒店门口，接到香港警务处的电话，绑架小巍的嫌疑犯归案了，是塞斯的狄龙和莫里森，萧燕的车祸案，也是他们干的。"

"哦，是吗？他们为什么要这么做？"海军睁大了眼睛，简直不相信这是事实。他当然无法知道了，所有这些全是昭阳在暗中调查获得的。

"哼，还能为什么呢，我们挡了他们的财路呗。这两个大恶魔，太可恶了！"萧燕想到了两个同事，她们在车祸案中无辜丧命，情绪有些激动。

昭阳坐在一旁，也按捺不住激动的情绪，说："海军，莫里森行贿的证据，萧燕已经拿到了，回到香港马上交给SEC。这样一来，我们很有可能打赢官司，塞斯为了顾忌公司的名声，最起码也能争取庭外和解。"

"太好了！"海军也开始激动起来。原本他还担心呢，明天去北京总部汇报工作，因为华银与塞斯的官司拖在那儿，底气到底是不足的。然而事情总算出现转机，真是意想不到的，心情顿时变得轻松。

萧燕得意地说："莫里森才是真正的罪犯，真是可惜呀，香港没有死刑。他欠下了人命，进监狱的就该是他。"

"太好了！来来来，昭阳，咱们得庆贺，今天你得破例喝一杯。小巍不会有事儿了吧？"海军还是有些担心。将心比心，如果莫里森想要绑架他的女儿，他会发疯的。

"你放心，我会保护好儿子的。那个警探说了，绑架儿童是非常严重的罪行，香港警方非常重视绑架儿童的举报，会认真跟进每一宗案件。莫里森可能没资格被保释，所以小巍不会有事儿了。"昭阳微笑道。他虽然说得轻松，但心里已经打定主意，会继续聘请钟培文来保护小巍。

他们压抑得太久了，这晚三个人尽兴地喝酒聊天，直到凌晨才各自散去。

尾声

在香港中环的约克大厦，华银召开全体员工中期工作总结会议，明亮的大礼堂内张灯结彩，充满了喜庆的气氛。华银集团的执行总裁周海军，针对上半年的业务情况做了分析与总结，同时为下半年的业务工作，指明了努力的方向。

就在总结发言快要结束的时候，海军话锋一转，微笑着表扬新成立的风险控制部门："过去，我们以为只有金融机构才需要风险控制，随着华银集团业务不断地拓展，风险管理和内部控制显得尤为重要，必须对可能遇到的各种风险因素进行识别、分析和评估。今年上半年，华银新成立的风控部门，在这方面表现相当突出，在华银与塞斯签订的期货合约项目中，避免了公司的巨大损失。那可是几十亿啊，同志们，在此向他们表示感谢！"

说完，海军微笑着带头鼓掌。片刻，他继续说道："今后咱们的风控部门，还将继续参与到具体的业务中，对项目的风险进行评估及审核，包括信用风险、市场风险、操作风险，不错杀好项目，也不漏杀坏项目。现在我要宣布一项新的任命，经过组织部门的严格审核，批准韩昭阳为华银集团的首席风控官，欢迎他给咱们说几句话。"

海军话音刚落，便回头向主席台上的昭阳示意，请他上讲坛。

台底下，李庆低声对西蒙耳语道："哇，咱老板火箭式被提拔了，他连升两级了吧？"

"嗯。"西蒙生怕影响周围的人，只轻轻地回答了一声。

谁知，李庆不肯就此作罢。昭阳在台上发言，他在台下嘀嘀咕咕唠叨着："你也知道，西蒙。一般来说，投行CRO酬薪都高达一百多万美元，还加上分红，像我们这样的大国企，一百万美元也总是有的。你接替了昭阳的位子，酬薪也上升了。我可不像你，一人吃饱，全家不饿。我有老婆孩子，为孩子我必须买房子，香港房子这么贵，今后你们可要——"

"嘘……"西蒙用手指压在自己的嘴唇上，示意李庆不要说话。

"好吧，这个——咱们以后慢慢聊。"李庆看着台上的昭阳，只能无奈地闭嘴。

昭阳的简短发言也恰好结束，台下掌声四起。在众人羡慕和仰视的目光下，他屏住呼吸，慢慢地走下讲坛，返回自己的座位。

此时，两个男人推开大礼堂的门，一前一后走进来。他们关上门，倚在门柱子上，四道目光一齐扫向昭阳，脸上表情淡漠。

昭阳仿佛有感知似的，也看向了那两个人，心里咯噔一下，知道他们是冲他来的。他镇定地从裤袋里掏出手机，给袁婕发出一条短信："亲爱的，如果让你再选一次，我还是你选择的对象吗？"

大约过了两分钟，袁婕的短信来了，上面写道："别人或许比你优秀，但别人不是你，只有你，是我注定要选的人。"

昭阳的脸上，露出一丝微笑。他收起手机，又朝那两个人看过去，却见他们朝他走来。

海军也看见了他们，是先前来过的两位探员。心想："小巍已经没危险了，警务处的探员来干什么？"

他这样想着，便站起来向他们走去。

台底下，华银的员工也注视着他们，并开始窃窃私语："他们是谁呀？好像是政府部门的——他们来干什么？没看见我们在开会吗？他们……"

年长的探长对海军说："我们来找韩昭阳。"

"咦，他的孩子没事儿了。你们——"

海军话还没说完，年轻的探员说："韩昭阳涉嫌妨害公共安全，'黑'别人的电脑，请他去警务处喝杯咖啡，协助我们进行司法调查。"

"什么？你们搞错了吧，这不可能。"海军一面说着，一面朝昭阳看过去。

昭阳已经走到他们跟前，他微笑着对海军说："没关系，我跟他们去就是了，麻烦你跟袁婕说一声，我会回家的。"

这时，西蒙、李庆、凯文和卡特他们，包括其他部门的一些员工，纷纷围上前来。

西蒙问道："韩，怎么回事啊？他们是谁？"

海军顿时明白了。莫里森和狄龙被警方抓获，包括俞华和沈丁犯下的违法的事情，是昭阳躲在背后调查清楚的，心里一阵愧疚。他立刻向围观的员工说："大家别凑热闹，都坐回去。昭阳，你放心，袁婕那儿有我呢。你去吧，一会儿我过来接你。"

就这样，昭阳在众目睽睽之下，被两个探员按着胳膊走出礼堂。

他心里很清楚，也做好了思想准备，这天早晚会来的，哪怕是以正义的名义，做违反法律的事情，也该受到处罚。

他，不打算逃避惩罚……